Gib den Geist auf

Ein Paranormaler Cozy Mystery Crime
DIE GEISTERDETEKTIVIN BAND 2

JANE HINCHEY

Übersetzt von

TANJA LAMPA

BAYWOLF PRESS
BP
BAYWOLF PRESS

ÜBER DIESES BUCH

Niemals in meinen fast dreißig Jahren hätte ich gedacht, dass es meine neue Normalität sein würde, mit Geistern zu sprechen, aber so ist es nun einmal.

Nachdem ich eine Privatdetektei geerbt habe, stelle ich fest, dass meine Klienten eher unkörperlich sind und sich darauf verlassen, dass ich ihren vorzeitigen Tod aufkläre. Leider gibt es jedoch auch Schattenseiten, wenn man ein Magnet für Geister ist. Hallo? Der Mangel an Privatsphäre, für den Anfang. Ganz zu schweigen davon, dass mich alle für verrückt halten, weil ich mich angeregt mit mir selbst unterhalte. Aber das größte Problem? Ihre Mörder wollen nicht, dass ich ihren Fall annehme.

Jetzt habe ich ein neues Rätsel zu lösen. Die ortsansässige Hellseherin Myra Hansen ist als Tote aufgewacht und nicht gerade glücklich darüber. *Anscheinend hat sie das nicht kommen sehen!* Zusammen mit meinem geisterhaften besten Freund, einem sprechenden Kater und Captain Cowboy Hot Pants – oder, wie er gern genannt wird, Detective Kade Galloway – nehme ich erneut den Wettlauf gegen die Zeit auf, um einen Mörder zu fangen, bevor er mich erwischt.

Begleiten Sie die Geisterdetektivin Audrey Fitzgerald in diesem paranormalen Cosy Mystery Crime mit einer sprechenden Katze, einem Geist und einem Mordfall, der gelöst werden will.

Hallo und willkommen in der seltsamen und verrückten Welt meiner Fantasie. Ich hoffe, Sie genießen Ihre Zeit hier.

Wenn Sie alles Übernatürliche so sehr lieben wie ich, dann wird Ihnen die Reise gefallen – zumindest gehe ich davon aus.

„*den Geist auf*" ist das zweite Buch meiner Geisterdetektivin-Reihe und weitere werden folgen. Melden Sie sich also unbedingt für meinen Newsletter an, damit ich Sie benachrichtigen kann, wenn der nächste Band erscheint.

Sie können sich hier für meinen Newsletter anmelden:

www.janehinchey.com/subscribe-deutsch

Okay, bereit, ein wenig zu zaubern und einige Rätsel zu lösen?

Dann sehen wir uns auf der nächsten Seite wieder!

xoxo
Jane

Ein toter Mann saß in meinem Wohnzimmer. Da es viel zu früh für so etwas wie eine zivilisierte Unterhaltung war, ignorierte ich ihn, watschelte die fünf Schritte zu meiner Küche, gähnte herzhaft und kratzte mich am Hintern. Meine Wohnung war ziemlich klein – eine Besenkammer im Boho-Stil wäre wohl die passendere Beschreibung gewesen – und so war der Weg vom Bett ins Kaffee-Nirwana sehr kurz. Mein Name ist Audrey Fitzgerald, für einige einfach Fitz. Und seit Kurzem kann ich Geister sehen und mit ihnen sprechen. Und mit einem Kater. Ansonsten bin ich völlig normal, ich schwöre.

Im Autopilot-Modus öffnete ich den Oberschrank, tastete blind nach einem Kaffee-Pad, steckte ihn in meine Kaffeemaschine und drückte auf den magischen Knopf. Dann durchsuchte ich meinen Kühlschrank nach allem, was auch nur annähernd essbar war, doch die Ausbeute war recht mager. In seinen Tiefen befanden sich einige verdächtig grüne Gegenstände, aber zum Glück entdeckte ich schließlich ein übrig gebliebenes Stück Pizza für Fleischliebhaber – wie konnte ich das nur so lange übersehen? Mit einem kleinen Freudenschrei schob ich es in die Mikrowelle. Heute würde ein guter Tag werden, das spürte ich in meinen Knochen. Jeder Tag, der mit Pizzaresten begann, war für mich ein Gewinn. Die Mikrowelle piepte, und ich schob mir das Pizzastück sofort in den Mund, wobei ich die sengende Temperatur und die sehr reale Möglichkeit ignorierte, dass ich gerade hundert Schichten Fleisch an meinem Gaumen zerstört hatte. Das war es wert.

Mit tränenden Augen trug ich meinen Kaffee und den Rest des Pizzastücks zum Sofa hinüber und ließ mich darauf sinken. Dabei beäugte ich den toten Mann, der geduldig darauf wartete, dass ich mich seiner annahm.

„Weißt du, ich mag den Morgen nicht besonders", sagte ich.

„Ist die Pizza nicht zu heiß?", fragte er. Falls er versuchte, nicht zu grinsen, gelang es ihm nicht.

„Ganz und gar nicht", log ich, fuhr mit der Zunge am Gaumen entlang und hielt meine Gesichtszüge im Zaum. Ich würde mein Entsetzen über die Entdeckung des losen Hautfetzens, den die Pizza verursacht hatte, auf keinen Fall preisgeben.

Sein Grinsen wich einem breiten Lachen. „Gib es auf, Fitz. Selbst wenn deine glasigen Augen nicht schon Beweis genug wären, ist die Art, wie du die Wangen ein- und aussaugst, ein eindeutiges Zeichen."

Ich starrte ihn an und weigerte mich, zuzugeben, dass er recht hatte. Mein Starrsinn übernahm das Kommando und ich stopfte mir trotzig den Rest der Pizza in den

Mund, kaute demonstrativ und befahl meinen Augäpfeln, nicht mehr zu tränen.

„Du weißt, dass ich dich nicht retten kann, wenn du erstickst?", fragte er im Plauderton.

Ich hob einen Finger, um ihm zu signalisieren, dass er sich diesen Gedanken merken sollte, während ich kaute. Und kaute. Und kaute. Nachdem ich geschluckt hatte, trank ich einen Schluck Kaffee, was das Brennen in meinem Mund nur noch verstärkte – nichts stärkt den Charakter so sehr wie Nerven aus Stahl. Dann stellte ich die Tasse in aller Seelenruhe ab, indem ich sie auf einen Oberschenkel stützte und die Hitze ignorierte, die durch meinen Schlafanzug brannte. Ein eingebrannter Kaffeering auf der Haut würde doch cool aussehen, oder?

„Was kann ich denn an diesem schönen Morgen für dich tun, Ben?"

Ben Delaney war mein bester Freund – und starb vor einiger Zeit. Besser gesagt, er wurde ermordet und statt des lebenden Bens hatte ich nun den Geister-Ben. Und seinen Kater Thor, der zwar kein Geist war, mit dem ich aber aus irgendeinem Grund nun reden konnte. Wie gesagt, alles völlig normal.

„Warum ziehst du nicht in mein Haus?" Ben schüttelte den Kopf, während sein Blick durch meine Wohnung wanderte, die die Größe eines Schuhkartons hatte. „Es wäre so viel einfacher für dich. Das Büro ist dort. Thor ist dort. Er vermisst dich, weißt du."

„Pah, er ist ein kleiner pelziger Trottel, der sich einen Dreck um mich schert, solange sein Futternapf voll ist."

Abgesehen von Bens Kater hatte er nicht ganz unrecht. Ben hatte mir alles vermacht. Und ich meine wirklich alles: sein Haus, sein Auto, seine Detektei. Audrey Fitzgerald, Zeitarbeiterin der Extraklasse, war jetzt Audrey Fitz, Privatdetektivin in Ausbildung. Und ich arbeitete von Bens Büro aus. Doch aus irgendeinem Grund konnte ich mich nicht dazu durchringen, in Bens Haus zu ziehen. Sein Auto hingegen … Wer könnte einen metallicgrauen Nissan Rogue SUV mit anthrazitfarbenen Ledersitzen ablehnen? Nicht dieses Mädchen, schon gar nicht, wo mein Auto ein blauer Chrysler Baujahr 1970 war.

So pendelte ich zwischen Bens Haus und meiner Wohnung hin und her. Und das funktionierte ganz gut, solange ich die Schuldgefühle verdrängte, dass ich Thor immer so lange sich selbst überließ. Trotz meiner gegenteiligen Beteuerungen hatte ich die große graue Katze, die einem Teddybären ähnelte, insgeheim ins Herz geschlossen.

„Willst du etwas Bestimmtes?", lenkte ich ab. Wir hatten dieses Thema bereits bis zum Überdruss besprochen. Und wenn ich gewusst hätte, was mich vom Umzug abhielt, hätte ich etwas dagegen unternommen, denn ja, Bens Haus war zehnmal besser als meine Wohnung. Ich wusste es. Er wusste es. Thor wusste es definitiv. Aber jedes Mal, wenn das Thema aufkam, schreckte ich zurück wie ein Fohlen vor der ersten Hürde, sodass ich mich inzwischen weigerte, weiter darüber zu sprechen.

„Wie geht es mit dem Fall voran?", fragte er.

Ich quittierte seinen Themenwechsel mit einem Nicken. Kluger Geist. „Er ist erledigt", antwortete ich strahlend und war ziemlich stolz auf mich. Als

Privatdetektivin in Ausbildung musste ich fünfzehnhundert Stunden unter Aufsicht absolvieren, bevor ich meine Prüfung ablegen und meine offizielle Lizenz als Privatdetektivin beantragen konnte. Zu meinem Glück hatte sich Captain Cowboy Hot Pants oder – wie er meistens genannt wurde– Detective Kade Galloway vom Firefly Bay Police Department bereit erklärt, mein Betreuer zu sein. Er ließ mich so ziemlich mein eigenes Ding machen und zeichnete meine Wochenberichte ab. Seit Bens Tod hatte ich nicht nur seinen Mörder überführt, sondern auch einen verschwundenen Chihuahua wiedergefunden und das große Zwergenrätsel von Firefly Bay gelöst. Jemand hatte Gartenzwerge aus den Gärten gestohlen und auf den Dächern entlang der Hauptstraße abgestellt. Schließlich stellte sich heraus, dass es kein Einzelner gewesen war, sondern dass sich einige Highschool-Schüler einen Scherz erlaubt hatten. Aber ich hatte den Fall gelöst, und das war alles, was zählte.

Ich verwöhnte Ben mit einer besonders langen Beschreibung des großen Zwergenrätsels der Firefly Bay, beobachtete, wie seine Augen glasig wurden, und konnte genau den Moment bestimmen, ab dem er nicht mehr zuhörte. Das war nicht schwer, er verschwand buchstäblich. Das war eine Eigenart, die mir kürzlich aufgefallen war. Immer, wenn Ben das Interesse verlor, löste sich sein Körper langsam auf, bis er schließlich ganz verschwunden war. Ich hatte ihn gefragt, wohin Geister gingen, wenn sie niemanden heimsuchten, und er hatte sich sehr über das Wort ‚heimsuchen' aufgeregt, und wir hatten über eine Stunde lang über den Begriff diskutiert, ohne dass ich eine Antwort bekommen hatte. Soweit ich wusste, schlief er nicht, er konnte gehen, wohin er wollte – was bei Ermittlungen sehr praktisch war, denn Ben konnte sich unbemerkt hineinschleichen und herumspionieren, während ich wegen Einbruch verhaftet werden konnte.

Als mein Telefon klingelte und ich kostbare Minuten mit der Suche nach eben diesem verschwendete – ich fand es schließlich unter meinem Bett – war er nicht mehr da, um die Einzelheiten meines nächsten Falls zu erfahren. So sehr ich Ben auch liebte, und das tat ich von Herzen, konnte er ein wenig … erdrückend sein. Nur weil er früher Polizist und dann Privatdetektiv gewesen war, hieß das nicht, dass er mir sagen durfte, was ich zu tun hatte. Und ja, er nannte das Anleitung und Ausbildung, weil es technisch gesehen seine Detektei war, die ich übernommen hatte, aber manchmal brauchte ein Mädchen ein wenig Raum für sich, um die Dinge auf seine Weise zu erledigen.

Ich verdrängte den kleinen Anflug von Verärgerung, als ich die gleichen Prinzipien auf Captain Cowboy Hot Pants anwendete. Denn während ich mir von Ben etwas Abstand wünschte, wollte ich von Kade Galloway genau das Gegenteil. Ein bisschen Aufmerksamkeit wäre … nett. Aber nach dem unglücklichen Vorfall, bei dem mir Japanischer Farn verabreicht worden war, dessen unangenehme Nebenwirkung explosiver Durchfall war, und der besagte Detective Zeuge dieses Vorfalls wurde, war ich zutiefst beschämt. Ganz zu schweigen von der Tatsache, dass ich zu diesem Zeitpunkt nur mit einem Slip und einem T-Shirt bekleidet war. Trotzdem hatte ich etwas … anderes erwartet. Blumen? Pralinen? Eine Verabredung? Ich war überrascht, als nichts davon geschah. Und es überraschte mich umso mehr, dass ich hier saß und mir wünschte, dass dem so wäre. Ich? Mit einem Polizisten ausgehen? Wahnsinn!

Ich riss mich von diesem Tagtraum los, zog mich an, schnappte mir meine Handtasche, stolperte über den Teppich, über den ich schon tausend Mal gestolpert war, den ich mich aber weigerte, zu entfernen, und ging zur Tür hinaus, um meinen neuen Kunden zu treffen.

KAPITEL ZWEI

„Auf den Boden! Die Hände über den Kopf!"

Ich warf mich zusammen mit fünf anderen Kunden in der Firefly Bay Community Bank auf den Boden und konnte mein Pech nicht fassen. Ich war nur vorbeigekommen, um ein Dokument zu unterschreiben, das bei meinem letzten Besuch vergessen worden war, als man mich als Bevollmächtigte in das Bankkonto von Delaney Investigations eingetragen hatte. Der bürokratische Aufwand war enorm und die Mitarbeiterin wollte sogar mit Ben sprechen, woraufhin ich ihr erklärte, dass dies unmöglich sei, da er nicht mehr lebte. Stattdessen hatte ich also seine Sterbeurkunde und sein Testament vorgelegt. Wieder einmal. Solche Gespräche gehörten zu den schmerzhaftesten Erfahrungen meines Lebens. Da würde ich mir lieber meinen Venushügel epilieren lassen, und das wollte schon was heißen!

Ich presste mein Gesicht in den Teppich und versuchte, nicht daran zu denken, wie viele schmutzige Schuhe bereits darüber gelaufen waren und weiß Gott was in die Fasern getreten hatten. Fasern, an die sich nun mein Gesicht schmiegte. Stattdessen riskierte ich einen Blick aus dem Augenwinkel: Drei Männer. Alle ziemlich groß. Schlank gebaut. Jeans, schwarze Kapuzenpullis, Clownsmasken im Gesicht. Ich schloss für eine Sekunde die Augen und holte tief Luft. Warum mussten es ausgerechnet Clowns sein? Clowns hatten einen so schlechten Ruf, dabei waren sie gar nicht die bösen Kreaturen, für die manche Leute sie hielten. Clowns, die mit einer riesigen Pistole herumfuchtelten und drohten, einem den Kopf wegzublasen, wenn man auch nur zuckte, taten ihrem Ruf definitiv nicht gut.

Die Firefly Bay Community Bank war vor einiger Zeit renoviert worden. Dabei hatte man den regulären Schalter abgeschafft, der die Mitarbeiter von den Kunden trennte, und an seiner Stelle einen offenen Raum mit Schreibtischen und Geldautomaten an einer Wand geschaffen, die den gesamten Bargeldbedarf abdeckten. An der gegenüberliegenden Wand befanden sich vom Boden bis zur Decke reichende Monitore, die eine riesige Videoschleife zeigten. Wetten, dass die Mitarbeiter diese neue Anordnung nun bedauerten, weil sie dadurch mit uns zusammen hier festsaßen? Kein riesiger Schalter mit einem versteckten Alarmknopf. Kein Sicherheitsgitter, das man aktivieren konnte, um die Räuber fernzuhalten. Stattdessen lagen die Schalterbeamten neben uns Kunden auf dem Boden.

„Bewegt eure Hintern hierher!", knurrte einer der Räuber. Da wir die Gesichter im Boden vergraben hatten, hatten wir keine Ahnung, wen er meinte. Seine Räuberkollegen oder uns? Und wo genau sollten wir hin?

Meine Fragen wurden vom Druck eines Metallrohrs zwischen meinen Schulterblättern beantwortet. „Auf Hände und Knie und dann kriech rüber zu den anderen." Ich tat wie mir geheißen und kroch zu einer Handvoll Kunden, die einige Meter entfernt in der Mitte des Raumes kauerten. *Jennifer – oder hieß sie Judith? Jessica? ...* Jedenfalls kroch die Mitarbeiterin, mit der ich mich getroffen hatte, um dieses letzte, ach so wichtige Dokument zu unterschreiben, mit blassem Gesicht und zitternden Lippen neben mir her.

Als wir die anderen Geiseln erreicht hatten, ließen wir uns auf den Bauch fallen und pressten uns wieder flach auf den Boden. Doch die kurze Reise hatte mir die Gelegenheit gegeben, mich umzusehen. Der Mann, der mir die Pistole in den Rücken gedrückt hatte, stand zwischen uns und der Eingangstür, die nun verschlossen war. Ich hatte gesehen, wie er nach oben gegriffen und den automatischen Schiebemechanismus deaktiviert hatte. Ich dachte, ich hätte eine Tätowierung auf der Innenseite seines Handgelenks gesehen, war aber zu weit weg, um sie richtig zu erkennen.

Einer der anderen Räuber hatte einen Rucksack, sammelte Mobiltelefone, Brieftaschen und Geldbörsen ein und warf sie in die Tasche. Als ich an der Reihe war, zog ich zitternd das Handy aus meiner Gesäßtasche. Natürlich fiel es mir aus der Hand und auf den Boden, was in Anbetracht meiner derzeitigen Position nicht besonders tief war. Ich tastete danach und zuckte zusammen, als der Räuber mir zurief: „Beeilung!" Endlich bekam ich das Telefon zu fassen und ließ es in den Rucksack fallen, während ich seinen Verlust zutiefst bedauerte. Es war neu. Ich hatte erst vor

Kurzem mein altes, gerade noch funktionierendes Modell ersetzt. Und jetzt war mein glänzendes neues Handy weg.

Ich sah zu, wie sich der Mann mit dem Rucksack entfernte und mein Handy mitnahm, bevor ich den Blick abwandte, um nach dem dritten Räuber Ausschau zu halten. Er stand vor einer Tür, die zur Rückseite der Bank führte. Ich nahm an, dass sich dort der Safe befand. Schließlich mussten alle Geldautomaten bestückt und die Einlagen verwaltet werden. Obwohl sich die Menschheit auf eine bargeldlose Gesellschaft zubewegte, gab es immer noch jede Menge Bargeld, und das wussten diese Leute.

Er diskutierte kurz mit Mr Rucksack, der schließlich in die Richtung ging, in der wir alle zusammengekauert auf dem Boden lagen. Sein suchender Blick glitt über uns und blieb schließlich auf einem Mann ruhen, der mir gegenüber lag.

„Du da!", knurrte Mr Rucksack. „Hoch mit dir!" Er stieß mit seiner Waffe gegen das Bein des Mannes, um ihm einen zusätzlichen Anreiz zu geben, sich zu beeilen. Der Mann rappelte sich mit entsetztem Blick auf. Er war jung, Anfang zwanzig, und trug eine graue Hose und ein blaues Poloshirt mit dem Logo der Bank. Mr Rucksack stieß ihn mit seiner Waffe in den Rücken und lenkte ihn in Richtung der geschlossenen Tür. Als der andere Räuber zur Seite trat, fiel bei mir der Groschen. An der Wand neben der Tür befand sich ein Tastenfeld. Sie brauchten einen Code, um sie zu öffnen.

„Aufmachen", knurrte Mr Rucksack. Ich hob den Kopf ein wenig an, um sie zu beobachten. Der Angestellte gab seinen Code ein, ein Piepton erklang und die Tür öffnete sich mit einem Klicken. Mr Rucksack hielt seine Waffe auf den Angestellten gerichtet und schob ihn vor sich durch die Tür.

Ein Gewehrlauf, der gegen meinen Nacken gepresst wurde, ließ mich flach auf den Boden zurücksinken. „Unten bleiben!"

Ich hatte den bewaffneten Räuber hinter uns total vergessen und war ein wenig zu sehr damit beschäftigt, das Geschehen zu beobachten. Jennifer, Judith oder Jessica streckte die Hände nach mir aus und berührte meinen Arm. „Sind Sie okay?", flüsterte sie. Ich nickte leicht und wollte gerade den Mund öffnen, um zu antworten, als ein gestiefelter Fuß in meinem Blickfeld erschien. „Wenn ihr beide nicht die Klappe haltet, jage ich ihr eine Kugel ins Hirn. Verstanden?" Ich wusste, von wessen Gehirn er sprach, denn ich spürte, wie er den Lauf der Waffe gegen meinen Schädel drückte. Jennifer-Judith-Jessica gab ein kurzes kläffendes Geräusch von sich und kniff die Augen zusammen.

Glücklicherweise wurde seine Aufmerksamkeit von mir abgelenkt, als die Tür, durch die die beiden anderen verschwunden waren, aufgerissen wurde „Der Alarm wurde ausgelöst. Zeit zu gehen", brüllte jemand.

„Verdammt. Hast du etwas bekommen?" Der Boden vibrierte neben meinem Kopf, als ein gestiefelter Fuß über mich trat.

„Ja, aber nicht das, weswegen wir gekommen sind."

Ich riskierte einen weiteren Blick. Mr Rucksack trug jetzt noch eine Sporttasche, schwarz, unauffällig. Der andere Mann hatte ein identisches Exemplar. Wie viel Geld würde in zwei Sporttaschen passen?

„Auf die Beine, du Schlampe." Nun war ich an der Reihe, überrascht aufzuschreien, als ich am Arm gepackt und hochgezogen wurde. „Wenn du so scharf darauf bist, zuzuschauen, dann kannst du jetzt deinen Kopf durch die Vordertür stecken und nach der Polizei Ausschau halten."

Oh, toll. Ich Glückspilz. Mit meinem Oberarm im Schwitzkasten hatte ich keine andere Wahl, als mitzugehen, als er mich zu den Glasschiebetüren zog. Er griff mit der freien Hand nach oben und entriegelte die Türen, die daraufhin aufglitten.

„Und keine Dummheiten", sagte der Mann mit der Waffe.

„Okay." Ich war mir nicht ganz sicher, was er von mir wollte, also trat ich langsam auf den Bürgersteig. Ich schaute erst nach links, dann nach rechts.

„Was siehst du?", fragte der Mann mit der Waffe.

Ich schaute über meine Schulter zu ihm zurück und sah den Lauf seiner Waffe auf mich gerichtet. „Keine Polizisten?", quietschte ich.

„Bist du sicher? Du klingst nicht so. Und falls sich herausstellt, dass du lügst, bekommst du eine Kugel ab."

Ich schaute noch einmal auf die Straße. „Keine Polizisten", wiederholte ich, dieses Mal mit mehr Überzeugung in der Stimme. Eine Kugel hatte ich für heute nicht eingeplant. Einen Banküberfall allerdings auch nicht.

Ich stand regungslos mitten auf dem Bürgersteig und fühlte mich unbeholfen und ungeschützt. Was, wenn die Polizei kam und mich für eine Bankräuberin hielt? Was, wenn die Räuber beschlossen, keine Zeugen zu hinterlassen und mich doch zu erschießen? Mir gefiel keines dieser beiden Szenarien. Das Geräusch quietschender Reifen erregte meine Aufmerksamkeit. Ich drehte mich um, verlor das Gleichgewicht und taumelte über den Bürgersteig, während ich einen weißen Lieferwagen die Straße entlang rasen sah. Er hielt am Bordstein an.

„Los!" Die drei Räuber stürmten aus der Bank, drängten sich an mir vorbei und ignorierten mich völlig, während sie in den Lieferwagen stiegen, der schließlich mit quietschenden Reifen davonraste. Ich wollte nach meinem Handy greifen, um das Nummernschild zu fotografieren, als mir einfiel, dass sie es mitgenommen hatten. Also versuchte ich stattdessen, mir das Kennzeichen einzuprägen, aber sie waren schon zu weit weg, um es zu erkennen. In der Ferne hörte ich das Heulen von Sirenen und tatsächlich bog in diesem Moment ein Polizeiauto um dieselbe Ecke, um die kurz zuvor der weiße Lieferwagen gekommen war.

„Da lang! Sie sind in diese Richtung gefahren. Ein weißer Lieferwagen. Drei Männer, bewaffnet", rief ich.

Der Polizist auf dem Beifahrersitz kurbelte das Fenster herunter. „Danke, Ma'am, eine weitere Streife ist auf dem Weg. Bleiben Sie hier." Und schon waren sie weg und rasten hinter dem weißen Lieferwagen her.

Ich machte mich auf den Weg zurück in die Bank, wo die Geiseln sich gerade aufrichteten. Alle redeten gleichzeitig. Jennifer-Judith-Jessica rannte auf mich zu. „Oh mein Gott, Audrey, sind Sie okay?" Sie legte mir einen Arm um die Schultern und führte mich zu ihrem

Arbeitsplatz, wobei sie mich praktisch in einen Stuhl drückte, ob ich nun sitzen wollte oder nicht.

Ein weiteres Polizeifahrzeug traf ein, dessen Blinklichter in einem Kaleidoskop aus Rot und Blau das Innere der Bank erleuchteten. Officer Walsh und Sergeant Powell erschienen mit gezogenen Waffen in der Tür. Ein Dutzend Menschen, die alle gleichzeitig einatmeten, war das einzige Geräusch. Wir erstarrten, weil wir keine plötzlichen Bewegungen machen wollten, um nicht versehentlich erschossen zu werden.

Sie durchsuchten den Raum, steckten ihre Waffen in das Holster und begannen mit der Zeugenbefragung. Jennifer-Judith-Jessica wuselte um mich herum, während ich still dasaß und zusah, wie Sergeant Powell den Angestellten befragte, der vorhin den Code eingegeben hatte, um den Räubern Zugang zum hinteren Teil der Bank zu verschaffen. Ich lauschte angestrengt und glaubte, ihn sagen zu hören, dass er eine Zusatztaste gedrückt hatte, die als Auslöser dafür diente, dass die Tür unter Zwang aufgeschlossen wurde.

Aus dem Augenwinkel sah ich ein Paar schwarzer Jeansbeine durch die Eingangstür schlendern und mein Herz machte einen kleinen Sprung. Detective Galloway ging auf den Angestellten zu, der den Code eingetippt hatte, mit dem er gleichzeitig die Tür geöffnet und den Alarm ausgelöst hatte. Während er sich die Geschichte des Mannes anhörte, glitt sein Blick über die Bank, streifte mich und machte dann eine klassische Doppelaufnahme. „Merken Sie sich diesen Gedanken", sagte er zu dem jungen Mann.

„Audrey Fitzgerald."

Ich war mir nicht sicher, ob das eine Begrüßung oder eine Frage war.

„Ja?"

Seine grauen Augen bohrten sich regelrecht in mich hinein und nahmen jedes Detail wahr, von meiner abgetragenen Jeans über mein Abba-T-Shirt bis hin zu der Tatsache, dass ich von Jennifer-Judith-Jessicas fester Hand auf meiner Schulter in den Stuhl gedrückt wurde. Ich wusste nicht, warum sie das Gefühl hatte, ich müsste mich setzen, aber jedes Mal, wenn ich ihre Hand abschütteln wollte, drückte sie nur noch fester zu. Also kam ich zu dem Entschluss, es sei einfacher, nachzugeben.

„Bist du verletzt?"

Wieder war ich mir nicht sicher, ob es eine Frage oder eine Feststellung war, also zuckte ich nur mit den Schultern. „Du kennst mich doch, ich gerate immer in Schwierigkeiten."

„Ich rufe einen Krankenwagen." Er griff bereits nach seinem Handy.

Meine Hand schoss hervor und meine Finger schlossen sich um sein Handgelenk, wobei mir bei der Berührung ein kurzer Stromstoß durch den Arm schoss. „Nein! Bitte, ich brauche keinen Krankenwagen. Mir geht es gut. Ich wurde überhaupt nicht verletzt. Aber ich glaube, Jennifer-Judith-Jessica hier steht unter Schock und hält es daher für nötig, mich an diesen Stuhl zu fesseln. Im Ernst, ich will und brauche keinen weiteren Krankenhausaufenthalt. Ich bin nur einen Besuch davon entfernt, ein Set Steakmesser und eine Gratisreise auf die Bermudas zu gewinnen."

Seine Lippen zuckten. „Wäre das so schlimm?"

„Hallo? Hast du schon einmal vom Bermuda-Dreieck gehört? Und ernsthaft? Ich? Und Steakmesser? Das schreit ja geradezu nach Ärger." Ich besaß das, was meine Familie gern das Tollpatsch-Gen nannte. Normalerweise hatte ich ständig einen blauen Fleck von einer kleinen Auseinandersetzung mit einem leblosen Gegenstand, und wenn es ein Getränk gab, das es umzuwerfen galt, war ich garantiert diejenige, die genau das tat.

Galloway hielt mir einen Finger vor das Gesicht. „Wie viele Finger halte ich hoch?"

„Einen", antwortete ich prompt. Jetzt war nicht der richtige Zeitpunkt, um zu erwähnen, dass sich hinter meinen Augen pochende Kopfschmerzen meldeten – sicher eine Folge des plötzlichen Adrenalinausstoßes, der jetzt wieder abklang. Ich wusste, was passieren würde, sobald ich auch nur das kleinste Anzeichen von Schwäche zeigte. Er würde mich in einen Streifenwagen setzen und ins Krankenhaus bringen lassen, bevor ich „Captain Cowboy Hot Pants" sagen könnte. Außerdem musste ich mir in Erinnerung rufen, dass ich wütend auf ihn war. Gerade als ich meine schlechte Meinung gegenüber Polizisten etwas revidieren wollte, machte er so etwas. Und damit meinte ich, dass er mich nicht zu einem Date einlud.

KAPITEL DREI

„Mein Gott, Fitz. Ich kann dich nicht eine Sekunde allein lassen, ohne dass du in Schwierigkeiten gerätst." Ben materialisierte sich neben mir und ich schoss aus dem Stuhl hoch, wobei ich verwirrt aufschrie, was wiederum alle Leute in der Bank dazu brachte, sich nach mir umzudrehen. Ich räusperte mich. „Entschuldigung. Mir geht es gut, wirklich. Lassen Sie sich von mir nicht stören", erklärte ich ihnen und zupfte verlegen am Saum meines T-Shirts.

Galloway warf mir einen scharfen Blick zu und ich blinzelte.

„Was?", fragte ich abwehrend und spürte, wie mir eine Hitzewelle den Hals hinauf bis zu den Wangen wanderte.

„Gibt es etwas, das du mir sagen willst?", fragte er und verschränkte die Arme.

Meine Mundwinkel zogen sich nach unten und ich schüttelte den Kopf. „Nein, ich glaube nicht." Ich wollte ihm auf keinen Fall sagen, dass ich mit Geistern sprechen konnte. Er würde mich schneller in die Klapsmühle sperren, als ich Pieps sagen konnte.

„Bist du sicher?", hakte er nach.

Ich nickte. „Absolut." Dann fügte ich hinzu: „Hast du eine Ahnung, wie lange das dauern wird? Ich habe gleich einen Termin mit einer neuen Klientin." Mir war jedes Mittel recht, um ihn von der Tatsache abzulenken, dass ich ständig zusammenzuckte und herumsprang wie ein Waschbär auf Crack.

„Eine neue Klientin?", fragten Galloway und Ben gleichzeitig.

Ich ignorierte Ben zugunsten von Galloway. „Ja. Jill Murray. Ein vermisster Goldfisch."

Ben schnaubte und ich drehte den Kopf, um ihm einen bösen Blick zuzuwerfen. Okay. Es war tatsächlich kein großer Fall, eigentlich war es wahrscheinlich überhaupt kein Fall. Schließlich war es höchst unwahrscheinlich, dass der Goldfisch aus seinem Glas gesprungen und spazieren gegangen war. Aber Jill hatte mich in ihrer Panik nun mal angerufen und es war meine Pflicht als Privatdetektivin, der Sache nachzugehen. Und ich nahm meine Pflicht sehr ernst. Allerdings juckte es mir in den Fingern, in diesem Banküberfall zu ermitteln, an dem ich unwissentlich beteiligt gewesen war.

„Okay." Galloway nickte und schaute auf seine Uhr. „Aber ich fürchte, das wird eine Weile dauern."

„Oh." Einen potenziellen Neukunden zu versetzen, würde kein gutes Licht auf mich werfen. Nachdenklich kaute ich auf der Unterlippe. Ich konnte sie nicht anrufen, da die Bankräuber mein Handy mitgenommen hatten.

Just in diesem Moment hielt mir Galloway sein Telefon unter die Nase. „Ruf sie hiermit an und vereinbare einen neuen Termin."

Als ich ihm das Telefon abnahm, spürte ich eine Hitze an der Stelle, an der sich unsere Finger berührten. Und ich spürte, wie die Farbe in meinen Wangen intensiver wurde … und ignorierte Ben, der sich wieder einmal über meine Reaktion lustig machte. „Warum küsst du ihn nicht einfach?", fragte er und stieß mich mit seinem Ellbogen an, was einen eisigen Schlag gegen meine Rippen und inneren Organe zur Folge hatte.

„Hör auf damit", flüsterte ich und schüttelte mich, um das eisige Gefühl zu vertreiben.

„Hast du etwas gesagt?", fragte Galloway.

„Ich sagte, danke. Ähm. Geh nur, ich bring es dir, wenn ich fertig bin." Ich musste ihn wirklich loswerden, damit ich mit Ben reden konnte. Und dabei würde es nicht um einen vermissten Goldfisch gehen!

Galloway legte den Kopf schief und schien mit sich zu ringen. Doch dann nickte er kurz, drehte sich auf dem Absatz um und kehrte zu dem jungen Angestellten zurück, der den Code eingegeben hatte.

„Du solltest dich lieber beeilen", meinte Ben. „Er braucht sein Telefon zurück."

„Ja, ja." Ich googelte nach Jill Murray, fand ihre Telefonnummer und rief sie an, um ihr zu erklären, dass ich unseren Termin nicht einhalten konnte.

„Ich habe dir eben eine Nachricht hinterlassen, Süße", sagte sie traurig. „Mr Murray hat mich gerade angerufen, um mir zu sagen, dass Kevin gestorben ist und er ihn die

Toilette runtergespült hat, bevor er zur Arbeit ging. Er wollte nicht, dass ich aufstehe und sehe, wie Kevin mit dem Bauch nach oben treibt, also hat er sich darum gekümmert. Nur hat dieser dumme Kerl nicht daran gedacht, es mir zu sagen."

„Oh, das ist ja toll. Ich meine, es ist nicht toll, dass Kevin tot ist, das ist schrecklich und es tut mir furchtbar leid. Aber wenigstens weißt du jetzt, dass …" Ich ließ den Satz unbeendet.

„Danke, Süße." Jill schniefte und legte dann auf.

Ich hielt das Telefon jedoch weiter ans Ohr und drehte mich zu Ben um. „Wo warst du? Ich hätte dich heute hier gebrauchen können."

„Ja, tut mir leid, deine Darstellung der großen Zwergenkatastrophe war mein Verhängnis und ich wollte nach Dad sehen."

„Das war keine Katastrophe", murrte ich. „Es war ein Rätsel. Aber egal, wie wäre es, wenn du mal nachsehen würdest, was auf der anderen Seite der Tür ist? Ich vermute einen Safe, aber möglicherweise gibt es da hinten noch etwas anderes. Schließfächer vielleicht? Ich will wissen, worauf die Diebe aus waren, denn als sie merkten, dass der Alarm ausgelöst worden war, sagten sie, sie hätten nicht bekommen, was sie wollten. Und woher wussten sie überhaupt, dass der Alarm ausgelöst worden war?"

Ben stand auf und streckte sich. „Okay, okay, ich sehe mir das mal an. Was den Alarm betrifft, so war das wahrscheinlich eine Lampe, die die Mitarbeiter im Backoffice alarmierte."

„Mitarbeiter im Backoffice?"

„Ja, das Personal, das nicht hier draußen sitzt. Der Direktor, zum Beispiel. In einer Bank muss auch Arbeit erledigt werden, die nicht direkt mit dem Kunden in Zusammenhang steht." Er schaute sich um. „Und ich sehe hier draußen keine Arbeitsplätze, sondern nur Serviceschalter. Also vermute ich, dass es dort hinten wahrscheinlich einen Bürobereich gibt."

„Okay. Also, schau nach. Bitte. Ich muss dieses Telefon zurückgeben und …". Ich stockte, als mir plötzlich ein Gedanke kam. „Mein Handy! Wir können es zurückverfolgen. Ich habe die *Finde mein Telefon*-App installiert."

Ben grinste mich an und warf mir einen wissenden Blick zu, als ob ihm dieser Gedanke bereits gekommen wäre, er mir aber diesen kleinen Sieg überlassen wollte. „Bestimmt besitzt so ziemlich jeder, dessen Handy gestohlen wurde, irgendeine Tracking-App. Eure Telefone mitzunehmen, war ein Anfängerfehler", meinte er, bevor er den Raum durchquerte und direkt durch die Sicherheitstür marschierte. Kopfschüttelnd stand ich auf und brachte Galloway das Telefon zurück. „Danke. Krise abgewendet. Kevin, der Goldfisch, wurde gefunden", meinte ich.

„Eine Seebestattung?", fragte Galloway.

Ich nickte. „Ja, leider. Er war gestorben und Jills Mann hat seine Leiche entsorgt, bevor er zur Arbeit ging, dachte aber nicht daran, es seiner Frau zu sagen. Aber mir kam eben eine Idee: Die Bankräuber haben unsere Telefone mitgenommen. Wir können sie also aufspüren", beendete ich hastig meinen Satz, total begeistert von meinem Einfall.

„Nicht nötig. Wir haben die Telefone gefunden", sagte Galloway und grinste über meinen schockierten Gesichtsausdruck. „Dem Streifenwagen wurde gemeldet, dass der Fahrer eines weißen Lieferwagens etwas in einen Mülleimer in der Nähe der Werft geworfen hat. Es wurden sechs Mobiltelefone sichergestellt. Sie sind schon auf dem Rückweg hierher, damit die Handys identifiziert und ihren Besitzern zurückgegeben werden können."

Meine Schultern sanken in sich zusammen. Ich hatte die verrückte Idee, dass wir die Telefone bis in die Höhle der Diebe verfolgen könnten. Leider war es nicht so einfach. Doch der Gedanke, dass ich mein Telefon zurückbekommen würde, richtete mich wieder auf. „Und der Lieferwagen?", fragte ich.

„Keine Spur davon. Wahrscheinlich wurde er in einer Garage oder einem Lagerhaus abgestellt."

„Es ist meine Schuld", murmelte ich und scharrte mit dem Fuß auf dem Teppich. Hätte ich mir nur das Nummernschild gemerkt! Aber es war alles so schnell gegangen und ich war mir sicher gewesen, dass sie mich erschießen würden. Ich hatte nicht klar denken können, und das beunruhigte mich. Eine Privatdetektivin musste immer einen kühlen Kopf bewahren.

„Was ist?" Galloway hielt in dem inne, was auch immer er gerade mit seinem Telefon anstellte, und zog eine dunkle Augenbraue hoch.

„Ich habe mir das Kennzeichen nicht gemerkt. Ich stand genau dort." Ich zeigte auf die vorderen Fenster. „Ich war in der perfekten Position, um die Nummer zu sehen, aber ich habe nicht hingeschaut."

Er verschränkte die Arme. „Hast du es versucht?"

„Also … ja. Ich wollte nach meinem Handy greifen, ein Foto machen und dann das Nummernschild ablesen. Nur, dass ich mein Handy nicht dabei hatte. Und als ich das bemerkte, waren sie schon zu weit weg und ich konnte das Schild nicht mehr lesen."

„Das ist alles, was zählt", meinte er. „Dass du überhaupt daran gedacht hast."

„Das ist aber nicht gerade sehr hilfreich", brummte ich, immer noch verärgert über mich selbst. Ich wollte keine Plattitüden hören, um mich besser zu fühlen. Ich hatte im entscheidenden Moment versagt. Punkt.

Galloway seufzte: „Ich wollte dir das eigentlich nicht sagen, weil ich nicht will, dass du in diesem Fall ermittelst, aber irgendwie habe ich das Gefühl, dass du nicht anders kannst."

Ich sah abrupt auf. „Mir was nicht sagen?"

„Der Wagen hatte keine Nummernschilder. Selbst wenn es dir also gelungen wäre, ein Foto zu machen, hätte es keinen Unterschied gemacht."

„Woher weißt du das? Dass die Kennzeichen entfernt wurden, meine ich."

„Der Streifenwagen kam nah genug heran, um es zu sehen." Er legte eine Hand auf meine Schulter. „Aber ich meine es ernst, Audrey, du musst dich da raushalten."

Ich wurde stutzig. *Was? Dachte er, ich wäre nicht clever genug?* „Warum?", wollte ich wissen, bereit, empört zu sein.

„Diese Typen sind bewaffnet und gewalttätig. Sei froh, dass du nicht erschossen wurdest. Du hast keine Waffenausbildung und besitzt keinen Waffenschein. Das ist gefährlich und sollte der Polizei überlassen werden."

„Oh." Er hatte nicht ganz unrecht. Ich hatte noch nie in

meinem Leben eine Waffe abgefeuert. Obwohl Ben mir mehrmals angeboten hatte, es mir beizubringen, war ich immer davor zurückgeschreckt, weil meiner Meinung nach ein so ungeschickter Mensch wie ich niemals eine Schusswaffe in die Hand nehmen sollte.

In dem Moment gab es einen Tumult an der Tür. Ich drehte mich um und sah Officer Collier mit einer Plastiktüte in der Hand hereinkommen, in der sich unsere Handys befanden. Galloway ließ die Hand von meiner Schulter fallen und sagte: „Warte hier", bevor er zu ihm ging.

Ich richtete meine Aufmerksamkeit auf den jungen Mann, der den Alarm ausgelöst hatte.

„Wie geht es Ihnen?", fragte ich ihn.

Er steckte die Hände in die Hosentaschen, starrte auf seine Füße und murmelte: „Ganz okay, denke ich."

„Das war ziemlich beängstigend", fuhr ich fort. „Ich war noch nie in so etwas verwickelt ... Sie etwa? Werden Sie dafür ausgebildet? Weil ich dachte, dass Sie sehr mutig waren. Und clever", fügte ich hinzu und nickte in Richtung des Tastenfeldes an der Wand.

Er richtete sich bei dem Lob ein wenig auf. In seinen blauen Augen lag dieser benommene Blick, den man bekam, wenn man nicht wirklich glauben konnte, was gerade passiert war.

„Um ehrlich zu sein, habe ich mir vor Angst fast in die Hose gemacht", gestand er mir und fuhr sich mit der Hand über den Nacken. „Ich habe innerlich geflucht, dass sie unter allen Mitarbeitern ausgerechnet mich ausgewählt haben."

„Unter allen Mitarbeitern? Sind das nicht nur Sie und

Jennifer-Judith-Jessica?", fragte ich und schaute mich in der Bank um, wobei mein Blick auf der Angestellten landete, wegen der ich überhaupt erst hier war. Ich zählte kurz im Kopf nach. Zwei Angestellte und vier Kunden, darunter auch ich, hatten sich während des Überfalls im Gebäude aufgehalten.

„Wer?" Er runzelte die Stirn, bevor er sich zu mir umdrehte. „Sie meinen Susan?" Dann zuckte er mit den Schultern. „Nun ja, sie ist meine Vorgesetzte. Mann, ich fühle mich echt mies, weil ich mir gewünscht habe, dass sie sie anstelle von mir gewählt hätten … Aber es ist die Wahrheit."

„Ich bin Audrey Fitzgerald. Wie war noch mal Ihr Name?" Ich streckte die Hand aus.

Er schüttelte sie, sein Händedruck war schwach, seine Finger waren feucht. „Jacob Henry."

„Wenigstens haben Sie sich den Code gemerkt, Jacob", meinte ich lächelnd und versuchte, ihn zu beruhigen. „Das hat uns gerettet."

„Ich bin nur froh, dass es funktioniert hat." Jacob war blass unter seiner leicht gebräunten Haut. Sein kurzes braunes Haar stand an den Stellen unregelmäßig ab, an denen er mit den Fingern hindurchgefahren war. Vermutlich stand er unter Schock, also klopfte ich ihm auf den Rücken, in der Hoffnung, dass es eine beruhigende Geste war.

„Haben Sie eine Ahnung, worauf sie aus waren?"

Er schnaubte. „Auf Geld natürlich!" Dabei klang er so, als hielte er mich angesichts dieser Frage für eine Närrin, aber vielleicht hatte er nicht gehört, was ich gehört hatte, nämlich dass die Räuber selbst nicht das bekamen, weswegen sie gekommen waren.

„Aber Sie haben doch auch Schließfächer hier, oder?", hakte ich nach. „Haben sie versucht, auf eines zuzugreifen?"

Er sah mich mit seinen blauen Augen verwirrt an. „Nein, sie sind direkt zum Tresor gegangen."

„Und der Tresor stand offen?"

„Ja. Er hat eine zweiminütige Verzögerung, aber wir erwarteten eine Bargeldlieferung, also öffnete der Bankdirektor ihn früher, um keine Zeit zu verlieren."

Meine Augenbrauen schossen in die Höhe. Das war mit Sicherheit ein grober Verstoß gegen das Protokoll. Schließlich wurde damit der gesamte Zweck eines zeitverzögerten Schlosses zunichtegemacht. Ich nahm mir vor, später mit Ben darüber zu sprechen.

„Wann wurde die Lieferung erwartet?"

„Sie sollte eigentlich um neun Uhr hier sein, aber sie haben angerufen und gesagt, dass sie im Stau stehen. Auf der Autobahn gab es eine Massenkarambolage mit sechs Fahrzeugen, deshalb waren sie zu spät dran."

Die Räuber hatten also gewusst, dass heute Bargeld in die Bank geliefert werden würde und wann es erwartet wurde. Was sie nicht wussten, war, dass die Lieferung sich verspätet würden.

„Wer wusste noch davon? Also dass die Bank heute eine Geldlieferung erhält, meine ich."

Jacob zuckte mit den Schultern. „Es ist nicht gerade ein Geheimnis, aber wir werben auch nicht damit. Alle Bankangestellten wussten es. Einige Kunden auch. Wir müssen nicht so oft Bargeld bestellen, vielleicht zweimal im Jahr, wenn überhaupt."

Bevor er noch etwas sagen konnte, kam Officer Collier mit der Plastiktüte auf uns zu. „Audrey, Jacob. Bitte identifizieren Sie Ihre Handys."

„Wir bekommen sie zurück, richtig?", fragte ich. „Sie bewahren sie nicht als Beweismittel auf oder so?"

„Sie bekommen sie zurück, nachdem wir alles protokolliert haben. Überprüfen Sie bitte Ihre Anrufprotokolle, um sicherzugehen, dass die Verdächtigen Ihr Gerät nicht benutzt haben, um einen Anruf zu tätigen oder eine Nachricht zu senden. In diesem Fall würden wir das Telefon natürlich einbehalten."

Ich durchsuchte mein Handy und zeigte Officer Collier meine Anrufliste. Das Telefon war seit heute Morgen nicht mehr benutzt worden, nachdem Jill Murray wegen ihres vermissten Goldfischs angerufen hatte. Es gab einen verpassten Anruf von derselben Nummer – ihr Rückruf, um mir zu sagen, dass das Rätsel gelöst sei, nahm ich an. Er nickte, notierte sich das und wandte seine Aufmerksamkeit Jacob zu.

Jacobs Handy steckte in einer Star-Wars-Hülle, und ich beugte mich vor, um es mir genauer anzusehen. Er hatte eine Menge ausgehender Anrufe an dieselbe Nummer. Und ich meine wirklich eine Menge. Mindestens zwanzig allein heute Morgen.

„Wessen Nummer ist das?", fragte Officer Collier, der die Anrufliste ebenfalls interessiert überprüfte. „Haben Sie all diese Anrufe getätigt?"

„Das ist meine Frau. Emily", antwortete Jacob abwehrend.

Ich blinzelte überrascht. Jacob sah viel zu jung aus, um verheiratet zu sein.

Officer Collier starrte ihn ebenfalls an. „Rufen Sie Ihre Frau immer so oft an?"

„Sie hat nicht abgenommen", murmelte Jacob und schaute auf seine Schuhe.

Officer Collier und ich tauschten einen wissenden Blick aus. Sie nahm nicht ab, weil sie – offensichtlich – nicht mit ihm reden wollte. Warum hatte er also weiterhin angerufen? Warum hatte er nicht einfach eine Nachricht hinterlassen und weitergearbeitet? Ach, die Tücken der jungen Liebe.

„Was war denn so dringend, dass Sie sie so oft anrufen mussten?", fragte Officer Collier und seine Stimme triefte vor Misstrauen.

Mir fiel die Kinnlade herunter. War dies ein Insiderjob? Hatte Jacob mit den Räubern zusammengearbeitet? Aber das ergab keinen Sinn. Schließlich hatte er den Alarm ausgelöst. Und er sah wirklich furchtbar aus, blasse Haut und feuchte Hände. Aber vielleicht war das nicht der Schock. Vielleicht war es die Angst, bei etwas sehr viel Schlimmerem erwischt zu werden. Es war eine vierte Person an dem Überfall beteiligt gewesen. Der Fahrer des Fluchtwagens. Der auch eine Frau gewesen sein könnte. Ich hatte ihn oder sie schließlich gar nicht gesehen. Vielleicht waren Jacob und seine Frau in die Sache verwickelt.

„Wusste sie von der heutigen Bargeldlieferung?", fragte

ich und unterbrach Officer Collier, der mir einen verärgerten Blick zuwarf.

Jacob sah mich überrascht an. „Nein, das hat sie nicht. Wir haben uns getrennt. Ich habe seit über einem Monat nicht mehr mit ihr gesprochen.“

„Nicht, dass Sie es nicht versucht hätten“, antwortete Officer Collier düster, reichte Jacob sein Telefon und ging zur nächsten Person weiter. Offenbar war er zufrieden mit Jacobs Antwort.

KAPITEL VIER

„Ich kann nicht glauben, dass du das wirklich getan hast!"

Trotz des Klingelns in meinen Ohren konnte ich Bens hohes Kreischen hören. „Beruhige dich. Das kann man bestimmt wieder ausbeulen", versicherte ich ihm.

„Ausbeulen? Ausbeulen!" Sein Gekreische wurde noch ein paar Oktaven höher. „Audrey, du hast mein Auto zu Schrott gefahren. Falls du es nicht bemerkt hast, es liegt auf dem Dach und du hängst kopfüber."

„Weißt du, jetzt wo du es sagst", brummte ich und schob mir die Haare aus dem Gesicht. „Das ist mir zwar auch schon aufgefallen, aber danke, dass du mich darauf hingewiesen hast."

Ich sah zu, wie Ben vor mir auf und ab schwebte. Was okay für ihn war, er war unkörperlich. Ein Geist. Als sich das Auto ziemlich spektakulär überschlagen hatte und in einem Gewitter aus Funkenregen und Schimpfwörtern die Straße entlang gerutscht war, hatte er keine Probleme bekommen. Er war ja bereits tot und konnte nicht noch einmal sterben. Ich hingegen könnte das tun. Ich bewertete meine derzeitige Situation: Ich war nicht verletzt – zumindest nicht schwer, höchstens ein paar blaue Flecken. Aber ich saß fest, kopfüber, mit dem Sicherheitsgurt auf dem Fahrersitz festgeschnallt.

Ich zerrte erneut daran und drückte auf den Entriegelungsknopf. Nichts. Das Radio schaltete sich ein und aus, eine Kombination aus einer Talkshow und Rauschen. Das verbogene Metall der Karosserie knarrte und ächzte, während es seine neue Form annahm. Das leise Klirren, als ein weiteres winziges Stück zerbrochenes Glas auf die Straße fiel. Später würde ich den Verlust meines schönen Nissan Rogue betrauern, das wusste ich. Okay, Bens Nissan Rogue, aber seit seinem frühen Tod und meinem darauf folgenden Erbe gehörte das Auto mir. Und ich hatte es gerade zu Schrott gefahren. Aber das war nicht mein größtes Problem.

„Kommen sie?", fragte ich, während ich fieberhaft am Gurt zerrte und mich umdrehte, um einen Blick auf die Straße hinter uns zu erhaschen.

Ben blieb stehen und verschwand kurzzeitig aus meinem Blickfeld, bevor er wieder vor mir auftauchte und mich vor Überraschung aufschreien ließ. „Mein Gott. Wie wäre es mit einer kleinen Vorwarnung."

Wir hatten uns weitgehend an unsere neue Normalität gewöhnt. Ben als Geist und alle damit verbundenen Eigenheiten, aber er überraschte mich trotzdem immer wieder mit seinen plötzlichen Auftritten.

„Ja", sagte er. Er hockte vor mir, ließ den Blick über mich gleiten und verweilte auf dem klemmenden

Gurtschloss. Sein körperloser Status war zwar von Zeit zu Zeit nützlich, aber jetzt war keine dieser Gelegenheiten. Er konnte mir nicht helfen. Nicht physisch.

Ich hörte das Geräusch eines herannahenden Fahrzeugs und mir lief ein Schauer über den Rücken. Mit donnerndem Herzschlag in den Ohren zerrte ich weiter an dem Band und versuchte, mich aus ihm herauszuwinden, aber das Blut schoss mir in den Kopf und der Gurt ließ mich nicht so einfach los. „Siehst du irgendwo mein Telefon?", fragte ich.

Ben begann mit der Suche, bewegte sich in das Auto hinein und wieder aus ihm heraus. Das hätte mich eigentlich erschrecken sollen, aber ich war zu sehr damit beschäftigt, meinen Hintern hier rauszukriegen, bevor die bösen Jungs kamen, um mir Gedanken über Ben und seine Geistererscheinung zu machen.

Zu spät. Das Fahrzeug, das ich gehört hatte, kam immer näher. Die Scheinwerfer leuchteten um die Kurve und der Motor kam mit einem leisen Grollen zum Stehen. Die Lichtstrahlen schnitten durch die Nachtluft und blendeten mich. Ich hob einen Arm und schirmte das Gesicht ab, während ich mit der freien Hand wie wild auf das Schloss des Sicherheitsgurtes drückte, als würde ich eine Morsebotschaft aussenden. Autotüren knallten und mehrere Schritte näherten sich. Das war es. Ich war dem Untergang geweiht. Ich spannte mich an und wartete auf den Kugelhagel.

Als nichts geschah, hielt ich in meinen hektischen Bemühungen, den Knopf zu drücken, inne und lugte hinter meinem Arm hervor. Alles, was ich sehen konnte, waren Beine. Zwei Paar, gekleidet in dunkle Hosen und Stiefel.

Eines der Beine beugte sich und leuchtete mir mit einer Taschenlampe direkt ins Gesicht. „Alles in Ordnung da drinnen?"

Die Stimme klang verdächtig nach Firefly Bays einzigartigem Police Officer Ian Mills. Na, toll!

„Alles gut, danke." Ich ließ meine Zähne in einer Grimassen-Lächeln-Kombination aufblitzen. „Könnten Sie mir vielleicht nicht direkt ins Gesicht leuchten? Bitte."

Ausnahmsweise tat Mills, was ihm gesagt wurde, und nahm den Lichtstrahl aus meiner Netzhaut, um ihn stattdessen in den Innenraum meines zerstörten Autos zu halten. „Überschlag eines einzelnen Fahrzeugs", sagte er über die Schulter zu seiner Begleiterin.

„Ich werde es melden." Ich schaute hinter Mills und war überrascht, Officer Sarah Jacobs zu sehen. Mills war normalerweise der Partner von Sergeant Dwight Clements – beides inkompetente Witzbolde. Ich hörte zu, während sie in das Mikrofon an ihrer Schulter sprach. „Überschlag eines einzelnen Fahrzeugs. Fahrerin muss herausgeschnitten werden. Fordere Feuerwehr und Krankenwagen an."

„Haben Sie getrunken?" Mills hatte seine rudimentäre Untersuchung meines Autos beendet und leuchtete mir wieder mit seiner Taschenlampe direkt in die Augen.

Geblendet bäumte ich mich auf und hob die Hände, um meine Augen zu schützen. „Mein Gott!", fluchte ich. „Nehmen Sie die Taschenlampe runter. Ich brauche meine Augäpfel vielleicht noch zum Sehen und für andere nützliche Dinge."

„Officer Mills, darf ich?", fragte Jacobs.

„Ich schaff das schon", schnappte er.

Angesichts meines eingeschränkten Sichtfelds konnte ich ihn nicht sehen, aber ich hörte die Abwehrhaltung in seiner Stimme. Er war nicht glücklich. Weil er mit Jacobs Dienst schieben musste? Weil sie eine Frau war? Oder weil sie ein paar Jahrzehnte jünger war als er und höchstwahrscheinlich ihren Job besser erledigte als er? Pah, wem wollte ich etwas vormachen? Selbst ein Schwamm wäre ein besserer Polizeibeamter als Mills.

„Ich habe eine Erste-Hilfe-Ausbildung", antwortete sie in ruhigem Ton. „Ich muss die Patientin untersuchen."

Er erwiderte nichts, aber ich hörte ein Schlurfen von Füßen und die Bewegung von Luft in der Nähe meines Gesichts.

„Hallo, Audrey, ich bin es, Officer Jacobs. Sind Sie verletzt? Haben Sie Schmerzen?"

Ich riskierte es, ein Auge zu öffnen, und nachdem ich mich vergewissert hatte, dass ich das beruhigt tun konnte, öffnete ich auch das andere. „Nein. Ich hänge einfach nur fest. Der Sicherheitsgurt klemmt."

Sie kroch ein Stück weit durch das Fenster auf der Fahrerseite, schob den aufgeblasenen Airbag aus dem Weg und lehnte sich um mich herum, um den Verschluss selbst zu lösen. „Klemmt fest", bestätigte sie und kroch wieder zurück.

„Sie könnten ihn einfach aufschneiden", schlug ich vor.

„Tut mir leid, das geht nicht. Sie könnten Wirbelsäulenverletzungen haben. Ich fürchte, Sie werden bleiben müssen, wo Sie sind, bis die Sanitäter kommen. Können Sie mir sagen, was passiert ist?"

Die Lüge ging mir leicht über die Lippen. „Ich bin einfach zu schnell in die Kurve gefahren. Ich muss mich erst noch daran gewöhnen, damit zu fahren", deutete ich auf das Wrack, in dem ich saß. „Ich schätze, mit dem höheren Schwerpunkt und allem … Ich bin einfach umgekippt."

Eine Augenbraue schoss in die Höhe, bevor sie sich zu einem Stirnrunzeln senkte. „Überhöhte Geschwindigkeit. Sie werden einen Strafzettel bekommen."

„Das ist wohl mein geringstes Problem", brummte ich leise vor mich hin.

„Wie bitte?"

„Nichts." Ich schaute mich um und fragte mich, wo Ben steckte. Er hätte mir sagen können, dass sich die Polizisten näherten und nicht die Bösewichte. Vielleicht war es die Rache dafür gewesen, was ich mit seinem Auto gemacht hatte, aber hey, das war keine Absicht gewesen. Meine Lüge war nicht wirklich eine Lüge, überhöhte Geschwindigkeit war mit Sicherheit ein Grund für den Unfall. Ich war auf zwei Rädern um die Kurve geschleudert, kein Wunder, dass sich der Nissan überschlagen hatte. Aber den Grund für meine Geschwindigkeitsüberschreitung wollte ich ihr nicht verraten.

Die Wahrheit war, dass ich ein angeblich verlassenes Lagerhaus unten bei den Docks überwacht hatte, als ich entdeckt wurde. Und die drei Kerle, die mich entdeckt hatten, trugen Pistolen. Das wusste ich, weil sie auf mich geschossen hatten. Und Ben hatte mir zugerufen, dass sie Waffen hätten und ich verschwinden solle.

Während ich kopfüber in meinem Autowrack

baumelte und auf die Kavallerie wartete, bestand Mills auf einem Alkoholtest, der – ach, welch Überraschung – negativ war. Obwohl ich weiß Gott einen Drink gebrauchen konnte. Das Blinken der blauen und roten Lichter hatte sich mit den Scheinwerfern vermischt und erhellte den Nachthimmel, und zu dem Polizeifahrzeug gesellten sich bald ein Krankenwagen und ein Feuerwehrfahrzeug.

„Audrey Fitzgerald, da haben Sie sich aber mal wieder in eine Situation gebracht, was?" Ein Kopf erschien an meinem Fenster.

„Oh hi, Jase", begrüßte ich den Sanitäter. „Wie geht es Ihnen?"

„Oh, mir geht es gut. Aber was wichtiger ist: Wie geht es Ihnen? Haben Sie Schmerzen?" Er drückte eine behandschuhte Hand an meinen Hals und prüfte meinen Puls.

Ich schüttelte den Kopf und wartete geduldig, während er mir ein weiteres Mal in die Augen leuchtete und meinen Körper kurz, aber gründlich untersuchte. „Ist Ned auch dabei?", fragte ich im Plauderton.

Jason grinste. „Klar. Ned!", rief er über seine Schulter. „Kragen." Er streckte seine Hand aus, und innerhalb von Sekunden hatte Ned eine Halskrause in seine Handfläche gelegt.

Ich stöhnte. „Brauche ich die wirklich?"

„Nur eine Vorsichtsmaßnahme", versicherte er mir, und ich konnte ihm wirklich nicht widersprechen, da ich kopfüber feststeckte. Nachdem er mir die Krause um den Hals gelegt hatte, sagte er zu mir: „Ich setze mich jetzt auf den Rücksitz, sodass ich direkt hinter Ihnen bin. Die

Rettungskräfte werden die Fahrertür öffnen und den Sicherheitsgurt lösen. Dann werden wir Sie langsam auf ein Brett absenken und Sie aus dem Auto schieben, okay?"

„Alles klar." Es herrschte eine rege Betriebsamkeit, es wurde viel gerufen und nach Ausrüstung gefragt. Die Beifahrertür wurde aufgerissen, ebenso die Hintertür. Ich konnte spüren, wie Jason einstieg und das Fahrzeug durch die Bewegung ins Wanken geriet. Meine Hand schoss nach vorne, um nach etwas zu greifen, irgendetwas, und das plötzliche Bild des Autos, das auf dem Dach den Hügel hinunterrutschte, tauchte in meinem Kopf auf.

„Ganz ruhig." Jason ergriff meine fuchtelnde Hand und drückte sie. „Alles gut."

Ich versuchte zu nicken, aber mit der Halskrause war es schwierig, sich zu bewegen. „Darf ich Sie etwas fragen?"

„Natürlich."

„Als Sie angekommen sind, waren da noch andere Fahrzeuge in der Nähe? Hat vielleicht jemand weiter unten auf der Straße angehalten? Oder sind Sie an jemandem vorbeigefahren?", fragte ich.

„Nicht dass ich wüsste. Warum?" Er hielt inne und ich konnte praktisch hören, wie sich die Rädchen in seinem Kopf drehten. „Wurden Sie verfolgt, Audrey? Hatten Sie deshalb den Unfall?"

„Pst", zischte ich. „Ich bin noch in der Ausbildung, und wenn ich das vermassle und die Polizei Wind davon bekommt, dass ich einen Unfall hatte, weil ich verfolgt wurde, dann könnte Galloway die ganze Sache abblasen und ich wäre am Ende." Schließlich hatte mich Galloway ausdrücklich gebeten, den Banküberfall nicht zu untersuchen. Nur, dass ich seine Bitte ignoriert hatte. Er wäre nicht erfreut, wenn er herausfände, was wirklich geschehen war.

„Ist es Ihnen lieber, wenn sie denken, dass Sie das allein hinbekommen haben?" In Jasons Stimme lag genau der richtige Ton von Ungläubigkeit, der mir sagte, dass er mich für verrückt hielt.

„Für den Moment, ja. Wenn Sie keine anderen Autos in der Nähe gesehen haben, wurde ich vielleicht gar nicht richtig verfolgt."

„Wie kommen Sie darauf, dass Sie verfolgt wurden?"

Wegen der Schüsse. Aber das konnte ich nicht laut sagen, und um ehrlich zu sein, hatte ich mich nicht auf meinen Rückspiegel konzentriert, sondern nur darauf, meinen Hintern aus den Docks herauszubekommen. Vielleicht waren sie uns gar nicht gefolgt. Und vielleicht war es zu hundert Prozent meine Schuld, dass ich auf dem Dach geparkt hatte. Auch wenn das das Äußerste wäre, was ich an Ungeschicklichkeit zu bieten hatte.

Ich kam jedoch nicht dazu, zu antworten, denn plötzlich herrschte reges Treiben. Ein Feuerwehrmann war auf den Beifahrersitz geklettert, hatte eine Trage in Position gebracht und dann den Gurt durchtrennt. Das plötzliche Nachlassen des Drucks erschreckte mich, und obwohl ich wusste, was kommen würde, konnte ich ein Keuchen nicht unterdrücken.

„Ganz ruhig", murmelte Jason neben meinem Ohr, während starke Hände mich nach unten und dann aus dem Fenster zogen.

. . .

Ich saß im hinteren Teil des Krankenwagens, als Galloway eintraf und direkt auf mich zusteuerte.

„Audrey." Er nickte zur Begrüßung und ich konnte nicht sagen, ob er verärgert, erleichtert, besorgt oder wütend war. Vielleicht alles zusammen. „Bist du okay?"

„Mir geht es gut. Nur ein paar Schrammen und blaue Flecken", versicherte ich ihm. „Jase, sagen Sie es ihm."

Jase zwinkerte mir zu, bevor er sich Galloway zuwandte: „Sie sagt die Wahrheit", bestätigte er. „Leichte Schürfwunden, einige Prellungen durch den Sicherheitsgurt."

„Siehst du?" Ich lächelte. „Ich muss nicht einmal ins Krankenhaus."

„Oh doch!", sagten Galloway und Jase gleichzeitig.

„Hey!", protestierte ich. „Hört auf, euch gegen mich zu verbünden."

„Audrey", sagte Jase mit übertriebener Geduld. „Wir haben darüber gesprochen. Sie könnten innere Verletzungen haben, von denen wir noch nichts wissen. Ich weiß, dass ich ein ziemlich toller Sanitäter bin, aber selbst ich habe keinen Röntgenblick. Und Sie, meine Liebe, müssen geröntgt werden. Das ist das Mindeste."

„Du fährst ins Krankenhaus." Galloway verschränkte die Arme und stellte die Füße breit auf. Ich kannte diesen Blick. Das war etwas, was Ben immer gemacht hatte. Warum wollten Alphamänner eine Frau immer herumkommandieren?

„Oh, ist das nicht süß?", gurrte Ben, der plötzlich neben Galloway auftauchte. Er hatte sich während meiner Rettung rar gemacht, aber ich nahm an, dass er nur von außen zugesehen hatte. Warum sollte man sich in ein schrottreifes Fahrzeug setzen, wenn man es nicht musste? Ich ignorierte Ben und konzentrierte mich auf Galloway. „So sehr ich es auch genieße, meine Vielfliegerkarte in der Notaufnahme lochen zu lassen, weil man nach zehn Besuchen eine kostenlose Darmspiegelung bekommt, halte ich es nicht für angebracht, wichtige Ressourcen unnötig zu verschwenden."

„Ich dachte, es ginge um eine Reise zu den Bermudas und um Steakmesser?" Galloways Witz überraschte mich.

„Das auch." Ich nickte. „Aber im Ernst, diese Jungs haben mich untersucht und ich bin noch einmal mit einem blauen Auge davongekommen. Also keine Notaufnahme heute."

„Netter Versuch", sagte Jase, „aber keine Chance. Doch ich bin durchaus kompromissbereit: Sie können mit dem Krankenwagen dorthin gebracht werden oder sich selbst dorthin begeben. Und damit meine ich, dass jemand anderes Sie fahren kann."

„Jemand anderes?" Ich blickte in Richtung Galloway, dessen Gesichtsausdruck ich immer noch nicht lesen konnte. Er hatte ein sehr gutes Pokerface.

„Ich nehme sie mit", bot Galloway an.

Jase hatte gewusst, dass er das tun würde, denn er besaß die Frechheit, ihn vor meinen Augen abzuklatschen.

„Das ist nicht fair", murrte ich, aber niemand beachtete mich. Stattdessen wurde ich in Galloways Auto verfrachtet und meine Proteste wurden ignoriert. Ben fuhr mit uns mit, schwieg aber gnädigerweise während der Fahrt. Vermutlich war er immer noch sauer, weil ich sein Auto zu Schrott gefahren hatte. Ich war natürlich auch nicht begeistert von der Situation.

Um ehrlich zu sein, verlief der Aufenthalt in der Notaufnahme relativ reibungslos. Ich bekam meine Vielfliegerkarte in Form von hochgezogenen Augenbrauen und Kommentaren wie „Sie schon wieder, Audrey?" abgestempelt. Man stach auf mich ein, nahm mir Blut ab, um zu prüfen, ob ich nicht unter Drogen- oder Alkoholeinfluss stand, und schickte mich dann zum Röntgen. Ben hielt sich die ganze Zeit in der Nähe der Schwesternstation auf, ein Auge auf mich, das andere auf einer brünetten Schwester.

Ich lag gerade auf der Trage und überlegte, wie viel ich Galloway über die Ereignisse des Abends erzählen sollte, als der Arzt zurückkam.

„Wie geht es ihr?", fragte Galloway, bevor ich zu Wort kommen konnte.

„Sie wird wieder gesund. Ich habe sie gründlich untersucht, ihre Vitalwerte sind stabil. Sie steht nicht unter Drogen- oder Alkoholeinfluss, hat einige Weichteilverletzungen und Schürfwunden, die aber nicht weiter behandelt werden müssen. Keine Gehirnerschütterung. Alles in allem hat sie die Sache ziemlich glimpflich überstanden." Dann wandte sich der Arzt an mich. „Ich schlage vor, dass Sie sich ein paar Tage schonen. Sie werden Schmerzen haben, aber es ist nichts gebrochen und Sie haben auch keine inneren Blutungen."

Ich strahlte, während Galloway ihn einen Moment lang aufmerksam musterte, bevor er den Kopf leicht neigte. „Sie kann also gehen?"

„Ich brauche nur eine Unterschrift auf dem

Entlassungsformular, und sie gehört ganz Ihnen." Der Arzt reichte mir ein Klemmbrett und zeigte auf den unteren Teil, wo ich pflichtbewusst unterschrieb.

Ich glitt von der Trage herunter und winkte dem Arzt und den Krankenschwestern zu. „Danke, Leute, nichts für ungut, aber ich hoffe, wir sehen uns nicht so bald wieder!"

KAPITEL FÜNF

Die Autofahrt nach Hause war eisig. Ben machte es sich auf dem Rücksitz bequem. Jetzt, da er wusste, dass es mir gut ging, schimpfte er ausgiebig mit mir, weil sein Auto nun ein Schrotthaufen war. Irgendwann ging ihm jedoch die Luft aus und er verfiel in gnädiges Schweigen. Galloway dagegen sprach kein Wort, aber die Art, wie seine Finger das Lenkrad umklammerten, weckten in mir den Verdacht, dass er eine Menge sagen wollte. Ich war dankbar, dass er es für sich behielt. Es war ein schrecklicher Tag gewesen und ich war wirklich erschöpft.

Als er vor Bens Haus anhielt, stellte Galloway den Motor ab, stützte einen Arm auf das Lenkrad und drehte sich zu mir um.

„Willst du mir sagen, was wirklich passiert ist?"

„Okay, ich weiß, dass ich zu schnell gefahren bin. Das war dumm und leichtsinnig von mir und es tut mir leid."

„Oh, ich weiß, dass du zu schnell gefahren bist,

Audrey. Ich möchte wissen, warum du zu schnell gefahren bist."

Ich richtete meine Aufmerksamkeit auf die Windschutzscheibe und starrte auf die dunkle Straße. Vermutlich hätte ich ihm sagen sollen, dass ich noch nicht in Bens Haus eingezogen war, dass ich gekniffen hatte und noch in meiner Wohnung lebte. Aber aus irgendeinem Grund verschwieg ich ihm das. Vielleicht wegen der Wellen der Wut, die von ihm ausgingen? Vielleicht lag es aber auch an meinem Selbsterhaltungstrieb, der sich meldete. Außerdem würde es nicht schaden, die Nacht bei Ben zu verbringen. Der Gedanke, Thor an meiner Seite zu haben, um mir Gesellschaft zu leisten, war seltsam beruhigend.

„Audrey", knurrte Galloway. „Ich bin so kurz davor, die Fassung zu verlieren."

Ich warf einen kurzen Blick auf ihn und sah, wie er Finger und Daumen hochhielt, und biss mir auf die Lippe. Ich mochte es nicht, wenn er wütend auf mich war, und ich wusste, wenn ich ihm die Wahrheit sagte, würde er wütend werden. Aber die Wahrheit war, dass ich das Lagerhaus gefunden hatte, das die Bankräuber nutzten. Nun, Ben und ich hatten es gefunden. Ich hatte nämlich die geniale Idee gehabt, zum Hafen- und Lagerhausviertel zu fahren und Ben auf eine Erkundungsmission zu schicken. Den weißen Lieferwagen hatte er zwar nicht gefunden, dafür aber ausrangierte Clownsmasken in einer alten Lagerhalle.

Ich hatte es mir dort gemütlich gemacht, um auf ihre Rückkehr zu warten – meine erste Observation überhaupt. So aufregend es auch gewesen war, so erschreckend war es, als ich beim Versuch, durch ein Seitenfenster zu spähen, auf dem Kies ausrutschte. Natürlich hatten sie mich gehört. Und natürlich hatten sie ihre Waffen gezückt und mich verfolgt. Und natürlich geriet ich in Panik und verlor die Kontrolle über mein Fahrzeug.

„Sag es ihm einfach, Fitz", seufzte Ben auf dem Rücksitz.

„Ich kann nicht", flüsterte ich. Er wäre zu Recht wütend, und ich sah mich mit der realen Möglichkeit konfrontiert, dass er unsere Vereinbarung kündigen und nicht länger mein Betreuer sein würde. Und ohne Betreuer konnte ich meine Privatdetektivausbildung nicht abschließen. Und ohne Lizenz könnte ich Delaney Investigations nicht leiten. Bei dem Gedanken schmerzte mein Herz, aber ich musste weitermachen. Das war die einzige Möglichkeit, die Erinnerung an Ben wachzuhalten. Nicht, dass es für mich ein großes Problem gewesen wäre, ich sah seine Geisterform schließlich jeden Tag. Doch darum ging es nicht.

„Warum?" Galloways Stimme war rau wie ein Reibeisen und ich warf einen Blick auf sein Gesicht. Jepp, verärgert traf es nicht ganz.

Ich schniefte. „Du wirst ziemlich wütend werden."

„Falls es deiner Aufmerksamkeit entgangen sein sollte, ich bin bereits wütend."

Zu meinem großen Entsetzen traten mir Tränen in die Augen. *Nein! Wag es nicht zu weinen, Audrey Fitzgerald,* schimpfte ich mit mir selbst. *Bloß keine Tränen. Du bist stärker als das. Du kommst mit einem wütenden Polizisten klar.* Offensichtlich hatten meine Augäpfel das Memo nicht erhalten, denn eine dicke, fette Träne lief über meine Wange, der prompt eine weitere folgte.

„Mein Gott", fluchte Galloway und schlug mit der Faust auf das Lenkrad, sodass ich zusammenzuckte. Ich tastete nach dem Türgriff, stieg aus dem Auto und rannte zur Haustür.

Bei jedem Schritt schmerzte mein Bauch an der Stelle, an der sich der Sicherheitsgurt eingegraben hatte, aber ich ignorierte das Stechen und beeilte mich, so schnell ich konnte. Ich hasste es zu weinen. Und noch mehr hasste ich es, wenn es dabei Zeugen gab. Schniefend suchte ich in meinen Taschen nach meinen Schlüsseln und tastete sie hektisch ab, als ich merkte, dass ich sie nicht dabei hatte. Ich hielt inne und starrte ungläubig in den Sternenhimmel. Natürlich hatte ich sie nicht dabei. Sie baumelten an der Zündung von Bens Nissan mit Totalschaden. Eine weitere Träne fiel und ich wischte sie wütend weg.

Das Geräusch einer zuschlagenden Autotür ließ mich aus meinem Selbstmitleid aufschrecken. Fein. Ich würde einfach einen anderen Weg ins Haus finden. Ich drehte mich auf dem Absatz um und ging auf die Seite des Hauses zu. Als ich Schritte hinter mir hörte, beschleunigte ich das Tempo.

„Audrey, warte." In seiner Stimme lag ein gewisser Ton. Wut. Frustration. Und noch etwas, das ich nicht genau zuordnen konnte. Aber eines wusste ich: Ich wollte allein sein, da ein emotionaler Tsunami gleich über mich hereinbrechen würde, und ich wollte keine Zeugen haben, wenn er mich traf. Anstatt mein Tempo zu verlangsamen, joggte ich praktisch und rutschte mehr oder weniger um die hintere Ecke des Hauses. Das Mondlicht fiel auf die Veranda und beleuchtete meinen Weg, aber ich hatte keine Ahnung, was ich tun sollte. Vielleicht könnte ich mich durch die Katzenklappe schlängeln.

Doch darum hätte ich mir keine Gedanken machen müssen, denn mein Handgelenk war plötzlich in einem stählernen Griff gefangen und Galloway rief: „Würdest du vielleicht einfach warten?"

Ich drehte mich zu ihm um. „Warum?", rief ich und erschreckte uns beide. „Damit du mich noch mehr anschreien kannst? Darüber, wie dumm ich war? Wie gedankenlos? Glaubst du, ich wüsste das nicht? Glaubst du, ich fühle mich nicht schrecklich, weil ich Bens Auto zu Schrott gefahren habe und mich dabei hätte umbringen können? Ich schätze, du bist jetzt fertig mit mir, was? Ich schätze, das war es für dich. Du kannst nicht länger mein Betreuer sein."

„Ist es das, was du denkst? Dass ich dich hängen lasse?"

„Tust du das etwa nicht?", schrie ich ihn herausfordernd an.

„Nein."

Er hatte mein Handgelenk immer noch fest im Griff, aber ich wehrte mich nicht mehr. Stattdessen stand ich da und starrte ihn mit offenem Mund an.

„Nein?" Die lästigen Tränen füllten wieder meine Augen und ich sah nur noch verschwommen. Als ein rauer Daumen über meine Wange strich, um eine Träne wegzuwischen, zuckte ich zusammen.

„Audrey Fitzgerald, du machst mich wahnsinnig", flüsterte er und trat näher, um seine Stirn an meine zu legen.

Ich erstarrte. Ihm so nahe zu sein, war eine göttliche Qual.

„Natürlich auf eine gute Art", scherzte ich, weil ich nicht wusste, was ich von dieser Situation halten sollte.

Seine Mundwinkel verzogen sich zu einem teuflischen Grinsen. „Auf alle Arten", flüsterte er.

Eine böse Hitze durchströmte meinen Körper, zusammen mit einem kleinen Summen der Lust. Die Hand, die sich um mein Handgelenk gelegt hatte, glitt nun meinen Arm hinauf, über meine Schulter und hinter meinen Nacken. Jede Berührung seiner Finger schoss hinunter bis zu meinen Zehen, während er meinen Nacken massierte, an meinem Kiefer entlang glitt und meinen Kopf hochhob.

Ich blickte ihm in die Augen, bevor meine eigenen zufielen, als sein Gesicht näher kam. Sein Atem war heiß auf meinem Gesicht, eine Sekunde bevor sein Mund den meinen bedeckte. Ich war mir ziemlich sicher, dass sich die Erde plötzlich nicht mehr drehte und die Schwerkraft versagte, während ich in den Himmel schwebte. Ich lehnte mich an ihn, schlang die Arme um seinen Hals und ignorierte die Schmerzen in meinem geschundenen Körper, als sich ein neuer Schmerz einnistete. Sein Kuss war alles und mehr. Heiß und hart, aber auch süß und sanft.

Und dann machte es in meinem Kopf Klick. Ich küsste einen Polizisten. *Einen Polizisten!* Es dauerte verdammt lange, bis dieser lästige Gedanke auftauchte, aber nachdem er das einmal getan hatte, konnte ich ihn nicht mehr ignorieren. Mein ganzes Misstrauen kam an die Oberfläche und ich versteifte mich. Panik durchfuhr mich. So sexy ich Captain Cowboy Hot Pants auch fand, wir sollten das nicht tun. Nachdem ich mich in den letzten Wochen verzweifelt nach einer Verabredung gesehnt hatte, hatte er nun endlich einen Schritt gemacht und ich geriet in Panik? Ich unterbrach den Kuss und löste mich von ihm.

„Das ist noch zu früh. Du bist noch nicht so weit." Galloways Stimme war tief, rau und von hundert Schichten von Gefühlen durchzogen.

Ich schüttelte den Kopf. Nein. Denn so sehr ich mich auch nach diesem Prachtexemplar von Männlichkeit sehnte, das gerade vor mir stand, er hatte recht. Jetzt war nicht der richtige Zeitpunkt. Ich war ein Sammelsurium widersprüchlicher Gefühle, ganz zu schweigen von den körperlichen Schmerzen.

Er fuhr mit einem Finger über meine Wange und atmete aus. „Jetzt bist du am Zug, Fitz. Ich werde dich nicht drängen, aber ich weiß, dass du es auch fühlst ... diese Verbindung zwischen uns. Ich werde da sein, wenn du bereit bist."

Ich blinzelte, wusste nicht, was ich sagen und was ich tun sollte.

„Ähm." Thor räusperte sich hinter mir. „Seid ihr jetzt fertig?"

Ich hätte nie gedacht, dass ich die Unterbrechung durch eine Katze begrüßen würde, aber jetzt schien Thors Erscheinen eine göttliche Intervention zu sein. Ich beugte mich hinunter und strich mit meiner Hand über sein Fell, um mir Zeit zu verschaffen und meine Fassung wiederzuerlangen.

„Er muss Hunger haben", kommentierte Galloway und

beugte sich um mich herum, um den miauenden Thor zu betrachten.

„Natürlich. Er hat immer Hunger." Ich musste mir auf die Lippe beißen, um nicht noch mehr zu sagen.

„Wenn du hier fertig bist, könnten wir vielleicht reingehen", brummte Thor. „Ich sehe dich nur selten um diese Tageszeit."

Seine Worte lösten eine Welle von Schuldgefühlen aus, und mir wurde klar, dass Thor zwar darauf bestand, dass es ihm nichts ausmachte, die Nächte allein zu verbringen, dass dies aber vielleicht nicht ganz der Wahrheit entsprach.

Galloway drehte sich zur Terrasse herum. „Lass uns reingehen. Dann kannst du mir genau erzählen, was passiert ist, bevor du dich etwas ausruhst. Ob verletzt oder nicht, du hattest gerade einen Autounfall, und ich vermute, dass der Adrenalinrausch so langsam abklingt."

Ich blinzelte überrascht. Das war alles? Keine Gespräche mehr über Gefühle und Emotionen und diesen Kuss? Der Kuss, der gerade meine Welt erschüttert hatte? Der Kuss, den ich abrupt beendet hatte? Fein. Das war genau das, was ich wollte. Glaubte ich.

Ich setzte mein Pokerface auf, richtete mich auf und nickte. „Ich nehme nicht an, dass du zufällig meine Schlüssel hast?" Ich ließ die Schultern hängen und begann mit der monumentalen Anstrengung, die drei hinteren Stufen zu erklimmen. Jede Zelle in meinem Körper schmerzte. Sie hatten eindeutig verstanden, dass es an der Zeit war, wehzutun, und jeder Muskel und jedes Nervenende machte mit großem Vergnügen mit. Ich verbarg meine Grimasse und schleppte mich die Stufen hoch, wobei meine Hüften und mein Becken am lautesten protestierten. Als ich die Glasschiebetür erreichte, war ich schweißgebadet.

Das Klirren von Schlüsseln erregte meine Aufmerksamkeit. Als ich mich umdrehte, sah ich, dass Galloway einen Schlüsselbund in die Höhe hielt. Ich blinzelte und schaute genauer hin. „Sind das meine?"

„Das sind sie. Wenn du nicht aus dem Auto gesprungen wärst, hätte ich sie dir gegeben. Und dein Handy." Er stieg leichtfüßig die Treppe hinauf, reichte mir die Schlüssel und wartete geduldig, während ich mir beim Aufschließen der Tür übermäßig viel Zeit ließ, weil meine Finger sich weigerten, sich zu benehmen.

„Brauchst du Hilfe?" Sein Atem war heiß an meinem Ohr und ich zitterte. Normalerweise würde ich vor der Vorstellung zurückschrecken, einen Mann, geschweige denn einen Polizisten, zu brauchen, der mir beim Öffnen meiner Tür hilft. Doch jetzt war nicht der richtige Zeitpunkt für törichten Stolz, denn meine Beine verwandelten sich schnell in weich gekochte Nudeln, und ich fürchtete, jeden Moment über die Schwelle kriechen zu müssen.

„Ja, bitte."

Er sagte kein Wort, legte nur seine große Hand auf meine, führte den Schlüssel ins Schloss und drehte ihn um. Mein Arm fiel an meine Seite und er schob die Tür auf. Seine Wärme hinter mir war angenehm, aber ich konnte mich nicht zurücklehnen und mich darin sonnen, nicht, wenn ich nicht als ein Häufchen Wachs zu seinen Füßen enden wollte. Also schob ich mich vorwärts und schlurfte zum Sofa. Ich schaffte es gerade noch bis dahin, bevor ich mich der Länge nach mit dem Gesicht nach unten fallen ließ, während Galloway das Licht anknipste. Ich schloss die Augen und hörte zu, wie er in der Küche herumhantierte. Ich hörte, wie das Futter in eine Schüssel gefüllt wurde und seine tiefe Stimme leise zu Thor sprach. Ich hörte, wie die Kaffeemaschine ansprang – was fast gereicht hätte, um den Kopf hochzuheben … fast. Ich lag auf dem Bauch, ließ einen Arm nach unten baumeln und sah zu, wie Ben es sich auf dem gegenüberstehenden Sofa bequem machte.

„Tut weh, was?", meinte er mitfühlend.

Ich nickte. Nur ein kleines bisschen. Aber ich vertraute auf das, was man mir im Krankenhaus gesagt hatte. Die Weichteile waren beschädigt, sodass sie nichts weiter tun konnten, als Schmerzmittel zu verabreichen. Und ich wusste auch, dass Galloway recht gehabt hatte. Das Adrenalin, das mein Körper freigesetzt hatte, als ich vor den Bösewichten geflohen und mit dem Auto auf dem Dach gelandet war, war verschwunden und hatte den Schmerz freigelegt, der bereits auf mich gewartet hatte. Meine aufgewühlten Emotionen brodelten zwar immer noch in mir, aber nun zogen meine schmerzenden Muskeln meine Aufmerksamkeit auf sich, wofür ich sehr dankbar war.

„Du solltest ihm die Wahrheit sagen." Ben legte den Kopf schief und deutete auf Galloway. „Er ist vielleicht sauer auf dich, aber das ist weiß Gott nicht dein größtes Problem."

„Ich habe Angst, dass er nicht mehr mein Betreuer sein will", flüsterte ich.

Auf Bens Gesicht dämmerte das Verständnis: „Hör zu,

er ist ein guter Kerl, Fitz. Er wird dich nicht im Stich lassen. Und das war nicht deine Schuld ... sondern meine. Ich hätte es besser wissen müssen, aber es schien eine gute Idee zu sein, die Lagerhäuser nach dem Transporter zu durchsuchen. Ich war genauso aufgeregt wie du und habe dabei vergessen, dass dir noch die Erfahrung fehlt. Ich habe dich in eine gefährliche Situation gebracht und es tut mir leid."

„Schon vergeben." Ich versuchte zu lächeln. Doch nur eine Hälfte meines Mundes wollte gehorchen und ich brachte eher eine Grimasse als ein Grinsen zustande.

Eine dampfende Tasse Kaffee und ein Glas Wasser tauchten vor mir auf dem Tisch auf. Ich richtete mich auf, schwang die Beine auf den Boden und sah entsetzt zu, wie Galloway sich auf Ben setzte. Ich öffnete den Mund, um ihn zu warnen, und streckte die Hand aus, als Ben durch Galloway nach oben und zur Seite schwebte.

Galloway zitterte und murmelte: „Mann, ist das kalt hier." Dann wandten sich seine grauen Augen in meine Richtung. Er beugte sich vor und streckte eine Hand aus. „Trink das. Und dann erzählst du mir ganz genau, was passiert ist."

KAPITEL SECHS

Nachdem ich die Schmerztabletten geschluckt hatte, nahm ich einen Schluck Kaffee, um Zeit zu gewinnen und zu überlegen, wie viel ich Galloway sagen sollte. Wie erklärte man einem Polizisten, dass sich ein Geisterfreund durch Wände hindurch materialisiert hatte, um nach dem Van zu suchen, den die Bankräuber benutzt hatten, ohne dabei unzurechnungsfähig zu klingen? Kurze Antwort: Man erklärte es nicht.

„Wie geht es mit deinem Fall voran?", fragte ich stattdessen.

„Meinem Fall?" Eine Augenbraue wölbte sich.

„Korruption bei der Polizei? Wie ich sehe, steht Mills immer noch auf der Gehaltsliste." Letzteres sagte ich mit einem Brummen. Es hatte sich herausgestellt, dass Ben vor seinem Tod zugestimmt hatte, Galloway bei einer geheimen internen Untersuchung der Korruption innerhalb des Firefly Bay Police Department zu unterstützen. Nur hatte Ben noch keine Gelegenheit gehabt, Galloway die Beweise zu geben, die er gesammelt hatte, bevor er von Lügnern und Betrügern innerhalb der Polizei aus seinem geliebten Job – der Verbrechensbekämpfung und der Strafverfolgung – gedrängt worden war. Meine Haltung gegenüber Polizisten hatte sich etwas gebessert, nachdem Galloway mir von den Ermittlungen und seiner Entschlossenheit erzählt hatte, die korrupten Beamten, die Ben das Leben zur Hölle gemacht hatten, zur Strecke zu bringen.

Galloway nahm einen Schluck von seinem eigenen Kaffee. „Es geht langsam voran. Aber ich muss aufpassen, dass ich niemanden aufscheuche. Es geht nicht nur um Mills, er ist ein kleiner Fisch. Das geht weiter nach oben in der Nahrungskette, und ich muss herausfinden, ob es ganz nach oben geht, bevor ich etwas unternehme."

„Bis ganz nach oben? Glaubst du etwa, Polizeichef Hart könnte korrupt sein?" Ich wusste nicht, warum mich das überraschte. Als ich ihm Bens Akten überlassen hatte, hatte Galloway mir bereits anvertraut, dass seiner Meinung nach die Korruption in der Polizei von Firefly Bay weit verbreitet sei. Falls tatsächlich auch der oberste Chef korrupt war, würde Galloway verdammt gute Beweise brauchen.

Galloway zuckte mit den Schultern. „Alles ist möglich, aber genug der Ablenkungsmanöver. Was ist heute Abend passiert?"

Da ich wusste, dass ich keine andere Wahl hatte, antwortete ich überstürzt und meine Worte überschlugen sich fast. „Nach dem Überfall heute dachte ich mir, ich fahre mal nach Driftwood Landing und sehe mir die Lagerhäuser an. Sie haben unsere Handys im Hafenviertel entsorgt, also haben sie den Van wahrscheinlich irgendwo dort versteckt. Sich dort umzusehen, konnte also nicht schaden."

Man musste ihm zugutehalten, dass Galloway nicht so reagierte, wie ich es erwartet hatte. Ich hatte mit einem Augenrollen gerechnet – als ob die Polizisten die Gegend nicht schon durchsucht hätten. Oder dass er mich beschimpfte, weil ich meine Nase in eine polizeiliche Untersuchung steckte. Er tat nichts von alledem, nahm nur einen Schluck Kaffee und fragte dann: „Und? Hast du den Wagen gefunden?"

„Nein, habe ich nicht." Ich schüttelte den Kopf. „Aber ich habe etwas anderes gefunden. Clownsmasken in einer der Lagerhallen." Um ehrlich zu sein, hatte Ben die Masken gefunden, aber das brauchte Galloway nicht zu wissen.

„Clownsmasken?" Er richtete sich auf, stellte seinen Kaffee auf den Tisch und lehnte sich vor, um seine Unterarme auf die Knie zu stützen.

„Ich weiß, okay? Aber wie groß ist die Wahrscheinlichkeit, dass jemand an dem Tag, an dem ein Banküberfall stattfindet, bei dem die Täter Clownsmasken tragen, zufällig Clownsmasken in seinem Lagerhaus herumliegen hat? Ich dachte mir, das kann kein Zufall sein, also habe ich gewartet, um zu sehen, ob sie zurückkommen würden." Bei der Erinnerung daran schoss ein leichter Adrenalinstoß durch mich hindurch.

„Aber du hast den Wagen nicht gesehen?"

Ich schüttelte den Kopf und fuhr fort: „Nicht von meinem Standort aus."

„Der wo war?"

„Am Seitenfenster.“

Seine Augen verengten sich. „Du hast also im Hafenviertel herumgeschnüffelt, durch die Fenster geschaut und niemand hat dich aufgehalten?“

„Niemand hat mich gesehen“, korrigierte ich ihn. „Ich war diskret. Außerdem dachte ich, dass die Bankräuber wahrscheinlich nicht da waren. Ich an ihrer Stelle hätte den Van versteckt, die Handys weggeworfen und wäre zu meinem normalen Job gegangen oder was auch immer, um mir ein Alibi zu verschaffen, falls ein Verdacht aufkommen sollte.“

Er lehnte sich zurück und verschränkte die Arme vor der Brust. „Was dann? Wolltest du etwa den ganzen Nachmittag warten? Für den Fall, dass sie zurückkommen?“

„Ja.“

„Und das haben sie auch getan? Heute Abend?“, hakte er nach.

„Jepp. Ich saß gerade in meinem Auto, das auf dem Parkplatz stand und von dem aus ich das betreffende Lagerhaus sehen konnte. Als kurz nach Einbruch der Dunkelheit ein Auto kam, schlich ich noch einmal zum Fenster. Nur dass ich auf dem Kies ausrutschte und gegen das Gitter stieß, was ein Geräusch machte.“

„Aha. Sie haben dich gehört.“ Er nickte und setzte die Teile zusammen, bevor ich die Geschichte erzählen konnte.

„Ja, das haben sie.“

„Und?“

„Ich bin weggelaufen.“

„Warum bist du weglaufen? Warum hast du dich nicht versteckt?"

Der nächste Teil würde ihm nicht gefallen und ich verzog erwartungsvoll das Gesicht. „Sie hatten Waffen."

Hut ab, er blieb bemerkenswert ruhig. „Du hast die Waffen gesehen? Wie viele Männer waren es?"

„Drei. Und ja, ich habe die Waffen gesehen, irgendwie."

„Irgendwie?"

„Nun, sie haben auf mich geschossen, also ging ich davon aus, dass sie Waffen hatten."

„Sie haben auf dich geschossen?!" Seine Stimme wurde lauter und er sprang auf, was mich erschreckte.

Ich lehnte mich gegen das Sofa und kaute auf meiner Lippe. Jetzt war es soweit. Er würde richtig wütend werden. Ich sah zu, wie er zur Decke schaute und bis zehn zu zählen schien. Dann atmete er aus und setzte sich wieder.

„Lass mich sicherstellen, dass ich das richtig verstanden habe. Du hast den Tag damit verbracht, durch die Fenster von Driftwood Landing zu schauen. Nachdem du die Clownsmasken entdeckt hattest, hast du mehrere Stunden ein Lagerhaus observiert, bis die Verdächtigen zurückkehrten. Inzwischen war es dunkel geworden. Aber dann wurdest du entdeckt und sie eröffneten das Feuer. Ich gehe davon aus, dass du anschließend erfolgreich zu deinem Auto zurückgekehrt und weggefahren bist – während sie dich verfolgten. Du sagtest, sie seien mit einem Auto zum Lagerhaus zurückgekehrt. Kein Lieferwagen?"

„Nein, kein Lieferwagen. Eine Limousine. Eine dunkle Limousine. Sie könnte schwarz gewesen sein, aber da es bereits dunkel war, konnte ich es nicht genau erkennen. Vielleicht war sie auch blau oder grau, aber auf jeden Fall dunkel."

„Und dann haben sie die Verfolgung aufgenommen?"

Ich hielt inne und dachte an die Ereignisse des heutigen Abends zurück. Sie hatten das Feuer eröffnet und durch das Seitenfenster des Lagers auf mich geschossen. Ich war zum Auto gesprintet, während Ben mich die ganze Zeit angeschrien hatte. Ich war im Panikmodus und mit durchdrehenden Rädern und herumfliegendem Kies vom Parkplatz gerast. Ich hatte im Rückspiegel gesehen, wie Licht aus den Lagertüren drang, aber hatte ich auch Scheinwerfer hinter mir gesehen? Ich dachte, sie hätten mich verfolgt, aber ich konnte mir nicht hundertprozentig sicher sein.

„Ich dachte, sie hätten das getan", meinte ich schließlich. „Aber um ehrlich zu sein, sobald ich hinter dem Lenkrad saß, konzentrierte ich mich aufs Fahren und darauf, da rauszukommen." Ich ließ den Blick von Galloway zu Ben wandern, der direkt hinter Galloways linker Schulter an der Wand lehnte. Er zuckte mit den Schultern. „Ich war zu sehr mit deinem verrückten Fahrstil beschäftigt, um nach hinten zu schauen", sagte er. Aber sie waren nicht hinter mir gewesen, als ich mich mit dem Nissan überschlagen hatte, sonst säße ich jetzt mit einer Kugel im Kopf hier. Was bedeutete, dass sie die Verfolgung schon vorher aufgegeben hatten. Aber warum?

Galloway las meine Gedanken. „Irgendwann beendeten sie die Verfolgung. Wahrscheinlich wurde ihnen klar, dass du die Schießerei melden würdest und während der Verfolgungsjagd mit der Polizei telefonieren könntest. Daher sind sie vielleicht zum Lagerhaus zurückgekehrt, um Beweise zu vernichten."

Ich lehnte mich vor und zuckte unter dem Protest meiner geprellten Knochen zusammen. „Wir müssen nach Driftwood Landing, zum Lagerhaus."

„Nee, nee, nee. Du gehst nirgendwo hin. Es ist an der Zeit, uns die Sache zu überlassen, was du von Anfang an hättest tun sollen." Er ließ die Informationen auf sich wirken. „Welches Lagerhaus war es?"

Ich gab ihm die nötigen Informationen und zeigte ihm die Fotos, die ich am Nachmittag vom Fenster aus gemacht hatte. Man konnte gerade noch die Clownsmasken auf einer Werkbank erkennen, fast außer Sichtweite. Galloway untersuchte sie genau und sah dann mich an. „Du musst außergewöhnlich gut sehen können", sagte er. „Wenn du mir nicht gesagt hättest, dass es Clownsmasken sind, hätte ich sie nicht bemerkt."

Ich zuckte mit den Schultern. Dito. Mit meiner Kaffeetasse in der Hand beobachtete ich Captain Cowboy Hot Pants unter meinen Wimpern hindurch, wobei mein Blick auf seinen Lippen verweilte. Dieser Kuss ... Ich seufzte und erinnerte mich an das Gefühl seines Mundes auf meinem, an das Streicheln seiner Zunge, an seinen Geschmack, daran, wie sich meine Zehen krümmten und mich die Hitze durchströmte. Und dann kehrte die Panik zurück und verwandelte die warmen, wohligen Gefühle in kalten, harten Terror. Obwohl ich wusste, dass ich Galloway vertrauen konnte, war ein Teil von mir nicht hundertprozentig davon überzeugt, dass es eine gute Idee gewesen war, ihn zu küssen.

Galloway stand auf. „Ruh dich etwas aus, Audrey. Ich werde später nach dir sehen." Er trug seine Tasse in die Küche, spülte und trocknete sie ab und stellte sie weg.

„Ach was, mir geht es gut", versicherte ich von der Couch aus, was natürlich eine glatte Lüge war. Mein Körper fühlte sich an, als hätte er zehn Runden mit Mike Tyson überstanden, und ich war mir nicht sicher, ob ich zu diesem Zeitpunkt überhaupt noch aufstehen konnte.

„Natürlich." Er grinste, dann verschwand er winkend durch die Hintertür. Ich lauschte, als seine Schritte verklangen und im Haus wieder Stille einkehrte.

„Tut mir leid, Audrey." Ben streckte sich mir gegenüber auf dem Sofa aus. „Ich habe uns das eingebrockt. Es war meine Schuld, nicht deine."

„Du hast recht", stimmte ich ihm zu. „Es ist ganz allein deine Schuld. Aber wie großartig war der heutige Tag?"

Er runzelte die Stirn. „Großartig? Hast du vielleicht doch eine Gehirnerschütterung?"

Ich schüttelte den Kopf und hielt eine Hand hoch, während ich mit den Fingern abhakte. „Ich war an einem Banküberfall beteiligt, hatte meine erste Observation und meine erste Verfolgungsjagd."

Ben gluckste. „Ich bin mir nicht sicher, ob die Verfolgungsjagd zählt, wenn man selbst gejagt wird", meinte er.

Ein guter Hinweis, der jedoch auf etwas anderes verwies. „Ich brauche mehr Training."

„Du brauchst auf jeden Fall einen Waffenschein", bestätigte Ben. Ich hatte vorher nie viel über Waffen nachgedacht, ich war weder für noch gegen sie. Sie hatten nur nie eine Rolle in meinem Leben gespielt, aber jetzt konnte ich nicht anders, als ihm zuzustimmen. Der heutige Tag hätte anders verlaufen können, wenn ich bewaffnet gewesen wäre. Aber meine Sorge, dass ich mich versehentlich erschießen könnte, war berechtigt.

„Und defensives Fahrtraining. Ich sollte in der Lage sein, mit hoher Geschwindigkeit in eine Kurve zu fahren, ohne mich zu überschlagen."

„Verfolgungsjagden sind kein wichtiger Bestandteil der Arbeit eines Privatdetektivs", meinte Ben.

„Und doch sind wir hier", widersprach ich. „Dein Auto ist Geschichte. Und ich bin erst seit ein paar Wochen Privatdetektivin."

„Privatdetektivin in Ausbildung", korrigierte er.

Ich fiel ihm ins Wort. „Erbsenzähler." In diesem Moment grummelte mein Magen und erinnerte mich daran, dass ich nichts anderes als die Tüte Chips gegessen hatte, die ich während der Überwachung in Bens Auto gefunden hatte. Die Schmerztabletten wirkten inzwischen und ich fühlte mich wieder wie ein halber Mensch. Ich stand auf, schlurfte zum Kühlschrank und riss die Tür auf.

„Verdammt." Er war leer. Natürlich war er das, schimpfte ich mit mir selbst. Hier wohnte niemand, warum sollten also Lebensmittel im Kühlschrank sein? Ich richtete meine Aufmerksamkeit auf die Speisekammer. „Bingo!"

Zehn Minuten später starrte ich auf einen dampfenden Teller Makkaroni mit Käse.

„Es würde besser schmecken, wenn du Butter hinzugeben würdest." Ben beugte sich über den Teller, um zu schnuppern.

„Na ja, ich habe keine Butter hier, also muss ich mich damit begnügen. Ich bin überrascht, dass du so etwas überhaupt in deiner Speisekammer hast."

„Es lohnt sich immer, für den Notfall einen Vorrat im Haus zu haben."

„Ich bin mir nicht sicher, ob das ein Notfall ist, aber egal, ich bin einfach froh, dass du etwas zu essen im Haus hast." Ich pustete und sabberte fast, als der Duft des Käses meine Nase erfüllte. Ich stocherte mit der Gabel in die Makkaroni und schob sie mir in den Mund, wobei ich die sengende Hitze ignorierte, während ich kaute und schluckte. „Hm, das tut so gut." Löffeln, kauen, schlucken … immer wieder, bis der Teller leer war.

„Du hattest aber Hunger!", meinte Ben.

„Jepp." Ich schob meinen Stuhl zurück, stand auf und wollte meinen Teller abräumen, bekam ihn aber nicht richtig zu fassen. Er fiel zu Boden und zersprang. Ich schrie auf und sprang zurück, zum Glück traf mich keine der Scherben.

„Lass ihn einfach liegen, Fitz. Du kannst ihn morgen früh noch aufkehren. Du bist hundemüde und würdest dir wahrscheinlich nur in den Finger schneiden, wenn du versuchst, es heute Abend aufzuräumen."

Ich blickte von meinem toten Freund zu dem zerbrochenen Teller auf dem Boden, und so sehr es mich auch schmerzte, ihn dort liegen zu lassen, er hatte recht. Ich war mir nicht einmal sicher, ob ich mich bücken könnte, um ihn aufzuheben. „Thor wird sich doch nicht daran schneiden, oder?"

„Ich bin schließlich kein Schwachkopf", schimpfte Thor von seinem Platz auf einem Sessel aus.

„Tut mir leid, du hast recht. Sei einfach vorsichtig und lauf nicht hier herum. Wenn du einen Splitter in die Pfote bekommst, bringe ich dich zum Tierarzt." Ich beäugte den Kater, da ich wusste, wie viel er vom Tierarzt hielt. Wenig war noch milde formuliert.

KAPITEL SIEBEN

Eine eindringliche Stimme schrie mir „Wach auf!" ins Ohr. Doch stattdessen drehte ich mich um und zog mir die Decke über den Kopf, um den Lärm auszublenden.

„Audrey!", beharrte Ben. Ich tat so, als ob ich ihn nicht gehört hätte. Wenn ich ihn lange genug ignorierte, würde er vielleicht – hoffentlich – wieder verschwinden. „Netter Versuch", hörte ich ihn sagen. Dann spürte ich das Gewicht eines vierbeinigen Körpers, der der Länge nach an mir entlanglief, bis er gefährlich auf meinem Oberarm balancierte und seine Pfoten in mich grub. Ich würde mit Sicherheit blaue Flecken bekommen. Thor senkte den Kopf an mein Ohr und sagte: „Du bist auf der Mattscheibe."

Ich fuhr hoch, was den Kater zu einem Kurzflug veranlasste. Ich sah nur noch, wie er mit erhobenem Schwanz zur Tür hinaus trabte und im Vorbeigehen zu Ben sagte: „Gern geschehen."

„Was meinst du damit, ich bin auf der Mattscheibe?",

rief ich ihm nach. Ich schlug die Decke zurück, schwang die Beine aus dem Bett und stöhnte, als meine Muskeln aus Protest aufschrien.

„Er meint den Fernsehapparat", sagte Ben und hüpfte aufgeregt von einem geisterhaften Fuß auf den anderen.

Ich verdrehte die Augen: „Das ist mir schon klar." Ach nee. „Ich meinte: Warum bin ich im Fernsehen? Und woher weißt du das?" Immer noch in denselben Klamotten wie gestern, stapfte ich ins Wohnzimmer und nahm die Fernbedienung in die Hand.

„Nachrichtenkanal", meinte Ben und schob sich an mir vorbei, was mir einen eisigen Schauer über den Arm jagte. „Ich war zwei Häuser weiter unten und sah die Morgennachrichten", erklärte er. Da Ben den Fernseher nicht mehr selbst einschalten konnte, hatte er eine Taktik entwickelt, nach der er solange die Häuser in der Nachbarschaft aufsuchte, bis er eines fand, in dem der Fernseher lief. Und dann kauerte er sich in eine Ecke und sah sich an, was auch immer gerade lief, ohne dass die Nachbarn wussten, dass sie gerade von einem Geist heimgesucht wurden.

„Der Banküberfall?", vermutete ich und schaltete durch die Kanäle, bis ich zu den Lokalnachrichten kam. Und tatsächlich: Mein Foto war auf der Leinwand hinter dem Moderator zu sehen. „Wieso zeigen sie ein Foto von mir?"

Ben zuckte mit den Schultern und starrte auf den Bildschirm: „Keine Ahnung. Das ist ihre Schlagzeile – Lokale Privatdetektivin in Banküberfall verwickelt", zitierte er.

Ich runzelte die Stirn und fragte mich, warum mich niemand um ein Interview gebeten hatte.

„Dein Handy ist übrigens tot", sagte Ben und zeigte auf die Stelle, an der ich am Abend zuvor mein Handy auf dem Couchtisch liegengelassen hatte. Ich korrigiere: Wo Galloway es liegengelassen hatte, nachdem er es aus dem Autowrack geborgen hatte. Ich erinnerte mich vage daran, dass er es mir gesagt hat, aber ich war zu dem Zeitpunkt schon ziemlich fertig mit den Nerven. Und natürlich lag mein Ladegerät in meiner Wohnung.

Ich nickte. „Das erklärt, warum sie mich nicht kontaktiert haben, um meine Sicht der Dinge zu erfahren", meinte ich. „Ist aber eine gute Werbung."

Die Nachrichtensendung über den Banküberfall endete, ohne dass erwähnt wurde, dass ich mein Auto auf der Flucht vor den vermeintlichen Bankräubern zu Schrott gefahren hatte. Gott sei Dank.

„Die örtliche Hellseherin Madam Myra wurde heute Morgen tot in ihrem Laden aufgefunden", las der Nachrichtensprecher vom Teleprompter ab. „Wie die Polizei bestätigte, handelt es sich hierbei um ein Verbrechen. Jeder, der Hinweise geben kann, wird gebeten, sich mit dem Firefly Bay Police Department in Verbindung zu setzen." Auf dem Bildschirm erschienen Aufnahmen einer Menschenmenge, die sich vor dem Geschäft der Hellseherin, dem Nether & Void, versammelt hatte. Ich entdeckte Galloway und schaute genauer hin. „Ist das …?" Ich blinzelte und rieb mir dann mit den Fäusten die Augen, als wollte ich meine Sicht klären. „Spricht Galloway mit Jacob Henry?"

„Mit wem?", fragte Ben, während er näher an den

Fernseher ging und meinem Fingerzeig folgte.

„Der Typ da." Ich trat ebenfalls an den Bildschirm heran und deutete mit dem Finger auf den jungen Mann. Das war eindeutig Jacob Henry, der Kassierer der Firefly Bay Community Bank, da war ich mir sicher.

„Sieht so aus, als hätte er die Leiche entdeckt", meinte Ben und verfolgte mit verschränkten Armen die Szene, die offensichtlich mit einem Handy aufgenommen worden war, da die Kamera ständig wackelte. Es sah so, als hätte man die Szene herangezoomt, so körnig war das Bild.

„Ich gehe dorthin", rief ich, fuhr mir mit den Fingern durchs Haar und ignorierte das Stechen in Schultern und Nacken, als ich die Arme hob.

„Erst das Frühstück", verlangte Thor und setzte sich vor seinen Futternapf.

Ich hatte die Müslischale, die ich vorübergehend benutzt hatte, immer noch nicht ersetzt, obwohl Ben mich ständig daran erinnerte, dass Menschenschalen nicht für Haustiere bestimmt waren. Ich verstand das Problem nicht, aber es machte Ben wirklich nervös. Und ich musste zugeben, dass ich wahrscheinlich deshalb vergessen hatte, Thor einen neuen Napf zu kaufen, denn an manchen Tagen war es lustig, Ben zu sehen, wie er sich wand.

Nachdem ich Thor gefüttert und den zerbrochenen Teller vom Vorabend weggeräumt hatte, glättete ich die zerknitterten Klamotten, in denen ich geschlafen hatte, und ging zur Tür hinaus.

Das Geschrei kam aus dem Inneren des Nether & Void und es war unerbittlich. Ein ständiges Wehklagen, das mir in den Ohren wehtat. „Was ist das für ein Geräusch?" Ich schaute mich nach der Handvoll Schaulustiger um, die nach dem Abzug der Polizei noch geblieben waren, doch keiner von ihnen schien sich um den Lärm zu kümmern, der vom Nether & Void ausging.

„Welches Geräusch? Ich höre nichts – außer den Wellen", antwortete ein junges Mädchen in zerrissenen Jeans und T-Shirt mit Batikmuster und deutete auf die hölzerne Plattform, auf der wir standen, und auf das Meer, das unter uns sanft schwankte und floss. An der Uferpromenade befanden sich fünf Boutiquen und am Ende ein großes Café. Das Nether & Void war eingebettet zwischen einem New-Age-Laden namens Nine und einem Tattoo-Studio namens Inkognito.

„Wollen Sie damit sagen, dass niemand sonst das hören kann?" Ich zeigte zur Tür, während das Jammern von drinnen weiterging. Was war das? Eine Art Alarmanlage?

„Lady, Sie sind ja verrückt." Das Mädchen drehte sich auf dem Absatz um und schlenderte davon. Offenbar hatte es das Interesse verloren, nachdem die Polizei gegangen war. Ich beäugte die Rückseite seines Batik-T-Shirts und fragte mich, ob das Muster gerade wieder in Mode kam oder ob sie es in einem Wohltätigkeitsladen gefunden hatte. Ich nahm mir vor, dieser Sache später nachzugehen ... Ich konnte mir definitiv ein Batik-T-Shirt in meiner Zukunft vorstellen.

Eine Frau mit langen blonden Dreadlocks, einem

schwarzen Tank-Top, das den Blick auf einen Arm voller Mandala-Tattoos freigab, mit genügend Armbänder um ein Handgelenk, um als Gewichtheberin durchzugehen, und einem langen, hellen, geblümten Rock, der ihr bis zu den Knöcheln reichte, erschien in der Ladentür des Nine. „Sie sind es!", keuchte sie.

Ich schaute mich um, um nachzusehen, wen sie meinte, und stolperte zurück, als sie auf mich zueilte und mich am Arm packte. „Ich habe Sie in den Nachrichten gesehen! Sie sind diese Privatdetektivin."

Ich wurde rot. „Oh, ähm, ja", ich räusperte mich und setzte ein falsches Lächeln auf. „Das bin ich." Ich war es nicht gewohnt, erkannt zu werden, aber jetzt, wo mein Gesicht im Fernsehen zu sehen war, sollte ich mich wohl daran gewöhnen.

„Ich möchte Sie engagieren", rief sie über ihre Schulter, während sie an meinem Arm zerrte und mir keine andere Wahl ließ, als ihr zu folgen. In ihrem Laden wurde ich mit leiser New-Age-Musik und dem Geruch von Weihrauch begrüßt. In den Regalen stapelten sich Bücher, Schmuck, Kristalle, Kerzen und Öle. In einer Ecke stand ein Kleiderständer.

„Ich bin Ashley", sagte sie und ließ endlich mein Handgelenk los. „Ashley Baker. Mir gehört das Nine. Myra war meine Nachbarin und Freundin."

„Okay." Ich nickte.

„Und ich möchte, dass Sie herausfinden, wer ihr das angetan hat", fuhr Ashley fort.

„Ich verlange aber ein Honorar dafür", platzte ich heraus. *Ruhig, Audrey, ganz ruhig.*

Sie winkte ab. „Geld ist kein Problem. Wo sollen wir

anfangen? Und was ist mit Ihrer Schulter los?" Ich hielt in der Bewegung inne, mit der ich abwesend meine schmerzende Schulter massiert hatte, und ließ die Hand schnell sinken. „Nichts. Erzählen Sie mir von Myra. Wie lange kannten Sie sie? Sie sagten, Sie seien Freundinnen. Meinten Sie das beruflich oder privat?"

Das Wehklagen von der anderen Seite der Mauer wurde lauter und ich runzelte die Stirn. „Sind Sie sicher, dass Sie das nicht hören?"

Ashley schaute von mir zur Wand und wieder zurück, bevor sie zum Tresen ging und dahinter kramte. Sie reichte mir einen Kristall. „Hier. Das könnte helfen. Ihre Aura ist ja völlig aus dem Gleichgewicht. Und irgendetwas stimmt mit Ihrem Körper nicht."

Ich riss den Kopf zurück. „Was?" Wie unhöflich!

„Sie bewegen sich so, als hätten Sie Schmerzen", erklärte Ashley. „Nine steht für die neun Sinne: Sehen, Hören, Schmecken, Riechen, Tasten, Temperatur, Schmerz, Gleichgewicht und Körperbewusstsein. Es ist meine Aufgabe, meinen Kunden zu Gesundheit, Glück und Harmonie zu verhelfen."

„Ich dachte, es gäbe nur fünf Sinne." Ich starrte auf den Kristall in meiner Hand. Ich hatte nie wirklich an dieses ganze New-Age-Zeug geglaubt, aber wie könnte ich etwas dagegen sagen, wo ich inzwischen Geister sehen und mit Katzen sprechen konnte?

„Das denken die meisten Leute, aber es gibt so viel mehr. Was halten Sie davon, wenn ich Ihnen eine Massage aufs Haus gebe, während ich Ihnen von Myra erzähle? Das wird Ihre Schmerzen lindern", fügte sie hinzu, als ich zögerte.

„Sie massieren auch?"

Sie zeigte auf eine Tür im hinteren Teil des Ladens. „Ich habe dort einen separaten Raum. Ich gebe auch Meditationskurse. Sie sollten auch mal einen besuchen. Sie wirken wirklich sehr angespannt."

„Ich verzichte auf die Meditation, danke." Ich hatte es schon einmal versucht, aber ich konnte meinen Verstand nie lange genug zum Schweigen bringen, um einen wirklichen Nutzen daraus zu ziehen. „Aber die Massage nehme ich gern." Ich wollte ihr den Kristall zurückgeben, doch er glitt mir aus den Fingern und fiel auf den Boden. „Sorry. Haben Sie auch etwas, das gegen Ungeschicklichkeit hilft?", fragte ich und tat mein Bestes, um nicht zu stöhnen, als ich mich bückte und den Stein aufhob.

„Ja, das habe ich tatsächlich. Kommen Sie." Ihr langer Rock flatterte um ihre Beine und ihre Armbänder klirrten, als sie zur geschlossenen Tür auf der Rückseite ihres Ladens schritt. Sie öffnete sie und wartete darauf, dass ich hindurchging. „Ich werde eine Mischung aus Emberblüten- und Sogograsöl für Ihre Massage zubereiten. In der Zwischenzeit können Sie sich schon einmal ausziehen und es sich auf der Liege bequem machen. Decken Sie sich mit dem Handtuch zu." Sie hatte die Tür schon geschlossen, bevor ich antworten konnte. Achselzuckend zog ich die Schuhe aus und schlüpfte aus der Jeans, als Ben von nebenan durch die Wand kam.

„Ben!", zischte ich und presste die Hose an die Hüften. „Was machst du hier?"

„Ich weiß, was das für ein Geräusch ist", sagte er und schaute sich in dem Raum um, der von einem mit violetten Handtüchern bedeckten Massagetisch beherrscht wurde.

„Oh?" Das erregte meine Aufmerksamkeit. „Du kannst es also auch hören? Ich dachte schon, ich würde verrückt werden."

Er seufzte kopfschüttelnd. „Du? Verrückt? Pah." Dann schielte er und zwirbelte den Finger an seiner Schläfe.

„Ha, ha. Ich will mich massieren lassen und alles über Myra, die getötete Hellseherin, herausfinden, also beeil dich."

„Dieses Geräusch ist das Schreien einer Frau."

„Welcher Frau?"

„Myra Hansen."

„Die tote Hellseherin?"

„Die einzig wahre."

„Und ich kann sie hören, weil …" Ich wusste es. Ich wusste, was auf mich zukam. Es rollte wie ein Güterzug auf mich zu und ich saß fest wie ein Reh im Scheinwerferlicht – gelähmt, unfähig, mich zu bewegen.

„… sie ein Geist ist", bestätigte er.

Die Tür öffnete sich und Ashley steckte ihren Kopf herein. „Fertig?" Als sie sah, wie ich da stand und die Jeans an die Hüften drückte, blinzelte sie überrascht. „Oh, Entschuldigung. Ich gebe Ihnen noch ein paar Minuten", und schloss die Tür wieder.

In meinem Kopf drehte sich alles und ich brauchte Zeit zum Verarbeiten. „Raus mit dir!", zischte ich und winkte Ben fort. „Geh und rede mit ihr, beruhige sie. Wir treffen uns draußen, sobald ich hier fertig bin."

„Natürlich." Ben blinzelte und trat durch die Wand zurück zum heulenden Geist nebenan. Kopfschüttelnd warf ich die Jeans auf den bereitgestellten Stuhl und zog das T-Shirt über den Kopf, schnell gefolgt vom BH, bevor ich unter das Handtuch auf der Liege kroch. „Ich bin fertig", rief ich.

Sofort öffnete sich die Tür und Ashley betrat den Raum mit einer kleinen braunen Flasche in der Hand. „Ich habe Ihnen eine spezielle Ölmischung gemacht", sagte sie und stellte sich hinter mich. „Emberblüte ist für die Heilung und Sogogras ist für den Ausgleich."

Ich sah ihr über die Schulter zu, wie sie die Armbänder abnahm und neben die Ölflasche legte. Dann drehte sie ihre hüftlangen Dreadlocks zu einem lockeren Dutt und band sie mit einem Haargummi zusammen.

„Klingt gut", meinte ich, steckte das Gesicht durch das Loch in der Massageliege und schaute auf den Boden unter uns. „Wird das lange dauern?"

„Nicht lange, ich muss mich kurz fassen, weil ich heute allein im Laden bin. Ich habe die Tür verschlossen, damit wir nicht gestört werden, aber ich möchte so schnell wie möglich wieder öffnen, denn ich wette, dass heute eine Menge Schaulustiger hierherkommen werden, die wissen wollen, was im Nether & Void passiert ist."

„Was ist denn passiert?", fragte ich.

Ashley zog das Handtuch, das mich bisher bedeckt hatte, bis zu den Hüften und entblößte meinen Rücken. Ich hörte ihren erschrockenen Atem.

„Was?" Ich hob den Kopf und sah sie über meine Schulter an.

„Sie haben da ein paar wunderschöne blaue Flecken." Sie berührte sanft meine Schulter und meine Rippen. „Wie ist das passiert?"

„Ein Autounfall." Ich senkte den Kopf wieder in die richtige Position. „Aber es ist alles in Ordnung, nur eine Weichteilverletzung, nichts, worüber man sich Sorgen machen müsste."

„Ich hätte mehr Ember Petal hinzufügen sollen", murmelte sie. Dann begann sie, das Öl sanft in meine Haut einzumassieren.

„Entspannen Sie sich", sagte sie.

Sie hatte gut reden. Ich war nicht der Typ, der sich entspannte. Ich war auch nicht der Typ, der sich von Fremden anfassen ließ, aber verzweifelte Zeiten erforderten verzweifelte Maßnahmen. „Erzählen Sie mir von Myra", bat ich sie, während ich die ganze Zeit die beunruhigende Nachricht verarbeitete, dass ich Myra nebenan weinen hören konnte. Bedeutete das, dass ich sie sehen und mit ihr reden konnte wie mit Ben? Darauf war ich nicht vorbereitet gewesen. Ich dachte, ich hätte eine Verbindung zu Ben, weil wir beste Freunde waren und das ich deshalb mit ihm kommunizieren konnte. Aber Myra war eine Fremde für mich. Wie war das überhaupt möglich?

„Wir haben uns vor ein paar Monaten kennengelernt, als Myra den Laden nebenan angemietet hatte." Ashleys Worte unterbrachen meine Überlegungen, und ich schob sie vorübergehend beiseite und hörte zu, was sie zu sagen hatte. „Wir verstanden uns auf Anhieb und aßen bald immer zusammen zu Mittag. Wir schlossen unsere Läden und machten Pause im Seaview Cafe." Das Seaview Cafe war das große Restaurant am Ende der Strandpromenade, das bei Touristen und Einheimischen gleichermaßen beliebt war. „Sie war ein paar Jahre älter als ich", fuhr

Ashley fort, „aber das machte keinen Unterschied. Myra sagte immer, dass man das Alter nicht an einer Zahl festmachen sollte. Vermutlich mochte sie es nicht, wenn die Leute über ihr Alter urteilten, weil ihr Freund so viel älter war als sie."

„Wie alt ist ihr Freund denn?"

„Sie war dreiunddreißig, er ist einundfünfzig. Es ist so traurig, dass sie gerade jetzt gestorben ist, denn ich glaube, Lee wollte ihr bald einen Antrag machen."

„Oh?"

„Ja. Myra sagte, dass sie große Pläne hätten, dass sich bald alles ändern würde und sie sich auf die Zukunft freue. Ich glaube, sie wartete nur darauf, dass Lee sie fragte."

„Waren Sie auch außerhalb der Arbeit befreundet? Haben Sie sich privat getroffen?", fragte ich mit einem Stöhnen, während ihre geschmeidigen Finger meine schmerzenden Muskeln massierten. Sie war gut, in dem, was sie da tat, und meine angespannten Muskeln gaben ihrer fachkundigen Berührung nach. Das Aroma der Öle war auch nicht schlecht.

„Nein, eigentlich nicht. Aber da wir beide fast sechs Tage die Woche hier sind, haben wir uns oft gesehen."

„Was wissen Sie über ihre Kunden? Hatte sie mit jemandem Probleme?"

„Viele ihrer Kunden kommen zufällig vorbei, Touristen, die sich die Tarotkarten legen lassen wollen und so. Aber sie hatte auch ein paar Stammkunden, die ich häufig kommen und gehen sah. Diese Regina Davis zum Beispiel", schnaubte Ashley. „Die Frau ist so reich und trotzdem besucht sie Myra, um mit ihrem toten Pudel zu reden. Können Sie sich das vorstellen?"

„Sie glauben also nicht an so was?", fragte ich.

„Oh, doch, das tue ich. Wie könnte ich das nicht? Aber ich glaube nicht an die Kommunikation mit unseren Haustieren jenseits des Schleiers."

„Was halten Sie also davon, dass Myra diesen Service anbot?", wollte ich wissen. „Wenn Sie nicht glauben, dass es so etwas gibt, glauben Sie dann, dass Myra sie über den Tisch zog?"

Ashleys Hände hielten inne. „Interessante Frage." Sie massierte weiter. „So habe ich das bisher noch nicht gesehen."

„Kennen Sie noch andere Kunden?"

„Nur den Typen, der sie gefunden hat. Er besucht sie schon seit Wochen ununterbrochen. Eigentlich fast täglich."

„Jacob Henry?"

„Ich weiß nicht, wie er heißt. Myra erzählte mir nur, dass einer ihrer Kunde ihr Sechser im Lotto sei. Und ich nahm an, dass sie entweder von ihm oder von Regina sprach, da sie die einzigen Stammkunden waren, von denen ich weiß. Alle anderen waren Laufkundschaft."

Ich verfiel in Schweigen, um zu verdauen, was sie mir gesagt hatte. Ich konnte mir Jacob Henry kaum als Jackpot vorstellen, nicht mit dem Gehalt eines Bankangestellten, aber vielleicht hatte seine Familie ja Geld ... oder seine Frau. Aber wenn er Myra täglich besuchte, mussten die Kosten für diese Besuche immens gewesen sein. Ich nahm mir vor, diesen Mann später zu überprüfen.

KAPITEL ACHT

Ich stützte mich mit den Ellbogen auf das Geländer und starrte aufs Meer hinaus, wobei ich Bens beunruhigenden Anblick ignorierte, der vor mir über dem Wasser schwebte. Ich hielt mir als Tarnung das Handy ans Ohr, damit wir uns unterhalten konnten, ohne dass die Leute meinten, ich würde mit mir selbst reden, und mich als unzurechnungsfähig abstempelten. Das funktionierte ganz gut ... bis mein Handy wirklich klingelte.

„Du riechst gut", meinte Ben grinsend. Er hatte recht. Dank der Öle, die Ashley bei meiner Massage verwendet hatte, fühlte ich mich nicht nur wunderbar, sondern roch auch noch verdammt gut. Wir ignorierten die Wehklagen, die aus dem Inneren des Nether & Void drangen. Myra Hansen war offensichtlich sehr verzweifelt über ihren Tod, aber solange sie nicht mit ihrem Gejammer aufhörte, konnte ich nicht viel tun. „Hat sie irgendetwas gesagt?", fragte ich Ben und zeigte mit dem Kopf in Richtung der Quelle des irritierenden Geräusches.

„Nein. Sie sitzt an ihrem Tisch, hält den Kopf in den Händen und weint."

Ich drehte mich um und starrte auf das Polizeiband an der Tür. Ich konnte auf keinen Fall in den Laden gehen und mich selbst davon überzeugen, sondern musste Ben bitten, sie herauszulocken. „Hast du ihr gesagt, dass ich Geister sehen kann?", fragte ich und ignorierte den erschrockenen Blick eines Passanten, der mich gehört hatte.

„Ja, aber ich glaube nicht, dass sie bei dem Lärm, den sie veranstaltet, irgendetwas hören kann."

„Verdammt. Ich muss da rein und mit ihr sprechen. Vorher gibt sie bestimmt keine Ruhe, obwohl sie schon seit über einer Stunde ununterbrochen heult." Ich warf einen Blick auf das Nine, den Laden nebenan. Ashley hatte mir erzählt, dass sie gut mit Myra befreundet gewesen war. Gut genug, um einen Ersatzschlüssel für ihren Laden zu haben? Ich steckte das Telefon in meine Gesäßtasche und kehrte in den Laden zurück. Die Glocke über der Tür bimmelte, als ich sie aufstieß, und Ashley schaute von der Theke auf, wo sie gerade in einem Katalog blätterte. „Oh, hey. So schnell zurück?"

„Sie haben nicht zufällig einen Schlüssel für den Laden nebenan, oder? Myra und Sie bewahrten nicht vielleicht gegenseitig einen Ersatzschlüssel auf?"

Ashley griff unter den Tresen, holte einen silbernen Schlüsselring hervor und ließ ihn in der Luft baumeln. „Aber ja doch. Nur ... ist das nicht ein Tatort? Dürfen Sie da reingehen?"

Ich nahm den Schlüssel und grinste. „Ich werde niemandem etwas sagen, wenn Sie es nicht tun."

Ich konnte mein Glück kaum fassen, als ich mit dem Schlüssel in der Hand aus dem Laden trat und zur Tür des Nether & Void ging. „Du stehst Schmiere, okay?", flüsterte ich Ben zu, der neben meiner Schulter schwebte. „Und dieses Mal passt du wirklich auf."

„Ist ja schon gut", murrte er und erinnerte sich an das letzte Mal, als ich ihn gebeten hatte, Schmiere zu stehen, und er kläglich gescheitert war. Er hatte sich so sehr darauf gefreut, gemeinsam mit mir zu ermitteln, dass wir beinahe an einem Ort erwischt worden wären, an dem wir nicht hätten sein sollen. Korrektur: Ich wäre fast erwischt worden. Er war ja ein Geist. Für ihn war das kein Problem.

Ich drehte den Schlüssel im Schloss um, schob die Tür auf und duckte mich unter dem Polizeiband hindurch, bevor ich die Tür leise hinter mir schloss. So weit, so gut. Ben trat durch die Wand und gesellte sich zu mir.

Tatsächlich saß an dem kleinen runden Tisch, der mit einem schwarzen Tuch bedeckt war, eine Frau, die den Kopf in die Hände gestützt hatte und weinte. Jetzt, da ich mit ihr im Raum war, war das Geheule noch lauter und ich musste die Zähne zusammenbeißen. Und da war noch eine Sache: Nun hatte ich die Bestätigung, dass ich tote Menschen sehen konnte. Ich hatte gedacht, Ben zu sehen sei eine Art Anomalie, aber Myra Hansen mit ihrer modischen Bluse im Boho-Style und der schwarzen Lederhose – zumindest glaubte ich, dass sie aus Leder war, da ich ein Bein unter dem Tisch hervorlugen sah – war ganz sicher ein Geist und ich konnte sie ganz sicher sehen.

„Das glaub ich jetzt nicht", murmelte ich. Aber ich

konnte tatsächlich Geister sehen. Nicht nur Bens Geist, sondern Geister. Plural. Wie hatte das überhaupt passieren können? Ich hatte mich das vorher noch nie gefragt, aber jetzt war ich neugierig, denn vor mir saß eine kürzlich ermordete – und verständlicherweise aufgebrachte – Hellseherin, die so real und lebendig aussah wie die Nase in meinem Gesicht. Das hatte sie eindeutig nicht kommen sehen.

„Wer sind Sie?" Myra hob den Kopf, ihre Nase war rot, ihr Haar ein wildes Gewirr von Locken, die sich aus dem bunten Schal gelöst hatten, der ihr um den Kopf gebunden war. Wenigstens hörte sie auf zu heulen.

Ich setzte mich auf den Stuhl neben ihr und antwortete: „Ich bin Audrey Fitzgerald, ich bin Privatdetektivin." Ich neigte den Kopf in Bens Richtung. „Und das ist Ben Delaney."

„Und … und … ich bin tot?" Ihr Kinn wackelte und eine dicke, fette Träne kullerte über ihre Wange. Seltsam. Ich hätte nie gedacht, dass Geister weinen konnten. Fasziniert beobachtete ich, wie die Träne über ihr Gesicht kullerte, ihre Kieferpartie erreichte, abtropfte und im Äther verschwand.

„Ich fürchte ja."

Myras wässriger Blick blieb an Ben kleben. „Und Sie? Sind Sie ein Geist? Wie ich?"

„Jepp." Ben nickte. „So schlimm ist das gar nicht." Er klopfte ihr unbeholfen auf den Rücken, das heißt, er versuchte es zumindest, aber zwei Geister, die sich berührten? Das funktionierte einfach nicht. Stattdessen erschien eine Nebelwolke, in der zwei getrennte Wesen zusammenstießen, bevor sie sich wieder in ihre eigenen geisterhaften Formen zurückzogen. Eine Gänsehaut tanzte über meine Haut und ein Schauer lief mir den Rücken hinunter. Darauf war ich nicht vorbereitet gewesen. Mit Ben kam ich klar, aber das hier? War ich jetzt eine Geisterflüsterin?

„Ich weiß, das ist ziemlich viel für Sie", begann ich und blickte zur Tür, „aber wir haben nicht viel Zeit. Ich dürfte eigentlich nicht hier sein und die Polizei wird alles andere als erfreut sein, wenn sie mich hier erwischt. Wissen Sie noch, was passiert ist?"

Myra schüttelte den Kopf. „Das Letzte, woran ich mich erinnere, ist, dass ich hier ankam und den Laden öffnen ..." Sie kniff die Augen zusammen. „Warum kann ich mich nicht erinnern?"

„Bei Ben war es genauso", erklärte ich ihr. „Er konnte sich an nichts erinnern, weder an seinen Tod noch an die Ereignisse unmittelbar davor. Oder an irgendetwas über die Fälle, an denen er gerade gearbeitet hatte." Ich warf Ben einen vorwurfsvollen Blick zu. Ich hätte seinen Mord viel schneller aufklären können, wenn er sich an das Geschehene hätte erinnern können.

„Fälle?"

„Ben war auch Privatdetektiv. Ich habe seine Detektei übernommen", erklärte ich. „Ich kann Ihnen nicht genau erklären, warum Sie sich nicht erinnern können. Vermutlich eine Art Amnesie während Ihres Übergangs." Ich stand auf und begann, in ihrem Laden auf und ab zu laufen. Während Ashleys Geschäft nebenan luftig und hell war, war Myras dunkel und düster, obwohl in ihren Regalen ähnliche Dinge standen: Kerzen und Räucherstäbchen, Tarotkarten und Bücher über deren

Verwendung. Mir fiel eine wunderschöne Sammlung von Silberkelchen ins Auge. „Hexen Sie?", fragte ich, als mir Mrs Hill in den Sinn kam, auf deren Altar ähnliche Dinge gestanden hatten.

„Nein." Myra klang beleidigt. „Ich bin Hellseherin, keine Hexe."

Meine Mundwinkel verzogen sich. Ich sah da keinen großen Unterschied, würde mich aber später damit befassen und einige Nachforschungen über diese beiden Dinge anstellen. Vielleicht würde das erklären, warum ich jetzt zwei geisterhafte Begleiter hatte. Sowohl Ben als auch Myra hatten Verbindungen zum Okkulten, auch wenn sie noch so schwach waren. „Hatten Sie einen Terminkalender oder ein Tagebuch?"

Myra stand auf und ich konnte sie zum ersten Mal richtig ansehen. Sie war groß, schlank und atemberaubend. Ihr ebenholzfarbenes Haar steckte zur Hälfte unter ihrem Schal und um ihren Hals hingen mehrere Halsketten. Wie Ashley nebenan trug sie mehrere Armbänder an den Handgelenken, außerdem an jedem Finger einen Ring, manche mit Edelsteinen, manche ohne. Ihre lila-schwarze Boho-Bluse fiel locker und fließend und stand in starkem Kontrast zu der hautengen schwarzen Lederhose und den Stiefeln mit zehn Zentimeter hohen Absätzen. Ich erinnerte mich daran, dass Ashley mir erzählt hatte, sie sei dreiunddreißig, aber Myra Hansen sah kaum älter als fünfundzwanzig aus. Jetzt, wo sie nicht mehr weinte und die Flecken aus ihrem Gesicht verschwunden waren, konnte ich sehen, dass sie einen tadellosen schwarzen Eyeliner aufgetragen hatte, der für perfekte Katzenaugen sorgte, und einen dunkelvioletten Lippenstift, der zwei Nuancen von Schwarz entfernt war. Sie ging an mir vorbei zu einem Samtvorhang, der an der Rückseite des Ladens hing, und verschwand durch ihn. Ich folgte ihr und fand mich in einem winzigen Büro wieder, das ungefähr so groß wie mein Badezimmer war. Auf einer Seite stapelten sich Pappkartons, die fast bis zur Decke reichten. Außerdem gab es einen winzigen Schreibtisch, der eher an einen Beistelltisch erinnerte. Myra blieb vor dem Möbel stehen.

„Er sollte eigentlich genau hier liegen", meinte sie und zeigte auf die Oberfläche des Tisches, die mit Papier, Stiften und Visitenkarten übersät war.

„Die Polizei hat ihn wahrscheinlich mitgenommen", sagte Ben, der gerade den Kopf durch die Wand gesteckt hatte.

„Ich erinnere mich an etwas", sagte Myra, „mein erster Kunde war Jacob, aber der Termin war erst um zehn Uhr."

„Daran erinnern Sie sich?" Ich war überrascht. Ben hatte sich um seinen Todeszeitpunkt herum an nichts erinnern können, was auch nur im Entferntesten nützlich gewesen war. Sie nickte. „Ich öffne immer um neun Uhr. Immer. Ich bekomme viele Anfragen für Tarot-Lesungen oder Handlesen. Meine Stammkunden buchen einen Termin, damit sie nicht auf mich warten müssen."

„Und das Geschäft lief gut? Von wie vielen Stammkunden reden wir?"

Myra zählte an ihren Fingern ab. „Jacob Henry besucht mich seit ein paar Wochen regelmäßig, fast täglich. Dann ist da noch Mrs Davis. Regina Davis. Sie kommt einmal in der Woche. Und Kit Chambers. Sie kommt vielleicht einmal im Monat. Manchmal auch alle zwei Wochen, wenn es etwas in ihrem Leben gibt, bei dem sie besonders viel Beratung braucht."

„Sie sagten, Jacob hätte heute einen Termin gehabt. Was ist mit Regina? Wann haben Sie sie zuletzt gesehen?"

„Regina kommt jeden Mittwoch um halb zehn. Das ist die Zeit, zu der sie ihren Pudel Rufus immer zum Hundefriseur gebracht hat. In diesen Momenten fühlte sie sich ihm näher, weshalb wir diese Routine entwickelt haben."

„Haben Sie wirklich mit einem toten Hund gesprochen? Oder haben Sie nur Reginas Geld genommen und ihr erzählt, was sie hören wollte?"

Der Blick, den Myra mir zuwarf, ließ mich erschaudern. „Immer mit der Ruhe, Cowboy. Sie ist hier das Opfer, nicht die Verdächtige", raunte Ben dicht an meinem Ohr.

„Das könnte relevant sein", widersprach ich verärgert. „Was, wenn Regina herausgefunden hat, dass Myra sie übers Ohr gehauen und sie in einem Wutanfall umgebracht hat, weil sie überhaupt nicht mit Rufus gesprochen hatte?"

Myra schnaubte und unterbrach uns. „Entweder glaubt man daran oder nicht." Sie taxierte mich von oben bis unten und erinnerte mich daran, dass ich immer noch die Klamotten von gestern trug, nachdem ich bei Ben übernachtet hatte. „Aber wenn man bedenkt, dass Sie diese Diskussion mit zwei Toten führen ..." Ihre hochgezogene Augenbraue sprach Bände. Gutes Argument.

„Okay." Ich räusperte mich. „Sie erwähnten eine dritte Kundin. Kit Chambers?"

Myra kaute auf ihrer Lippe und betrachtete die Decke. „Ohne meinen Terminkalender ist das schwer zu sagen, aber es war nicht in den letzten zwei Wochen. Kit hat Urlaub und ist nach Hause gefahren."

„Wo ist das?"

„In England. Essex, wenn ich mich richtig erinnere."

„Oh, sie ist also Britin?" Meine Gedanken schweiften zu Thor und seinem bezaubernden britischen Akzent.

„Ja. Sie ist Webentwicklerin und reist um die ganze Welt. Sie lebt hier seit … oh, das müssen jetzt gut drei Monate sein."

„Aber Sie sagten, sie sei im Urlaub? Kommt sie zurück nach Firefly Bay? Oder zieht sie einfach weiter, von wegen grünere Wiesen und so?"

Myra zuckte mit den Schultern. „Ich weiß nur, was sie mir erzählt hat. Dass sie in den Urlaub fährt und mich nach ihrer Rückkehr aufsuchen wird. Sie sagte, sie würde etwa einen Monat weg sein, wegen des Nachlasses ihrer Großmutter und familiärer Verpflichtungen. Dabei hat ihre Familie sie eigentlich erst überhaupt dazu gebracht, durch die Welt zu reisen."

Ich holte mein Handy heraus, um mir alles zu notieren, was sie mir gerade erzählt hatte. Doch das schwarze Display, das mich anstarrte, erinnerte mich daran, dass der Akku leer war und ich kein Ladegerät dabei hatte. Ich nahm mir vor, demnächst eines dieser tragbaren Ladegeräte zu kaufen. Ich betrachtete den Inhalt des kleinen Schreibtischs, griff nach einem Stift und einer Visitenkarte und notierte die drei Namen von Myras Stammkunden auf der Rückseite.

„Und das sind alle Stammkunden? Alles andere war Laufkundschaft? Ist Ihnen an einem von ihnen etwas aufgefallen? Hatte jemand ungewöhnlich auf Ihre Kartenlegung reagiert? Unglücklich oder wütend?"

Myra warf ein paar lose Haarsträhnen über eine Schulter und stützte eine Hand auf ihre Hüfte. „Meine Kunden sind immer zufrieden." Mit erhobener Nase drehte sie sich um und schritt durch den Laden zurück, zumindest so gut ein Geist eben schreiten konnte. Sie blieb an dem runden, mit einem schwarzen Tischtuch bedeckten Tisch stehen, ihrem Arbeitsplatz, wenn man so wollte, und blickte konzentriert auf den Boden. Neugierig trat ich zu ihr. Ah, da war eine kleine Blutlache. Ich hatte sie nicht bemerkt, als ich hereingekommen war, weil sie so gut mit dem dunklen Teppich unter dem Tisch harmonierte. Aber jetzt, wo ich näher davor stand, konnte ich den vertrauten kupferartigen Geruch riechen. Ich zuckte zurück. Ich hatte nicht daran gedacht zu fragen, wie Myra gestorben war, aber das Blut verriet mir, dass es ein gewaltsamer Tod gewesen war. Wie Bens. Waren sie beide deshalb Geister?

Ich warf einen Blick auf Ben, der sich durch den Laden treiben ließ und die Regale durchstöberte. „Und, was entdeckt?", fragte ich.

Er drehte sich um und zeigte auf den Tisch. „Da liegt etwas unter dem Tisch."

„Was denn?" Das Tischtuch reichte bis zum Boden, und ich nahm den Stoff vorsichtig zwischen zwei Finger und hob ihn an. Ich hatte mir immer vorgestellt, dass ein

Hellseher all seine Tricks unter dem Tischtuch versteckte, und jetzt wollte ich es genau wissen. Ich war überrascht, dass es keine geheimen Schalter oder Knöpfe gab. Ich konnte auch nichts auf dem Boden erkennen, aber wenn es im Laden schon dunkel war, war es unter dem Tisch sehr dunkel. „Bist du sicher?"

„Absolut. Ich kann es nicht genau erkennen, aber es ist da."

„Aber es ist nicht die Mordwaffe, oder?" Ich konnte nicht glauben, dass die Polizisten nicht unter dem Tisch nachgesehen hatten.

„Geh einfach auf Hände und Knie, Fitz, und taste herum", befahl Ben.

Ich grummelte etwas über herrische Geister vor mir her und tat, wie mir gesagt wurde, indem ich mit meinen Händen über die Oberfläche des Bodens fuhr, bis sie über etwas Glattes glitten. „Hab es." Ich setzte mich auf die Füße und hielt eine Tarotkarte hoch. Es war die Karte des Todes.

KAPITEL NEUN

„**W**as machen Sie da?" Officer Mills verzog das Gesicht, als hätte er etwas Unangenehmes gerochen. Ich revanchierte mich und rümpfte die Nase, während ich ihn von oben bis unten musterte. Er machte mir weder Angst, noch konnte er mich einschüchtern. Ich mochte ihn schlicht und ergreifend nicht.

„Ich bin mit Detective Galloway verabredet." Ich wollte nicht hier sein. Ich hätte angerufen, wenn ich gekonnt hätte, aber mein Telefon war immer noch tot, obwohl ich in Myras Laden nach einem Ladegerät gesucht hatte, um mir einen unangenehmen Besuch im Firefly Bay Police Department zu ersparen. Schon im Foyer standen mir die Haare auf den Armen zu Berge und mein Magen kribbelte.

„Worum geht es?"

Verdammt, das war eine berechtigte Frage. Eine, die ich nur ungern beantwortete. Ich knirschte mit den Zähnen und suchte nach einer brauchbaren Ausrede, als Captain Cowboy Hot Pants höchstpersönlich durch die

Tür kam. Oh, er war eine Augenweide, dunkle Jeans, die an den richtigen Stellen eng saß, breite Schultern, umhüllt von einem lässigen schwarzen T-Shirt, über das er ein kariertes Hemd trug. Während ich seinen Anblick in mich aufsog, fragte ich mich, ob er noch andere Kleidung besaß, denn ich sah ihn gewöhnlich nur in dieser Aufmachung. Also natürlich nicht genau in diesen Kleidungsstücken, sondern nur im gleichen Stil. Nicht, dass ich mich beschwert hätte, oh nein, ihm stand er gut und das einladende Grinsen auf seinem Gesicht ließ mein Herz in meiner Brust ziemlich schnell schlagen.

„Audrey, schön, dass du da bist." Er warf Mills einen undeutbaren Blick zu, als er sich mir näherte, legte eine Hand auf meinen Rücken und führte mich in sein Büro. Die Hitze seiner Berührung brannte – auf eine angenehme Art. „Komm mit."

Ich ließ mich von ihm führen und war überraschenderweise sprachlos.

In seinem Büro ließ ich mich in den Stuhl gegenüber seinem Schreibtisch sinken und beobachtete, wie er auf seinem eigenen Stuhl Platz nahm und sich zurücklehnte, die Ellbogen auf die Armlehnen gestützt, die Hände locker über dem Bauch verschränkt, das Gesicht erwartungsvoll. Keiner von uns beiden sprach und während die Sekunden verstrichen, zappelte ich in meinem Sitz, bis er grinste und ein Grübchen aufblitzen ließ. „Entspann dich", sagte er. „Ich bin's nur. Und ich bin einer von den Guten."

Ich runzelte die Stirn, weil er mich so gut kannte, dass er wusste, wie unwohl ich mich hier in der Höhle des Löwen fühlte. Meine Angst vor der korrupten Polizei wuchs ins Unermessliche. Ich konnte nicht hier sein, ich konnte das nicht tun. Mit der Polizei zusammenarbeiten? Kooperieren? War ich wahnsinnig? Das würde nicht gut ausgehen und ich befürchtete, dass ich auf der anderen Seite angeschlagen und gebrochen herauskommen würde. Ich schaute mich um, suchte nach Ben, brauchte seine Bestätigung, dass ich das Richtige tat, dass ich Galloway vertrauen konnte. Denn trotz dieser starken Anziehungskraft zwischen uns war er immer noch ein Polizist, und in meinem Kopf war verankert, dass Polizisten schlecht waren.

Aber Ben war ärgerlicherweise abwesend. Kaum hatte ich vor der Tür gestanden, war er auch schon hineingestürmt. Ich hatte gedacht, dass er sich an seinem alten Arbeitsplatz umschauen wollte, und hoffte, dass er über etwas stolpern würde, das für unseren Fall relevant war, damit ich den Mord an Myra aufklären und sie ihren Übergang abschließen konnte. Ich hatte mir Gedanken gemacht, wie ich mit zwei Geistern klarkommen sollte, ohne mich in der Psychiatrie wiederzufinden, doch diese Sorgen waren unbegründet, weil Myra seltsamerweise ihren Laden nicht verlassen konnte. Es schien, als sei Myra im Nether & Void eingesperrt. Ich hatte keine Antworten – und kannte niemanden, den ich fragen konnte. Aber an Myra zu denken, half. Mein Herzschlag verlangsamte sich und meine Anspannung ließ nach. Ich erinnerte mich daran, dass ich an einem Fall arbeitete und dass ich trotz allem, was vor sich ging, einen Auftrag zu erledigen hatte.

„Zwei Sachen", sagte ich, wobei meine Stimme ziemlich schrill klang. Ich räusperte mich und versuchte

es erneut. „Zwei Sachen. Erstens, hast du ein Ladegerät?"
Ich hielt mein Handy hoch. „Der Akku ist leer." Unsere
Finger berührten sich, als er mir das Telefon abnahm und
es bereitwillig an sein Ladegerät anschloss.

„Und die andere Sache?"

Ich griff in meine Gesäßtasche und zog die Tarotkarte
heraus, die ich unter Myras Tisch gefunden hatte, wobei
ich darauf achtete, sie an der Ecke zu halten, um
Fingerabdrücke zu vermeiden. „Das haben deine Jungs
übersehen. Am Tatort von Myra Hansen."

Er beugte sich vor und nahm mir die Karte ab, wobei
er meine Haltung nachahmte. „Was genau hast du bei
Myra gemacht?", fragte er im Plauderton, aber ich hatte
das Aufblitzen in seinen Augen gesehen – halb Sorge, halb
Misstrauen.

„Ashley Baker hat mich beauftragt, Myras Mörder zu
finden. Ich habe also an dem Fall gearbeitet." Ich klang
wie ein trotziger Teenager, der gerade seine Eltern
übertrumpft hatte. Defensiv, aber mit einer gewissen
Selbstgefälligkeit, weil er recht hatte.

„Und du bist hier, um das mit mir als deinem Betreuer
zu besprechen, richtig? Wenn man bedenkt, dass du
gerade dein Auto zu Schrott gefahren hast, weil du von
bewaffneten Männern verfolgt wurdest, die
möglicherweise in einen Banküberfall verwickelt waren
… in den du ebenfalls involviert warst …"

„Ja, das auch." Jetzt war ich an der Reihe und beugte
mich vor. „Aber ob es dir gefällt oder nicht, ich bin an
dem Fall dran. Ich bin hier", ich warf einen unbehaglichen
Blick auf die geschlossene Tür, „obwohl ich das eigentlich
gar nicht sein möchte."

Er musterte mich einen Augenblick lang aufmerksam, wobei seinen Augen nichts entging – weder mein schneller Atem noch der Schweiß, der mir auf der Stirn stand. „Was ist für dich so schlimm daran, hier zu sein?"

Ich senkte die Stimme. „Hast du dein Büro auf Wanzen untersucht?"

Er zuckte überrascht zurück. „Meinst du, dass ich das tun sollte?"

Ich wollte ihm gerade erklären, dass ich das definitiv für notwendig hielt, da er schließlich wegen Korruption unter diesem Dach ermittelte, als er die Hand hob, um mich zum Schweigen zu bringen. „Alles klar." Seine Stimme ertönte tief und leise, ein Grollen, das mich durchschüttelte. Seine grauen Augen hatten sich verdunkelt wie ein herannahender Sturm, und ich fragte mich, was seine Reaktion ausgelöst hatte. Er blinzelte, seine Augen hellten sich auf und ich sah zu, wie er die Tarotkarte in eine Beweismitteltüte steckte, mein Handy aussteckte, es mir zurückgab und aufstand. „Lass uns das woanders klären. Ich könnte einen anständigen Kaffee vertragen."

Ah, schön, dass wir endlich auf derselben Seite standen. Ich war nicht davon überzeugt, dass diese Wände keine Ohren hatten, und Galloway schien mir zuzustimmen. Ich warf einen kurzen Blick in den Raum, um zu sehen, ob Ben zurückgekommen war. Nein. Schade, dann musste er uns eben später einholen.

Draußen auf dem Parkplatz stand ich neben meinem robusten Ersatzwagen, meinem Chrysler aus den Siebzigerjahren, der in Bens Garage seinen Ruhestand verbracht hatte, jetzt aber wieder im Dienst war. „Ich treffe dich in Bens Haus. Da gibt es einen guten Kaffee", sagte ich und stützte eine Hand auf das Dach.

„Bens Haus? Nicht dein Haus?"

„Erbsenzähler." Ich schenkte ihm ein Grinsen, ließ mich auf den Fahrersitz gleiten und schlug die Tür zu. Sie blieb hängen, also schlug ich sie erneut zu. Beim dritten Mal hatte ich Glück. Ich klopfte dankbar auf das Armaturenbrett, als der Motor beim ersten Versuch ansprang, wenn auch mit einer lauten Fehlzündung und einer Rauchwolke. Als ich vom Parkplatz fuhr, achtete ich auf die Straße und nicht auf einen bestimmten Geländewagen, der mir den ganzen Weg zu Bens Haus folgte.

„Gut, dass du wieder da bist, ich bin am Verhungern!", begrüßte Thor mich an der Tür, und ich beugte mich hinunter, um seinen Kopf zu kraulen.

„Du bist immer am Verhungern", antwortete ich und ließ die Haustür für Galloway offen. In der Küche legte ich mein Handy auf den Tresen. Das bisschen Saft, das Galloway ihm gegeben hatte, reichte nicht einmal aus, um es einzuschalten.

„Entschuldige bitte!", verlangte Thor und setzte sich vor seinen Futternapf. Ich sah nach. Ja, da war immer noch Knabberzeug drinnen. Ich ordnete die Krümel in seinem Napf zu einem ordentlichen kleinen Haufen und sah zu, wie der riesige Teddybär von Kater scheinbar zufrieden mit dem Kopf nickte und zu knabbern begann.

Wie schon so oft übernahm Galloway die Kaffeemaschine, und ich rutschte auf einen Küchenhocker und beobachtete ihn. Das war kein Problem. Er steckte etwas in die freie Steckdose, dann nahm er mein Telefon und schloss es wortlos an. Ich dachte mir, dass er wohl ein Ersatzladegerät in seinem Auto hatte.

Er sprach mit dem Rücken zu mir. „Sag mir, was du hast", forderte er mich auf.

„Was ich habe?" Ich runzelte die Stirn.

„Dein Fall", meinte er und ich wurde rot. Für einen Moment hatte ich durch die Ablenkung von Captain Cowboy Hot Pants direkt vor meiner Nase Myra und den Fall total vergessen.

Ich räusperte mich. „Ashley Baker gehört das Nine, der New-Age-Laden neben Myras Geschäft. Sie hat mich heute Morgen engagiert."

„Sie hat dich angerufen?"

„Was? Nein. Ich muss noch ein wenig weiter zurückgehen. Ich habe heute Morgen in den Nachrichten den Bericht über den Banküberfall gesehen." Ich konnte mir ein Grinsen nicht verkneifen. „Das Ganze hat mir ein bisschen Publicity eingebracht. Wie auch immer, als Nächstes wurde über den Mord an Myra berichtet und ich sah dort Jacob Henry, den Bankangestellten. Das schien mir ein merkwürdiger Zufall zu sein, also ging ich hin. Deine Leute waren schon weg. Ashley erkannte mich und engagierte mich auf der Stelle."

„Und als Nächstes bist du in Myras Laden eingebrochen?", hakte Galloway nach.

Ich schnaubte. „Nein. Ich bin nirgendwo eingebrochen. Ich hatte einen Schlüssel."

Mir entging nicht, wie er die Augen verdrehte, aber zum Glück hakte er nicht weiter nach. Es war ein Tatort und ich hatte das Klebeband an der Tür ignoriert, das mir sagte, dass ich mich raushalten sollte.

Galloway schob mir einen dampfenden Becher zu. „Du siehst übrigens gut aus."

Ich blinzelte überrascht. „Ähm. Danke?" Eben hatten wir noch über den Mord an Myra gesprochen, und plötzlich sagte er mir, dass ich gut aussähe? Ich meine, ich nahm das Kompliment gern an, aber …

Er gluckste. „Was ich meine, ist, dass du dich nach dem Unfall gut erholt hast. Ich muss zugeben, ich war überrascht, dich auf dem Revier zu sehen. Ich hatte erwartet, dass du ein paar Tage im Bett liegen würdest."

„Tja, eine Massage von Ashley mit ihren speziellen Ölen hat dabei sehr geholfen." Ashleys Behandlung hatte tatsächlich Wunder bewirkt. Meine Muskeln schmerzten zwar noch ein wenig, aber es war erträglich.

Galloway setzte sich auf den Hocker neben mir und winkte mit der Hand. „Erzähl weiter. Du hast dir also Zutritt zum Tatort verschafft. Was dann?"

„Nicht viel. Zuerst habe ich das Blut gar nicht gesehen und konnte es wegen des Weihrauchs auch nicht riechen, aber unter ihrem Stuhl war eine kleine Blutlache in den Teppich gesickert, also nehme ich an, dass sie erstochen oder erschossen wurde." Als Galloway schwieg, fuhr ich fort. „Ich konnte ihren Terminkalender nicht finden, also hat ihn wohl die Polizei, aber ich habe von Ashley einige Informationen über Myras Stammkunden bekommen." Ich zählte an meinen Fingern ab: „Jacob Henry besuchte Myra oft. Und ich meine wirklich oft, fast täglich. Regina Davis suchte sie wöchentlich auf und Kit Chambers mehr oder weniger regelmäßig, aber Kit ist momentan im Urlaub in England."

„Das sind deine Verdächtigen?"

„Es gibt auch einen Freund, Lee. Er ist ein ganzes Stück älter als Myra."

„Und das macht ihn zu einem Verdächtigen?"

„Natürlich nicht. Das war nur eine Beobachtung." Ich nahm einen Schluck von meinem Kaffee und verbrühte mir die Zunge. „Ich habe die Tarotkarte unter dem Tisch gefunden. Ehrlich gesagt, ich habe sie nicht gesehen, sondern gespürt, aber wenn deine Kollegen ihre Taschenlampen benutzt haben, gibt es keine Entschuldigung dafür, dass sie sie nicht entdeckt haben."

Galloway ignorierte meine Kritik. „Seltsam, dass sie unter dem Tisch lag", meinte er und hielt seine eigene Kaffeetasse nur wenige Zentimeter von seinen Lippen entfernt. „Was hast du da unten gemacht?"

„Nach Tricks gesucht. Versteckte Knöpfe und solche Sachen." Das war die halbe Wahrheit. „Aber ich habe über die Karte nachgedacht. Hätte sie sie fallen gelassen, wäre sie gut sichtbar auf den Boden gefallen. Nicht unter den Tisch."

„Was sagt dir das?"

Oh, gut. Ein Quiz. „Dass es einen Kampf gab?" Ich biss mir auf die Unterlippe und stellte mir den Tatort im Kopf vor. „Myra hatte den Laden geöffnet und bereitete sich gerade auf ihren ersten Kunden vor. Sie hatte mir gesagt, dass sie um neun Uhr öffnete, aber Jacob sollte erst um zehn Uhr kommen, also hatte sie noch Zeit für ein oder zwei Besuche, bevor er kam. Was würdest du tun, während du auf Kunden wartest? Die Tarotkarten mischen. Vielleicht sich selbst die Karten legen. Dann taucht ihr Mörder auf. Er setzt sich ihr gegenüber und sie teilt die Karten aus und legt den Stapel auf den Tisch. Dann gerät das Ganze aus dem Ruder. Dem Kunden gefällt das Kartenbild nicht. Oder vielleicht glaubt er, dass das alles Blödsinn ist. Vielleicht fegt er absichtlich die Karten vom Tisch, weil er wütend ist. Oder er wirft den ganzen Tisch um. Dann tötet er Myra." Ich hielt inne und dachte nach. „Sie ist tot und er … nimmt sich die Zeit, den Tisch wieder hinzustellen und die Karten auf den Tisch zurückzulegen. Aber er übersieht eine."

Ich blickte auf und sah, dass Galloway mich anschaute. „Sie hat es dir gesagt?"

Verdammt! Das war mir so rausgerutscht. Natürlich hatte Myra mir die Informationen gegeben, aber da sie ein Geist war, konnte ich ihm das nicht sagen. Meine Hände fuchtelten in Panik herum. „Ashley." Ich stürzte mich auf den ersten Namen, der mir in den Sinn kam. „Ashley erzählte mir, dass Myra um neun Uhr öffnete und die ersten Termine erst ab zehn Uhr vergab, damit sie auch die Laufkundschaft bedienen konnte."

Galloway nickte, das Grübchen blitzte wieder auf. „Eigentlich ist das nicht schlecht. Plausibel. Ich würde nur zwei Sachen ändern."

Ich atmete erleichtert auf. Er hatte es mir abgekauft. „Aha?"

„Der Mörder hat nicht nur die Karten aufgehoben, er hat sie mitgenommen. Am Tatort gab es keine Tarotkarten. Nun ja, abgesehen von denen, die Myra zum Verkauf angeboten hat. Wir haben nicht einmal bemerkt, dass sie fehlten, bis du mit dieser Karte aufgetaucht bist."

„Und die andere Sache?"

„Jemand hat ihr in den Rücken gestochen. Die Klinge ging direkt in ihr Herz."

Ich schluckte. Wenigstens war es schnell gegangen. „Das sagt uns, dass sie ihren Mörder kannte. Es war jemand, dem sie vertraute, jemand, in dessen Gegenwart sie sich wohlfühlte. Es beunruhigte sie nicht, dass er hinter ihr stand", meinte ich.

„Es sei denn, sie wusste nicht, dass dieser Jemand da war", bemerkte Galloway.

Richtig. Vielleicht hatte sich der Mörder versteckt und darauf gewartet, sich von hinten an sie heranzuschleichen und sie unbemerkt zu töten.

„Hatte sie gesessen? An ihrem Tisch?" So hatte ich den Geist Myra gefunden, mit dem Kopf in den Händen am Tisch und sich die Seele aus dem Leib heulend. Ich dachte mir, dass sie dort gestorben war.

„Ja. Warum?"

„Weil Myra ziemlich groß war. Wenn du ihr ins Herz stechen wolltest, müsstest du ähnlich groß sein."

„Oder … warten, bis sie sich hingesetzt hat", überlegte Galloway.

„Das heißt … sie wurde nicht im Affekt getötet. Wer auch immer das getan hat, hat es geplant. Das war Vorsatz." Wir hatten einen kaltblütigen Killer in Firefly Bay. Ein Schauer tanzte über meine Haut und verursachte eine Gänsehaut. Mein sechster Sinn warnte mich, dass das Ganze vielleicht nicht gut ausgehen würde.

Galloway bestätigte diesen Gedanken, als er sich zu mir umdrehte und meinte: „Du machst das nicht allein."

Ich blinzelte. „Was?"

„Das ist gefährlich, Audrey. Und ob es dir gefällt oder nicht, du bist noch in der Ausbildung.“

„Ich bin schon halb durch“, widersprach ich. Aber ganz ehrlich, wenn er mir anbieten würde, mit mir zusammen an diesem Fall zu arbeiten, würde ich mich nicht beschweren. Die Verrückten mit den Gewehren hatten mich verunsichert. Hing der Banküberfall mit Myras Tod zusammen? Oder war es nur Zufall, dass Jacob Henry in beide Fälle involviert war?

„Du bleibst in diesem Fall an meiner Seite.“ Sein Tonfall ließ keinen Widerspruch zu.

Mit seinen stürmischen Augen so verlockend nah, tat ich das Erste, was mir in den Sinn kam. Ich küsste ihn. Ein kurzer Kuss auf die Lippen, aber es reichte aus, um ein Feuer in meinem Bauch zu entfachen.

Galloway legte seine Stirn kurz gegen meine. „Ich nehme das als ein Ja.“

KAPITEL ZEHN

Galloway hatte nicht gescherzt, als er sagte, ich würde an seiner Seite sein. Ich saß tatsächlich vorne neben ihm, während wir in seinem Geländewagen in die Stadt fuhren. Erster Halt: die Firefly Bay Community Bank. Es war ein Zwei-Fliegen-eine-Klappe-Szenario. Ich hatte das fehlende Dokument, das diese ganze Reihe von Ereignissen überhaupt erst ausgelöst hatte, immer noch nicht unterschrieben, und wir mussten mit Jacob Henry sprechen. Ben hatte uns eingeholt und war auf dem Rücksitz aufgetaucht, was mich so erschreckte, dass ich aufschrie und Galloway mit einer lahmen Ausrede über einen angeblichen Krampf abwimmeln musste. Ich war mir nicht sicher, ob er es mir abgekauft hatte, aber er bohrte nicht weiter nach, wofür ich sehr dankbar war.

„Versprich mir, dass du auf mich wartest, bevor du mit Jacob sprichst", verlangte ich und schritt durch die Türen der Bank. Galloway folgte mir auf dem Fuß und strahlte eine angenehme, wohlige Wärme aus. Ben, der vor mir schwebte, tat genau das Gegenteil.

„Ja, ich warte." Ich konnte das Lächeln in seiner Stimme hören und brauchte mich nicht umzudrehen, um es bestätigt zu bekommen.

Als Susan mich bemerkte, eilte sie hinter ihrem Schreibtisch hervor, um mich herzlich zu umarmen. Ich versuchte, nicht zusammenzuzucken, als sie meine geprellte Schulter drückte. „Audrey, wie geht es Ihnen?" Sie fuhr mit den Händen an meinen Oberarmen auf und ab. „Alles wieder gut?"

„Ähm." Ich warf einen kurzen Blick auf Galloway. Wussten die Leute von meinem Autounfall? Zugegeben, in der Firefly Bay sprach sich alles schnell herum, aber ich dachte, mir wäre es gelungen, das hier unter den Tisch fallen zu lassen. Galloway zuckte mit den Schultern.

„Wegen dem Banküberfall, Sie Dummerchen", erklärte Susan und zog mich zu ihrem Arbeitsplatz.

„Ja. Ich habe mich … erholt … danke. Was ist mit Ihnen?" In der Zwischenzeit war so viel passiert, dass der Raubüberfall alles andere als eine neue Erinnerung war.

Sie tippte etwas in ihren Computer ein, dann zog sie die Schublade auf und holte ein Blatt Papier heraus. „Mir geht es gut. Ich war kurz danach etwas verunsichert, aber die Bank hat mir eine Beratung angeboten, die ich auch in Anspruch genommen habe. Hier, das wartet noch von gestern auf Sie."

Sie legte das Dokument auf den Schreibtisch, reichte mir einen Stift und ich unterschrieb pflichtbewusst an der Stelle, auf die sie hinwies. „Haben wir jetzt alles erledigt? Sie brauchen sonst nichts mehr?"

Sie strahlte mich an und ihr Lächeln war hundertprozentig unecht. In dem Moment wurde mir klar, dass es Susan nicht so gut ging, wie sie sagte. Wem würde es schon gut gehen, wenn maskierte, bewaffnete Räuber den Arbeitsplatz stürmten und man einen Tag später an genau derselben Stelle stand und so tat, als wäre nie etwas passiert? Diesmal war ich es, die Susans Arm tätschelte. „Danke für alles, Susan. Und lassen Sie es langsam angehen, okay?"

Als er sah, dass wir alles geklärt hatten, ergriff Galloway das Wort. „Wir würden gern mit Jacob Henry sprechen, falls er in der Nähe ist."

„Er hat heute frei. Sonderurlaub, nachdem er diese Hellseherin gefunden hat." Susan schniefte, ihre Missbilligung war deutlich zu spüren.

„Sie glauben nicht an so etwas?", fragte ich.

„Pah, das ist doch nichts als ein Haufen Unfug. Aber sie hatte Jacob richtig fest am Haken. Er hat sein ganzes Geld für eine Schickse ausgegeben, die ihm angeblich helfen würde, seine Frau zurückzubekommen, obwohl jeder sehen konnte, dass das niemals passieren wird. Sie hatte das Interesse an ihm verloren, kaum dass die Hochzeit vorbei war."

Galloway und ich sahen uns kurz an. „Sie kennen seine Ehefrau?", fragte ich.

„Natürlich. Verstehen Sie mich nicht falsch. Ich finde es wirklich schrecklich, was sie ihm angetan hat. Sie hat ihm wirklich das Herz gebrochen. Sie waren schon eine Weile zusammen und … na ja, ich weiß nicht. Vielleicht hatte sie es erst gemeint, vielleicht auch nicht. Alles, was Jacob je wollte, war eine eigene Familie. Ein kleines

Häuschen mit Garten, Kindern, Ehefrau, das ganze Programm. Er war Einzelkind und seine Mutter alleinerziehend. Ich glaube, er war als Kind sehr einsam und sehnte sich nach mehr. Er dachte, er hätte es in Emily gefunden – das dachten wir alle. Aber sie ist jung. Das sind sie beide. Und vielleicht ist ihr das Ganze irgendwie zu viel geworden."

„Sie waren also nicht lange verheiratet?"

Susan schüttelte den Kopf. „Nicht einmal ein Jahr. Ihr erster Jahrestag ist erst in ein paar Monaten."

„Und Sie glauben, dass es das war? Dass Emily nur eine große Hochzeitsfeier wollte und dann …"

„Die Kleine ist total verwöhnt." Susan lehnte sich vor. „Was auch immer sie wollte, ihre Eltern haben es ihr gegeben. Als sie eine große, ausgefallene Hochzeit wollte, bekam sie genau das. Aber dann lebte sie plötzlich nicht mehr unter Mummys und Daddys Dach und die beiden sorgten nicht mehr für sie. Das oblag nun Jacob."

„Und er hatte nicht die gleichen finanziellen Mittel, nehme ich an." Galloway klang amüsiert, als hätte er das alles schon einmal gehört. Und in seinem Beruf hatte er das wahrscheinlich auch.

„Sie haben es erfasst. Oh, dieser arme, naive Junge", seufzte sie und presste eine Hand auf ihre Brust. „Er war so ahnungslos, wenn es um sie ging. Er freute sich auf die Hochzeit und nach der Hochzeit war er noch aufgeregter. Er wollte für eine Anzahlung auf ein Haus sparen und dann eine Familie gründen."

„Aber sie wollte das nicht?"

„Emily kommt aus einem wohlhabenden Elternhaus." Susan zuckte mit den Schultern. „Sie wusste natürlich, dass sie mit Jacob in seiner Wohnung leben würde, sobald sie verheiratet waren, aber ich vermute, die Realität war trotzdem ein Schock für sie. Und wer weiß, vielleicht hatte sie erwartet, dass Mom und Dad ihnen zur Hochzeit ein Haus schenken würden."

„Sie haben nicht schon vor der Hochzeit zusammengelebt?" Das überraschte mich. Die meisten Paare lebten zusammen, bevor sie den Bund der Ehe schlossen.

Susan schüttelte den Kopf. „Nein. Jacob war in dieser Hinsicht sehr altmodisch."

Die Türen der Bank öffneten sich hinter uns und ein Kunde kam herein, was Susans Aufmerksamkeit ablenkte. „Oh, hallo, Mrs Green!" Sie winkte der Frau zu und schaute dann zu uns zurück. „Kann ich Ihnen sonst noch irgendwie helfen?"

„Nein, danke, Susan. Passen Sie auf sich auf." Sie hatte sich beim Tratschen über Jacob entspannt, aber ich hatte bemerkt, wie ihre Anspannung in dem Moment zurückgekehrt war, als sich die Türen öffneten, wie ihre Augen zur Tür gewandert waren und ihr Körper erstarrte, bevor sie Mrs Green erkannte und sich wieder entspannte.

Ben, der vorhin durch die hintere Wand verschwunden war, kehrte zu uns zurück. „Henry ist nicht hier", bestätigte er. Ich nickte ihm kurz zu und folgte Galloway zurück zu seinem Geländewagen. „Und jetzt?", fragte ich und beobachtete ihn, während er etwas mit seinem Telefon machte.

„Sag du es mir. Das ist dein Fall", meinte er, ohne aufzublicken.

„Wir fahren zu Jacob nach Hause." Ich brauchte nicht einmal darüber nachzudenken. Jacob steckte bis zum Hals in der Sache drin, ich musste nur herausfinden, was genau *diese Sache* war.

„Was wo ist?"

„Oh." Gutes Argument. Ich kannte Jacobs Adresse nicht und hatte nicht daran gedacht, Susan danach zu fragen. Ich wäre allerdings überrascht gewesen, wenn sie sie mir gegeben hätte, von wegen Datenschutzgesetz und so.

Galloway hielt mir sein Handy hin. „Gut, dass ich seine Adresse habe, was?"

„Haha", meinte ich sarkastisch. „Das hättest du auch gleich sagen können."

„Nein, es macht zu viel Spaß, dir beim Denken zuzusehen. Dein Gesicht ist ein offenes Buch." Er startete den Wagen und fuhr uns zu Jacobs Wohnung, die nicht weit von der Bank entfernt lag, sondern sogar zu Fuß zu erreichen gewesen wäre.

„Du musst noch an deinem Pokerface arbeiten, Fitz", stichelte Ben und stieß mich in die Schulter. Ich ignorierte den eisigen Windstoß. Und meinen besten Freund.

„Glaubst du, Jacob könnte es getan haben?", fragte ich, während ich die Zähne in die Unterlippe krallte. „Weil er verzweifelt versucht hat, seine Frau zurückzubekommen, und Myra ihm irgendwie dabei helfen sollte? Er muss ein Vermögen für ihre Beratung ausgegeben haben. Ich frage mich, was sie ihm erzählt hat, dass er immer wieder zu ihr ging."

„Er hatte die Gelegenheit. Und das Motiv? Wir wissen

nicht, wie er zu Myra stand, und wir können uns nicht auf den Klatsch einer Kollegin verlassen. Vielleicht war ihm ihre Hilfe von unschätzbarem Wert. Vielleicht hat er aber auch gemerkt, dass sie ihm sein hart verdientes Geld aus der Tasche zog. Das werden wir erst wissen, wenn wir mit ihm gesprochen haben."

Gutes Argument. Wir hielten vor einem dreistöckigen Mietshaus und ich folgte Galloway ins oberste Stockwerk. Es gab keinen Aufzug, was sehr lästig sein musste, wenn man hier wohnte und seine Einkäufe drei Etagen hochschleppen musste. Vielleicht war Emily deshalb weggegangen – wenn sie das arme, kleine, reiche Mädchen war, als das Susan sie dargestellt hatte, wäre das Leben an einem solchen Ort ein Grund gewesen, das Eheversprechen zu brechen. Aber sie hatte doch bestimmt Jacob in seiner Wohnung besucht und Zeit dort verbracht, sodass dies keine Überraschung für sie gewesen sein dürfte.

Ben war bereits in die Wohnung vorausgegangen und steckte den Kopf durch die Eingangstür hinaus, um mit uns zu reden, als wir ankamen. Aber Galloway klingelte und hämmerte an die Tür, wobei seine Fingerknöchel direkt durch Bens Stirn gingen. Ich erschauderte. Ben seinerseits grinste nur, aber ich sah, wie Galloway die Stirn runzelte, auf seine Finger starrte und sie schüttelte.

„Es ist niemand zu Hause", sagte Ben, wich Galloway aus und stellte sich neben mich.

„Hast du das mit Absicht gemacht?", flüsterte ich mit unbeweglichem Mund.

„Was? Mein Gesicht in seine Faust gepresst? Warum hätte ich das tun sollen, Fitz?"

Ich kniff die Augen zusammen. Ich war mir nicht sicher, ob Ben mich auf den Arm nahm oder nicht. Ich stand im Flur und trippelte auf dem verblichenen Teppich, während Galloway noch einmal mit den Fingerknöcheln an die Tür klopfte. Stille von innen. Ich konnte Galloway kaum sagen, dass ein Geist mir erklärt hatte, dass niemand zu Hause war. Also warteten wir noch ein paar Minuten, bevor wir zum Auto zurückkehrten. „Wir werden später noch einmal zu ihm fahren", meinte Galloway, glitt hinter das Steuer, drehte sich zu mir um und stützte einen Arm auf das Lenkrad. „Falls nötig, kann ich sein Wohlergehen überprüfen lassen."

„Sein Wohlergehen überprüfen?"

„Wenn sich jemand Sorgen um seine Sicherheit macht, weil es ihm vielleicht nicht gut geht oder er sich selbst Schaden zugefügt hat, können wir sein Wohlergehen – oder seine Gesundheit – überprüfen, um sicherzustellen, dass es ihm gut geht."

„Du würdest also seine Tür eintreten?"

Galloway lachte. „Wir würden den Hausmeister bitten, die Tür mit seinem Generalschlüssel aufzuschließen, wenn wir der Meinung sind, dass die Situation dies rechtfertigt."

„Glaubst du, Jacob würde so etwas tun?" Meine Stimme wurde leiser. „Dass er sich … das Leben nehmen könnte?"

„Entspann dich, Fitz", sagte Ben vom Rücksitz aus, „ich habe dir schon gesagt, dass Jacob Henry nicht zu Hause ist. Er baumelt nicht am Dachbalken oder was auch immer deine überspannte Fantasie sich gerade ausmalt."

„Bis jetzt habe ich nichts gesehen, was darauf hindeutet. Entspann dich. So weit sind wir noch nicht. Das ist nur eine Option, falls wir ihn nicht aufspüren können. Er könnte an die frische Luft gegangen sein, sich einen Kaffee holen, einen Freund besuchen. Wohin also als Nächstes, Privatdetektivin in Ausbildung?", fragte Galloway. Ich ignorierte Ben und konzentrierte mich auf Galloway.

Ich lehnte den Kopf an die Kopfstütze und schaute zum Autodach auf, während ich im Geiste meine Liste der Verdächtigen durchging. „Regina Davis." Ich drehte den Kopf und sah Galloway an, der nickte und bereits ihren Namen in sein Telefon eingab. „Was hast du da eigentlich?", fragte ich. „Eine App?"

„So etwas Ähnliches, ja. Und bevor du fragst: Nein, du kannst sie nicht haben. Die gibt es nur für die Polizei."

Ich schmollte. Es wäre schön gewesen, Zugriff auf die Polizeidatenbank zu haben. Das würde das Leben einfacher machen.

***

Regina Davis lebte in einem Herrenhaus mit Blick auf die Firefly Bay. Ein Dienstmädchen führte uns hinein und teilte uns mit, dass Mrs Davis am Pool einen Cocktail zu sich nahm. Galloway hatte die Augenbrauen hochgezogen und auf seine Uhr geschaut. Ich stimmte zu. Es war noch etwas früh am Tag für Cocktails, aber wir folgten dem Zimmermädchen zum Pool, der zu einem Fünf-Sterne-Luxusresort passen würde. Das Sonnenlicht glitzerte auf der Wasseroberfläche, am Rand waren

Liegestühle aufgestellt … und dann die Aussicht! Mann, die war zum Sterben schön. Dreihundertsechzig Grad Meer und Küstenlinie. Es war atemberaubend.

„Die Polizei ist hier, um mit Ihnen zu sprechen", verkündete das Dienstmädchen, machte dann auf dem Absatz kehrt und verschwand eilig. Regina saß an einem Tisch unter einem Sonnenschirm, ihren Laptop aufgeklappt vor und ein großes Glas neben sich. Sie stand auf, als wir uns näherten, und sah in ihrer weißen Hose und der Bluse mit Leopardenmuster, den goldenen Reifen an ihren Ohren, der passenden Goldkette um Hals und Handgelenk und der Prada-Sonnenbrille cool, ruhig und stilvoll aus.

„Bitte", lächelte sie, ihr roter Lippenstift glänzte im Sonnenlicht, „nehmen Sie Platz. Kann ich Ihnen einen Drink anbieten?"

„Etwas früh am Tag, oder?", fragte ich und nickte zu ihrem Glas hinüber.

Sie lachte. „Meine Liebe, es ist schon nach Mittag, aber entspannen Sie sich, das ist ein Mocktail. Möchten Sie auch einen? Ich kann Louise bitten, alles zu zaubern, was Sie möchten."

Ich schüttelte den Kopf. „Nein, danke."

Ich setzte mich ihr gegenüber auf einen Stuhl, Galloway nahm den Stuhl zu meiner Linken. Ben tat, was er immer tat, und verschwand, um sich den Rest des Hauses anzusehen.

Regina musterte uns von oben bis unten. „Was verschafft mir das Vergnügen?"

„Ich bin Detective Kade Galloway. Das ist meine Mitarbeiterin, Audrey Fitzgerald", stellte Galloway uns vor, bevor er eine Visitenkarte aus seiner Tasche zog und sie über den Tisch schob, wo Regina sie anschaute, ohne sie in die Hand zu nehmen. „Wir sind wegen Myra Hansen hier."

Regina griff sich mit der Hand an den Hals und wurde unter ihrer dicken Make-up-Schicht blass. „Ich habe es schon gehört! Furchtbare Sache."

„Sie waren eine Kundin von Myra?", hakte Galloway nach.

Regina nickte, griff mit zitternder Hand nach ihrem Glas und nahm einen kräftigen Schluck. Ich wettete, sie wünschte sich jetzt, es wäre kein Mocktail. Ihr Gesichtsausdruck verriet mir, dass ihr ein doppelter Schuss Wodka sehr willkommen wäre. Sie räusperte sich. „Ja, ich traf Myra jede Woche, wir hatten eine feste Vereinbarung."

Galloway nickte. Das wussten wir bereits. Ich fragte mich, ob sie zugeben würde, dass sie ein Medium aufsuchte, um mit ihrem toten Hund zu kommunizieren. Ich war überrascht, als genau das die nächsten Worte waren, die aus ihrem Mund kamen. „Die Leute denken, ich sei verrückt, aber wissen Sie was? Das ist mir egal. Ich ging zu Myra, um nach Rufus, meinem Pudel, zu sehen, um mich zu vergewissern, dass es ihm gut geht, dass er auf der anderen Seite glücklich ist, und einfach, um mich ihm näher zu fühlen. Ich weiß, ich weiß, er war ein Hund, aber für mich war er mehr, ich habe ihn geliebt, wir waren seelenverwandt." Sie lehnte sich zurück, ihr Blick wanderte von mir zu Galloway und wieder zurück, ihre Augen wurden von der dunklen Sonnenbrille verdeckt.

„Seelenverwandte?" Ich konnte nicht anders. Ich war

neugierig.

Reginas Lippen verzogen sich zu einem traurigen Lächeln. „Klingt verrückt, oder? Aber glauben Sie, das alles hier", sie hob die Hand und deutete auf das luxuriöse Haus und den Garten, „macht einen Menschen glücklich? Denken Sie noch einmal genau darüber nach. Man kann der reichste Mensch der Welt und trotzdem einsam sein."

„Sind Sie das? Einsam?"

Sie gluckste. „Nein, eigentlich nicht. Ich wurde in dieses Leben hineingeboren und habe nie etwas anderes gekannt. Alle denken, dass Robert das Geld hat, und ich bin froh, dass sie das tun, aber in Wahrheit war er derjenige, der den Ehevertrag unterschreiben musste."

„Robert ist Ihr Mann?", fragte Galloway.

Sie nickte. „Wir sind seit zwanzig Jahren verheiratet. Keine Kinder. Robert hat mir Rufus zum Hochzeitstag geschenkt. Damals erkannte ich, dass Rufus derjenige war, der eine Lücke in meinem Herzen füllte, von der ich nicht wusste, dass sie gefüllt werden musste. Wir waren unzertrennlich, bis er starb."

„Und Ihr Mann war nie eifersüchtig auf Ihre Beziehung zu Ihrem Hund?" Oh Gott, ich kam mir dumm vor, weil ich das überhaupt gefragt hatte, aber so wie Regina von ihrem Hund schwärmte, hielt ich diese Frage für berechtigt.

„Robert ist zu sehr mit seiner Schreibkraft beschäftigt, als dass er sich für mich interessieren würde."

Galloway und ich sahen uns an. Er gab mir ein Zeichen, den Mund zu schließen, was ich auch tat. Ruckartig.

„Wollen Sie damit sagen, dass Ihr Mann eine Affäre

mit seiner Schreibkraft hat?" Galloway brauchte eine Bestätigung.

Regina gab sie gern. „Oh, ja. Das geht schon seit Jahren so."

„Und Sie sind darüber nicht … verärgert?" Ich war mehr als schockiert. Wenn mein Mann mich – jahrelang – betrügen würde, stünde sein bestes Stück als Souvenir auf meinem Schreibtisch. Also, wenn ich einen Ehemann hätte. Was ich nicht hatte, aber das Gefühl blieb dasselbe.

„Meine Liebe, warum sollte ich das sein? Der Mann tut mir einen Gefallen. Robert hat Bedürfnisse – genau wie ich –, aber sagen wir es mal so, keiner von uns beiden ist dafür geeignet, die Bedürfnisse des anderen zu befriedigen."

Oh, ich spürte, wie mein Mund wieder aufzuspringen drohte, also presste ich die Zähne ganz fest zusammen. Roberts Schreibkraft war ein Mann. Robert war schwul. Oder zumindest bisexuell.

„Wo waren Sie heute Morgen zwischen neun und halb zehn?", lenkte Galloway das Gespräch in die richtigen Bahnen, während ich immer noch mit der Tatsache beschäftigt war, dass Reginas Ehemann eine Affäre mit seinem Sekretär hatte und sie damit völlig einverstanden war. Oder tat sie nur so?

Regina beugte sich vor und tippte auf eine Taste ihres Laptops, vermutlich, um ihren Kalender aufzurufen, was mir seltsam vorkam, da wir sie nur nach ihren Bewegungen von vor ein paar Stunden fragten. Ich hätte nicht gedacht, dass es so schwer war, sich das zu merken. „Ich hatte eine Trainingseinheit mit meinem Personal Trainer", erklärte sie uns.

„Mit wem?“

„Jayden Ellis. Sie können ihn fragen, er wird das bestätigen.“ Dann bebte, zu meiner großen Überraschung, ihr Kinn. *Weinte sie?* Tatsächlich löste sich unter der Prada-Brille eine Träne und rann über ihre Wange. Sie wischte sie hastig weg.

„Sind Sie okay?“, fragte ich. Ich hatte mich nicht gefragt, wie nah sie Myra gestanden hatte, aber da sie sich regelmäßig getroffen hatten, hatten sie vielleicht eine Art Freundschaft entwickelt.

„Ich weiß nicht, was ich jetzt tun soll.“ Sie schniefte. „Wie soll ich jetzt mit Rufus reden?“ Sie beugte sich vor und begann, in den Laptop zu tippen. „Es muss doch noch andere Hellseher geben!“

Natürlich! Das waren keine Tränen für die tote Hellseherin. Sie weinte, weil sie die Verbindung zu ihrem Haustier verloren hatte. Galloway stand auf, und ich tat es ihm nach.

„Vielen Dank für das Gespräch. Wir kommen wieder, falls wir weitere Fragen haben. Wenn Ihnen noch irgendetwas einfällt, das uns bei unseren Ermittlungen helfen könnte, rufen Sie mich bitte an“, sagte er und klopfte auf die Visitenkarte, die auf dem Tisch lag.

Verflixt. Ich hatte immer noch keine Visitenkarten. Ich nahm mir fest vor, bald welche zu besorgen.

„Sicher, sicher.“ Sie schaute nicht einmal auf, vermutlich war sie mit ihrer Google-Suche nach Hellsehern beschäftigt, aber wir fanden den Weg hinaus auch allein. Ich war nicht überzeugt, dass Regina Davis unsere Mörderin war. Durchgedreht, ja, aber keine Mörderin.

KAPITEL ELF

„Mann, du hättest das Haus sehen sollen, Fitz!", sprudelte es aus Ben heraus, der sich vom Rücksitz nach vorne beugte und mir direkt ins Ohr sprach. „Es war RIESIG! Oh, und noch was, im Keller gibt es eine verschlossene Tür!"

Ich verrenkte mir den Hals, um ihn anzuschauen. „Eine verschlossene Tür?"

„Du wirst nie erraten, was dahinter ist." Er verschränkte die Arme und lehnte sich mit einem selbstgefälligen Gesichtsausdruck zurück.

„Okay, du hast recht, ich werde nicht raten. Was war hinter der verschlossenen Tür?"

Er schoss wieder nach vorne, seine Stimme wurde leiser. „Ein rotes Zimmer."

Ich runzelte die Stirn. „Ein rotes Zimmer?"

Er nickte. „Ein rotes Zimmer."

„Wie in … Fifty Shades?" Ich blinzelte, und mein Verstand rang damit, sich damit abzufinden, dass jemand wirklich ein Zimmer voller Sexspielzeug hatte.

„Genau."

„Ich frage mich, wer es benutzt. Sie oder er?"

„Soll ich zurückgehen und es herausfinden?", fragte Ben.

„Das ist zwar sehr nett von dir, dich so selbstlos anzubieten", sagte ich, „aber das wird nicht nötig sein, du Perversling."

Die Fahrertür schwang auf und Galloway setzte sich hinter das Lenkrad. „Mit wem redest du?"

Ich presste die Lippen zu einer geraden Linie zusammen. Das war eine berechtigte Frage und ich ärgerte mich über mich selbst. „Mit mir selbst?" Ihm konnte nicht entgangen sein, dass ich mich mit seiner Rückbank unterhalten hatte, aber die Hoffnung starb zuletzt.

Als er den Motor anließ, warf Galloway mir einen Blick zu. Ein Blick, der sagte, dass er mir nicht glaubte. Überhaupt nicht. „Klar." Dieses eine Wort triefte nur so vor Spott.

„Du bist so was von erledigt", meinte Ben. Ich hätte ihm fast gesagt, er solle den Mund halten. Fast. Während ich in Gedanken nach einem Ausweg suchte, wurde ich vom Klingeln meines Handys gerettet.

„Hey, Mom." Ich war in meinem ganzen Leben noch nie so dankbar für einen Anruf meiner Mutter gewesen.

„Hey, Süße, ich wollte nur noch mal nachfragen, ob du diese Woche zum Essen kommst."

„Klar, Mom. Das verpasse ich doch nie." Unsere wöchentlichen Familientreffen waren eine Tradition und sicherlich nicht der Grund für ihren Anruf. „Was ist los, Mom?"

„Nun", sie machte eine Pause, „dein Dad und ich haben dich in den Nachrichten gesehen …"

Oh, der Banküberfall. „Mir geht es gut, Mom, ehrlich. In dem Moment war es zwar beängstigend, aber es wurde niemand verletzt." Ich ärgerte mich, dass ich nicht daran gedacht hatte, sie anzurufen, nachdem mein Gesicht in den Nachrichten zu sehen gewesen war – es war bestimmt nicht sehr schön gewesen, von einem Fernsehreporter zu erfahren, dass die eigene Tochter in einen Bankraub verwickelt gewesen war. „Tut mir leid, dass ich nicht angerufen habe."

„Du weißt, dass wir uns Sorgen um dich machen." Sie schniefte. Korrektur. Mom machte sich Sorgen, Dad unterstütze sie lediglich in ihren Bedenken. Aber wenn er wüsste, dass ich Bens Auto auf der Flucht vor bewaffneten Bösewichten zu Schrott gefahren hatte, dann würde seine Sorge die meiner Mutter vermutlich bei Weitem übertreffen. Deshalb hatte ich auch nicht die Absicht, es ihnen zu sagen. Niemals. „Hör zu, Mom, ich arbeite gerade an einem Fall, aber wir sehen uns am Freitagabend und dann erzähle ich euch alles, versprochen."

„Okay, Liebes. Sei … einfach vorsichtig. Ich liebe dich."

„Ich liebe dich auch, Mom." Ich steckte mein Handy zurück in meine Tasche und sah Galloway aus dem Augenwinkel an. „Das war meine Mutter", sagte ich.

„Ja, das habe ich gehört." Natürlich hatte er das. Ich wollte mir mit der Handfläche auf die Stirn schlagen, unterdrückte den Impuls jedoch, indem ich mich auf meine Hände setzte. Wir fuhren ein paar Minuten schweigend, bis ich merkte, dass wir zum Revier zurückfuhren. Meine Schultern fielen in sich zusammen. Es hatte mir Spaß gemacht, mit ihm zusammenzuarbeiten, aber vermutlich hatte er etwas anderes zu tun, bei dem er keine unerfahrene Privatdetektivin im Schlepptau gebrauchen konnte. Vor allem keine, die mit sich selbst sprach. „Wir sind auf dem Rückweg?"

„Oh, ja, tut mir leid … Ich habe eine Nachricht bekommen, dass ich auf dem Revier gebraucht werde. Wir müssen das hier also abkürzen."

„Okay." Ich fand, dass ich meine Enttäuschung ganz gut verbarg, und schaffte es sogar, Ben zu ignorieren, der hinten wieder zu plaudern begonnen hatte. „Ich glaube nicht, dass Regina Davis unser Mann ist", sagte er. „Ich kann dir garantieren, dass Kade ihr Alibi überprüfen und sich vergewissern wird, dass sie mit diesem Ellis trainiert hat. Aber", er hielt inne und holte tief Luft, was seltsam war, da Geister nicht atmen konnten – oder mussten, „das heißt nicht, dass sie nicht jemanden angeheuert hat, um die Drecksarbeit zu erledigen. Sie hat das Geld. Unsere Hypothese ist nach wie vor gültig. Würde sie so heftig reagieren, wenn sie herausfindet, dass Myra eine Betrügerin ist? Das ist zwar extrem, aber ja. Und sie hat selbst gesagt, dass sie mit Geld aufgewachsen ist, in einer Welt, in der Geld alle Probleme auf die eine oder andere Weise löst."

Er hatte nicht ganz unrecht. Regina hatte Geld … aber nach dem, was sie uns gesagt hatte, kein Motiv. Eine Sache, die ich auf der Schule für Privatdetektive gelernt hatte? *Jeder Mensch lügt.* Wobei hatte Regina Davis also gelogen? Beim Status quo ihrer Ehe? Bei ihren Finanzen?

Oder bei den Besuchen bei einer Hellseherin, damit sie mit ihrem toten Hund sprechen konnte? Mein Bauchgefühl sagte mir, dass Regina Myra nicht getötet hat, aber da es keine Beweise gab …

„Tut mir leid, dass ich das hier abbrechen muss." Wir waren auf den Parkplatz gefahren, ohne dass ich es bemerkt hatte. „Ich komme später vorbei und hole dich ab, um Jacob Henry zu besuchen."

Das Lächeln, das ich ihm schenkte, war einfach umwerfend, da war ich mir sicher.

Er blinzelte, und das Grübchen erschien. „Was? Du dachtest, ich wollte dich loswerden? Audrey, du würdest es wissen, wenn ich dich loswerden wollte, denn ich würde es dir buchstäblich sagen: ‚Audrey, ich muss dich jetzt loswerden.' Aber ich muss wirklich rein gehen – eine Besprechung mit dem Chef, die nicht geplant war." Den letzten Teil sagte er mit einem Stirnrunzeln.

„Probleme?", fragte ich. Meiner Erfahrung nach war jedes Treffen mit dem Chef ein Vorbote für meine Entlassung. Aber Galloway besaß nicht dieses Tollpatsch-Gen. Er war in mehr als einer Hinsicht standfest. Vor Schreck stockte mir der Atem. Der Gedanke, dass er standfest war, verlässlich, dass man ihm vertrauen konnte, traf mich mitten ins Herz.

„Das bezweifle ich." Er war schon halb ausgestiegen, während ich immer noch dasaß und schockiert war über meine eigene Erkenntnis. Hastig löste ich den Sicherheitsgurt, öffnete die Tür und stieg aus, nur um auf dem Weg nach draußen mit dem Fuß an der Kante des Fußraums hängen zu bleiben. „Aua!" Ich stürzte, ein Bein blieb im Auto hängen, mit dem anderen landete ich schmerzhaft auf dem Knie, meine Tasche flog über meinen Kopf und fiel vor mir auf den Boden, der Inhalt verteilte sich auf dem gepflasterten Parkplatz.

„Audrey?" Galloway lief hinten um das Auto herum, sah mich in einer eher unvorteilhaften Position und brach prompt in Gelächter aus. „Bist du okay?", fragte er und trat näher heran.

„Mir geht es gut", schnaufte ich, rollte mich auf den Rücken und zog meinen Fuß heraus. Dann stand ich auf und wischte mir den Staub aus dem Gesicht, ohne auf das Stechen in meinem Knie zu achten – was war schon ein weiterer blauer Fleck in meiner Sammlung? Galloway half mir, den Inhalt meiner Tasche aufzusammeln, und wir hockten eng beieinander, unsere Köpfe berührten sich fast, als er mich überkam. Der Drang, ihn zu küssen, ihm so nah zu sein, sein Geruch überall um mich herum, raubte mir meine Sinne und ließ mich völlig vergessen, dass ich einen Geist als Anstandsdame hatte.

„Audrey und Kade sitzen in einem Baum …", trällerte Ben. Aber obwohl Ben sich völlig daneben benahm, konnte er die Hitze, die durch meine Adern brannte, nicht dämpfen. Meine Hand streifte Galloways und wir ließen beide gleichzeitig Gegenstände in meine Tasche fallen – ich eine Tube Lippenbalsam, er eine Packung Tampons. Ich spürte, wie mir heiß wurde, doch als ich aufsah und seine Augen auf mich gerichtet waren, so nah, dass ich die goldenen Flecken in dem sonst so ruhigen Grau sehen konnte, war ich verloren. Ich ließ den Lippenstift fallen, griff nach oben und legte meine Handfläche an seine Wange. „Kade." Ich war so sehr daran gewöhnt, ihn Galloway zu nennen, dass sich sein Vorname sowohl fremd als auch seltsam vertraut auf meiner Zunge anfühlte.

„Ja?" Der tiefe Tonfall ließ mich bis ins Innere vibrieren. Es war ein Wunder, dass ich noch nicht das Gleichgewicht verloren hatte, so zusammengekauert wie ich über dem Boden hing und direkt auf ihn stürzte.

„Weißt du noch, als wir uns geküsst haben und du gesagt hast, ich soll dir Bescheid sagen, wenn ich bereit bin?"

„Ja?" Seine Augen verdunkelten sich, doch er rührte sich nicht und ließ mich zu sich kommen, wie er es versprochen hatte. In meinem Kopf hatte ich mir vorgenommen, es ganz langsam angehen zu lassen, aber in der Realität stürzte ich mich auf ihn und presste meine Lippen auf seine. Wir drohten, umzukippen, aber er streckte eine Hand aus, um uns am Auto abzustützen. Mit der anderen hielt er mich im Nacken fest, während ich ihn küsste. Mann, und wie ich ihn küsste. Ich küsste ihn, bis meine Lippen kribbelten und mein ganzer Körper zu Brei wurde. Ich ignorierte Ben, der johlend weitersang, und gab mich diesem Kuss ganz und gar hin. So gut es eben ging, in Anbetracht der Tatsache, dass wir uns auf dem Parkplatz des Firefly Bay Police Department befanden und er gerade zu einer Besprechung mit dem Chief gehen wollte. Perfektes Timing, perfekter Ort.

Langsam ließen wir uns los, unser Atem vermischte sich.

„Mir geht es genauso." Seine Worte hallten in meinen Knochen wider und meine Lippen verzogen sich zu einem selbstzufriedenen Lächeln. Ich hätte ewig in unserer kleinen Blase bleiben können, aber die

Eingangstüren des Reviers öffneten sich und Stimmen drangen zu uns. Mit einem schiefen Grinsen ließ Galloway mich los, stand auf und half mir auf die Beine. „Ich rufe dich an." Er gab mir einen Kuss auf die Wange, drehte sich auf dem Absatz um und ging davon. Ich schaute ihm nach, bis er im Gebäude verschwunden war, denn diesen in Jeans gekleideten Hintern weggehen zu sehen, war ein Anblick, an dem ich mich nie sattsehen würde.

„Wenn du mit dem Glotzen fertig bist, sollten wir gehen", meinte Ben. „Wir haben noch viel zu tun."

„Richtig!" Ich zupfte am Saum meines T-Shirts, riss mich zusammen und ging zu meinem Chrysler, wobei ich meine Tasche auf den Beifahrersitz warf. Ben setzte sich auf sie drauf. „Ernsthaft?", fragte ich. „Du kannst dich doch nicht einfach …"

„Was? Soll ich mich etwa auf den Rücksitz setzen, weil deine Tasche hier liegt?" Seine ungläubige Antwort sagte mir, was er von dieser Idee hielt. „Seit wann schleppst du eigentlich deine Handtasche mit dir herum?", murmelte er und versuchte erfolglos, sie auf den Boden zu schieben.

„Seit jetzt." Glücklicherweise sprang mein Auto beim ersten Versuch an und ich fuhr los. Es kann nicht mehr als dreißig Sekunden später gewesen sein, als rote und blaue Blinklichter in meinem Rückspiegel aufleuchteten. „Was soll das denn?" Ich setzte den Blinker und fuhr rechts heran, während der Streifenwagen mir folgte.

„Das ist Mills", meinte Ben mit unheilvoller Stimme. Ich kurbelte mein Fenster herunter und wartete darauf, dass Mills zu mir kam. „Stimmt etwas nicht, Officer?"

„Führerschein und Fahrzeugpapiere."

Ich klappte das Handschuhfach auf, nahm die Papiere und reichte sie Mills.

Er sah sie durch und gab sie mir zurück. „Ich werde Ihnen wegen Telefonieren am Steuer einen Strafzettel schreiben müssen", schnaubte er, eine Hand auf die Dienstwaffe gelegt.

„Was? Ich habe nicht telefoniert", protestierte ich.

„Ich weiß, was ich gesehen habe."

„Äh, nein, das tun Sie nicht", widersprach ich ihm. „Wenn ich mit meinem Telefon gesprochen habe, wo ist es dann?" Ich wedelte mit der Hand vor mir und deutete auf das Armaturenbrett und die leeren Getränkehalter, in denen ich normalerweise mein Telefon während der Fahrt verstaute.

„Sie könnten es weggelegt haben, als Sie mich gesehen haben."

„Aber das habe ich nicht." Das war absoluter Schwachsinn, und wir beide wussten es.

„Ich muss Sie bitten, aus dem Fahrzeug zu steigen, Ma'am."

„Was? Warum?", protestierte ich. Das war lächerlich.

„Tu, was er sagt, Audrey", warnte Ben mich. „Er nutzt seine Macht gegen dich. Und wenn du dich widersetzt? Nun, wir wollen ihm doch keinen Grund geben, auf dich zu schießen, oder?" Er hatte recht. Mills' Hand ruhte auf seiner Pistole, die Finger waren um den Griff gekrümmt, als würde er nichts lieber tun, als diesen bösen Buben zu zücken und mir eine Kugel zu verpassen.

„Aus dem Wagen!", rief Mills plötzlich. „Jetzt!"

„Okay, okay." Ich öffnete die Tür und stieg aus. Mills trat vor, die Hand immer noch an seiner Waffe, aber er zog sie nicht, wofür ich sehr dankbar war. „Umdrehen, Hände auf das Dach.“

Ich gehorchte, auch wenn es mir schwerfiel.

„Die Beine auseinander.“ Ein gestiefelter Fuß trat mir gegen den Knöchel, um die Sache zu beschleunigen. Die anschließende Abtastung dauerte viel zu lange, wobei Mills pummelige Finger an Stellen verweilten, wo sie nichts zu suchen hatten. Ich spürte die Hitze in meinen Wangen, biss mir aber auf die Zunge. Ich wusste, was er vorhatte, warum er mich auf diese Weise demütigte. Ben hatte recht, es war ein Machtspiel, aber trotz allem war Mills Polizist und ich Zivilistin, und ich musste seine Anweisungen befolgen. Dies war keine routinemäßige Verkehrskontrolle. Dies war schlicht und einfach Schikane.

KAPITEL ZWÖLF

Nach meiner Begegnung mit Mills war ich hundert Dollar ärmer und hundert Prozent verärgert. Ben erklärte mir, dass ich gegen die Verwarnung Berufung einlegen könnte, aber was sollte das bringen? Wer würde mir mehr glauben als einem Polizeibeamten? Das war der Mist, mit dem Ben zu kämpfen gehabt hatte, als er noch Polizist gewesen war, und meine Wut und Frustration über seine Situation verzehnfachte sich. Anstatt zu Bens Haus zurückzufahren, kehrte ich zu Jacob Henrys Wohnung zurück, um mich von Officer Ian Mills und seiner fingierten Verwarnung abzulenken.

Ben ersparte mir den Weg über drei Stockwerke, indem er voraus schwebte und eine Aufklärungsmission durchführte. „Nö, immer noch nicht zu Hause", informierte er mich bei seiner Rückkehr.

„Mist." Ich schlug auf das Lenkrad. „Wo steckt er nur?"

Das Knurren meines Magens unterbrach meine Gedankengänge, und Bens Lachen bestätigte, wie laut das

Knurren gewesen war. „Wow, Fitz", lachte er, „du solltest diese Bestie lieber füttern."

Das würde wahrscheinlich helfen, meine schlechte Laune zu besänftigen, also befand ich ein Mittagessen im Seaview Cafe für angebracht, wobei ich einen Hintergedanken hatte: Ben könnte sich um Myra kümmern, während ich aß. Zwei Fliegen mit einer Klappe. Ben half mir nur gern und ich dachte mir, dass er es genoss, eine geisterhafte Freundin zu haben – ich hoffte, dass die beiden zusammen eine Erklärung dafür finden würden, warum Myra den Laden nicht verlassen konnte. Nicht dass es wichtig wäre, ich war nur neugierig. Ich wartete, bis er durch die Eingangstür des Nether & Void verschwunden war, bevor ich mich auf den Weg zum Café ein paar Häuser weiter machte. Als ich eintrat, hielt ich kurz inne, damit sich meine Augen an das schummrige Licht gewöhnten, und schaute mich um. Das Café war größer, als ich gedacht hatte, und mehr als zwei Dutzend Tische standen verstreut herum. Es war Mittagszeit und das Lokal gut besucht. Ich stellte gerade fest, dass fast alle Tische besetzt waren, als ich ein bekanntes Gesicht entdeckte.

„Hey, Audrey!" Ashley Baker stand auf und winkte mir zu. „Kommen Sie zu uns, an unserem Tisch ist noch Platz."

Ich winkte zurück und bahnte mir einen Weg durch die Tische, während ich Ashleys Begleitung musterte: ein älterer Mann mit einer Sonnenbrille auf dem kahlen Kopf, grauem Schnurrbart und kräftiger Statur. Er trug eine schwarze Lederjacke, und ich fragte mich, ob ihm nicht zu heiß war, denn draußen waren es gut und gern sechsundzwanzig Grad.

„Audrey, das ist Lee Noble, Myras Freund. Lee, das ist die Privatdetektivin, die ich engagiert habe, Audrey Fitzgerald", stellte Ashley uns vor.

Lee stand auf und schüttelte meine Hand, wobei seine massive Pranke die meine in einem kräftigen Griff zerdrückte. Auf seinen Fingerknöcheln entdeckte ich verblasste schwarze Tätowierungen. Ein Karo, ein Kreuz, ein Herz und ein Pik. Lee Noble war vermutlich ein Glücksspieler. Warum sollte man sich sonst ein Kartenspiel auf die Finger tätowieren lassen?

„Freut mich, Sie kennenzulernen." Sein Lächeln war höflich und völlig unecht.

Ich tat es ihm gleich, während ich heimlich meine geprellte Hand hinter meinem Rücken bewegte. „Hi. Danke, dass ich mich zu Ihnen setzen darf. Ich hatte keine Ahnung, dass hier so viel los ist." Ich rutschte auf den Platz neben Ashley.

Sie nickte. „Ja, hier ist mittags immer viel los." Ihr Lächeln verblasste. „Myra und ich haben früher gern Leute beobachtet und uns Geschichten über sie ausgedacht."

Was mich an etwas erinnerte. „Mein herzliches Beileid", sagte ich zu Lee.

Er rollte eine Schulter, das Leder knarrte. „Danke."

Ich wartete, aber offensichtlich wollte er nicht mehr sagen. „Also." Ich nahm die Speisekarte in die Hand und stieß dabei den Salzstreuer um. „Ihr beide habt euch durch Myra kennengelernt?"

„Eigentlich", sagte Ashley, beugte sich vor und stellte den Streuer wieder auf, „kannte ich Lee irgendwie schon."

„Aha?" Hm, das Klub-Sandwich klang gut. Der Burger aber auch. Mein Magen knurrte wieder, wurde aber zum Glück vom Lärm des Cafés übertönt.

„Durch den Freund meiner Schwester", fuhr Ashley fort.

„Ash", murrte Lee.

Neugierig sah ich wegen der Warnung in seiner Stimme auf. Warum wollte er nicht, dass Ashley mir von der Verbindung zwischen dem Freund ihrer Schwester und ihm erzählte? Ich nahm mir vor, dieser Sache später nachzugehen, und runzelte die Stirn. Ich nahm mir in letzter Zeit so viele Dinge vor, dass ich ein Rolodex gebrauchen könnte, um nichts zu vergessen.

„Was?" Sie warf ihre Dreadlocks über eine Schulter und sah ihn trotzig an. „Das ist kein Geheimnis."

„Willst du wirklich, dass sie von Skye erfährt?"

Ich wollte gerade fragen, wer Skye war, als eine Kellnerin an unserem Tisch erschien. „Wollen Sie was bestellen?", fragte sie Kaugummi kauend.

Mist, ich hatte mich noch nicht entschieden, aber angesichts der Tatsache, wie viel hier los war, sollte ich mich lieber schnell entscheiden. Wer wusste schon, wie lange es dauern würde, bis sie wieder auftauchte.

„Ich nehme den Salat mit Birne, Granatapfel, geröstetem Butternusskürbis und Ahorn-Sesam-Vinaigrette", antwortete Ashley. „Und einen grünen Tee."

Die Kellnerin wischte über den Bildschirm ihres iPads und drückte eine Reihe von Tasten, um Ashleys Bestellung direkt an die Küche weiterzuleiten.

„Und Sie, Sir?", fragte die Kellnerin Lee.

Doch Lee schüttelte den Kopf, stand auf und richtete seine Jacke. Der Duft von abgestandenem Zigarettenrauch und Körpergeruch ließ mich angewidert die Nase rümpfen. „Planänderung, Ash, tut mir leid. Mir ist gerade eingefallen, dass ich noch was erledigen muss." Und mit diesen Worten ging er. Ashley starrte ihm mit offenem Mund hinterher.

„Habe ich etwas Falsches gesagt?", fragte ich.

Sie schüttelte sich aus ihrer Benommenheit und drehte sich zu mir um. „Das bezweifle ich. Er ist ziemlich aufgewühlt wegen Myra."

Mir entging weder, dass sie ihm seine Erklärung nicht ganz abnahm und sein Verhalten ungewöhnlich war, noch dass sie ihren ziemlich unhöflichen Freund deckte.

„Soll ich gleich noch mal kommen?" Die Kellnerin erinnerte uns daran, dass sie noch auf meine Bestellung wartete.

Auf keinen Fall, ich war am Verhungern. „Ich nehme den Burger mit extra Pommes und eine Cola", meinte ich.

Nachdem sie gegangen war, wandte ich mich an Ashley, die an einem Fingernagel kaute. „Tut mir leid, dass ich Sie gestört habe." Lee war offensichtlich meinetwegen gegangen und ich musste gestehen, dass mir das nicht wirklich leidtat. Er war das, was ich einen Schläger nennen würde. Ein großer, harter Kerl mit Tätowierungen auf den Fingerknöcheln und einem Auftreten, das mir sagte, dass er seine Probleme mit seinen Fäusten und nicht mit seiner Stimme löste.

„Ich weiß, er sieht nicht so aus, aber innerlich leidet er wirklich. Lee gehört zu den Menschen, die ihr Herz nicht auf der Zunge tragen." Sie seufzte und spielte mit dem Ende einer Dreadlock. „Es ist einfach so traurig, wissen Sie? Er wollte Myra einen Heiratsantrag machen. Sie war ganz aufgeregt und erzählte mir, dass endlich alles klappen würde und sie große Pläne hätten. Und auch wenn er so …" Sie schaute zur Decke, als stünden dort die Worte, die sie suchte. „… distanziert tut, als ob ihr Tod ihn nicht hart getroffen hätte. Aber das hat er. Innerlich ist er am Boden zerstört, weil die Liebe seines Lebens, die Frau, die er heiraten wollte, ermordet wurde."

Interessant. Ich hatte einen ganz anderen Eindruck gewonnen. „Hat er Ihnen gesagt, dass er Ihr einen Antrag machen wollte?"

Sie schnaubte. „Nein. Wir reden eigentlich nicht so viel miteinander. Ich weiß nur, was Myra mir erzählt hat."

„Und sie hat Ihnen gesagt, dass er ihr einen Antrag machen wollte?"

„Nun ja", gab Ashley zögernd zu. „Nicht ganz. Ich habe es einfach angenommen. Weil sie so aufgeregt und glücklich war. Sie hatte diese wahnsinnige Energie in sich."

Und Ashley – romantisch, wie sie war – hatte angenommen, dass Myra wegen Lee so glücklich gewesen war. Ich musste Myra selbst danach fragen, also würde ich nach dem Mittagessen im Laden vorbeischauen.

„Essen Sie oft zusammen zu Mittag?", fragte ich.

„Nein. Überhaupt nicht."

„Oh! Dann habe ich ihn wirklich verscheucht", scherzte ich.

Aber es war kein Scherz, nicht wirklich. Lee Noble war meinetwegen gegangen. Warum? Ich war kein

Gesetzeshüter, aber sah er mich dennoch als Bedrohung an? Und wenn ja, warum? Weil er schuld am Tod seiner Freundin war? „Also, woher kennen Sie ihn?" Es war an der Zeit, mehr über den Mann herauszufinden, der ein Mörder sein könnte. Ich war so froh, dass ich beschlossen hatte, heute hier zu Mittag zu essen.

„Er kannte den Freund meiner Schwester, Rhys." Sie spielte mit dem Salzstreuer und drehte ihn in ihren Fingern. „Ich kann es Ihnen genauso gut sagen, denn Sie werden es wahrscheinlich sowieso herausfinden", sagte sie. „Meine Schwester Skye sitzt wegen Drogenschmuggel im Gefängnis."

Ich blinzelte. Zweimal. Damit hatte ich nicht gerechnet. Ich riss mich zusammen und legte meine Hand auf Ashleys, damit der Salzstreuer stehen blieb. „Tut mir leid, das zu hören. Das ist bestimmt nicht einfach."

„Sie sagt, sie sei unschuldig." Ashleys blaue Augen wurden glasig von nicht vergossenen Tränen. „Und ich glaube ihr."

„Glauben Sie, sie wurde reingelegt?"

„Ja. Von Rhys. Ihrem Freund."

„Derselbe Freund, der Lee kennt?" Meine Augenbrauen schossen in die Höhe. Beschuldigte Ashley Lee, Verbindungen zum organisierten Verbrechen zu haben?

Sie nickte. „Rhys Parker war das Schlimmste, was Skye je passiert ist."

„Erzählen Sie mir, was passiert ist." Ich stützte das Kinn auf einer Hand ab und wartete mit angehaltenem Atem.

„Rhys erzählte ihr, sie hätten einen Urlaub in Nassau

auf den Bahamas gewonnen. Sieben Tage Sonne, Sand und Spaß. Skye war so aufgeregt, weil sie noch nie verreist war, und eine Reise in die Karibik war wie ein wahr gewordener Traum. Doch als sie dort ankamen, wurde ihr Gepäck am Zoll durchsucht und man fand im Futter ihres Koffers Heroin. Es gehörte nicht ihr", beeilte sich Ashley, zu erklären. „Skye war ein Partygirl, ja, aber nur Alkohol und vielleicht etwas Marihuana, nichts Hartes. Und sie würde niemals Drogen verkaufen. Niemals."

„Und Sie glauben, Rhys hat die Drogen in ihrem Koffer versteckt?"

„Wer sonst? Er hatte gelogen, als er meinte, sie hätten die Reise gewonnen. Er hatte ihr erzählt, er habe Glück bei einem Gewinnspiel in einer Radiosendung gehabt, aber es stellte sich heraus, dass er das erfunden hatte. Das kam vor Gericht heraus. Aber der Richter war sehr …", sie zögerte und suchte nach Worten. „Er meinte, die Drogen befanden sich in ihrem Koffer und sie sei für ihr Gepäck verantwortlich. Also sei sie es auch für die Drogen. Höchststrafe. Er hat sie zu zwanzig Jahren Gefängnis verurteilt."

„Und Rhys ist ungeschoren davongekommen?" Ich wünschte, ich könnte sagen, dass mich das überraschte, aber das tat es nicht wirklich. Wie oft hört man in den Nachrichten, dass jemand unwissentlich Drogenkurier gewesen war? Jemand, von dem man glaubte, man könnte ihm vertrauen, hatte ohne sein Wissen Drogen in seinen Sachen versteckt. Aber normalerweise wussten die Gerichte das und konnten die Wahrheit erkennen. Warum war Skye also im Gefängnis gelandet, wenn in Wirklichkeit Rhys dafür verantwortlich war? War Skye ein weiteres Opfer einer korrupten Polizeibehörde, die die Beweise nach ihren eigenen Vorstellungen verdrehte?

Ashley atmete tief ein. „Jepp. Ich weiß nicht, wie er das gemacht hat. Die einzigen Fingerabdrücke auf Skyes Koffer stammten von ihr. Sie haben sie sogar im Futter gefunden."

Oooooh. Ich sah Ashley aufmerksam an. Die Fingerabdrücke ihrer Schwester befanden sich auf dem Innenfutter des Koffers, was der Polizei wahrscheinlich als Beweis genügte, um sie anzuklagen.

„Ich frage nur ungern, aber ..." Ich hielt inne und platzte dann heraus: „Ist es möglich, dass Skye das getan hat?"

„Nein!", antwortete Ashley vehement. „Weil keine ihrer Fingerabdrücke auf den Drogen waren. Die Drogen waren vollständig abgewischt. Warum hätte sie die Drogen, aber nicht das Innere des Koffers abwischen sollen? Aber jetzt wird es wirklich seltsam. Erinnern Sie sich, dass ich gesagt habe, dass Rhys' Fingerabdrücke nicht auf dem Koffer waren? Skye sagte, er habe ihren Koffer in ein Taxi gehoben und ihr am Flughafen damit geholfen. Also hatte er ihn angefasst. Es hätten seine Fingerabdrücke drauf sein müssen."

„Was glauben Sie, was passiert ist?"

„Ich glaube, dass Rhys Skyes Fingerabdrücke irgendwie abgezogen und im Futter des Koffers platziert hat, als er die Drogen versteckte – ohne ihr Wissen. Was mich allerdings stutzig macht, ist die Frage, wie er seine

Fingerabdrücke abgewischt hat, nachdem sie am Flughafen angekommen waren. Ich meine, Skye hätte doch sicher gemerkt, wenn er einen Lappen gezückt und den Koffergriff abgewischt hätte, oder?"

„Das sollte man meinen, ja. Sie vermuten also, dass jemand anderes daran beteiligt war? Zum Beispiel ein Gepäckabfertiger? Sie haben Zugriff auf das Gepäck."

Ashley nickte, ihr Kopf wippte so schnell auf und ab, dass ihre Dreadlocks flogen. „Genau. Sie tragen sowieso Handschuhe, also hätte etwas mehr Aufmerksamkeit für diesen speziellen Koffergriff alle Abdrücke entfernt. Skye hat ihn dann in Nassau vom Band genommen, also stammten die einzigen Abdrücke von ihr."

Plausibel. „Und was hat Lee mit all dem zu tun?"

„Nun." Sie warf ihre Dreadlocks über die Schulter und beugte sich zu mir. „Skye wohnte noch immer in Portland. Oregon Portland, nicht Maine Portland – da komme ich her. Nur, dass ich beschlossen habe, wegzugehen. Sie blieb. Jedenfalls lernte sie Rhys eines Abends in einer Bar kennen und sie kamen ins Gespräch. Rhys arbeitete zu dieser Zeit in den Docks und sein Vorgesetzter war Lee Noble. Ich erinnere mich, weil es Lee war, der Rhys vom Flughafen abgeholt hatte, nachdem er nach dem Prozess von den Bahamas zurückgeflogen war."

„Wie lange ist das her?"

„Etwas mehr als fünf Jahre. Damals lebte ich in Seattle."

Ich trommelte mit den Fingern auf dem Tisch, meine Gedanken gingen wirr durcheinander. „Portland Oregon ist ziemlich weit weg von Firefly Bay“, sagte ich mehr zu mir selbst als zu ihr. „Quer durch das ganze Land.“

„Richtig. Ich habe mich langsam von der Westküste nach Osten vorgearbeitet. In Firefly Bay bin ich … vor etwa zwei Jahren gelandet. Ich habe mich in diesen Ort verliebt und beschlossen, endlich Wurzeln zu schlagen.“

„Und Sie haben Lee wiedererkannt?“ Wie groß war die Wahrscheinlichkeit, dass ein Mann, den man in Portland im Vorbeigehen gesehen hatte, in Firefly Bay auftauchte?

Aber Ashley schüttelte den Kopf. „Nicht wirklich. Ich habe immer nur ein Bild von Lee im Fernsehen gesehen, im wirklichen Leben war ich ihm nie begegnet. Erst als er mit Myra zusammenkam und dann auch nur ein- oder zweimal. Ich habe erst herausgefunden, dass er dieser Mann gewesen war, als Myra mir beiläufig erzählte, dass er vor ein paar Jahren in Portland gelebt hatte. Daraufhin habe ich ihn gefragt, ob er Rhys kenne. Da Lee hier in den Docks arbeitet, nahm ich an, dass er auch in Portland in den Docks gearbeitet und dass sich ihre Wege vielleicht gekreuzt hatten. Er erzählte mir, dass er sein Vorgesetzter gewesen sei und ihn an diesem Tag vom Flughafen abgeholt habe, weil seine Familie die Aufmerksamkeit der Medien nicht wollte. Er habe ihm einen Gefallen getan, mehr nicht.“

„Und das glauben Sie?“ Um ehrlich zu sein, war ich da skeptisch.

Ashley lachte. „Wenn man ihn erst einmal kennengelernt hat, ist Lee ein absoluter Teddybär. Er sieht aus wie ein Schläger, aber im Inneren ist er ein großer Softie. Aber sagen Sie ihm nicht, dass ich das gesagt habe.“

Unser Essen kam, und während ich meine Zähne in meinen Burger versenkte, dachte ich darüber nach, was Ashley mir über Lee erzählt hatte. Ihre Ansicht, dass er ein sanfter Riese sei, stimmte nicht mit dem Eindruck überein, den ich von ihm hatte. Also nahm ich mir vor, Galloway nicht nur nach Lee Noble, sondern auch nach den Ermittlungen im Fall von Skye Baker zu fragen.

KAPITEL DREIZEHN

Ich war nicht darauf vorbereitet gewesen, dass plötzlich ein Geist während des Mittagessens an meiner Seite auftauchen würde. „Schlechte Nachrichten", rief Ben und nahm den Platz ein, den Lee frei gemacht hatte.

Ich holte erschrocken Luft und verschluckte mich sofort an meinem Burger. Ben klopfte mir ein paar Mal kräftig auf den Rücken, als ich hustete, bis meine Augen tränten, aber seine Hand ging direkt durch mich hindurch und ließ meine Lunge gefrieren, was überhaupt nicht half.

„Oh je!" Ashley berührte besorgt meinen Arm. „Alles okay?"

„Ja, ja", brachte ich hervor, als ich endlich wieder Luft bekam. Mit zittriger Hand griff ich nach meiner Cola und trank einen Schluck. „Ich habe mich nur verschluckt." Ich räusperte mich und fuhr mir mit den Fingern über die Augen. „Ich hasse es, wenn das passiert."

Ashley hatte Mitleid und wandte sich dann zu dem Stuhl, auf dem Ben saß. „Hier gibt es plötzlich eine

155

seltsame Energie." Sie sah ihn direkt an und ich blinzelte schockiert. *Konnte sie ihn sehen?*

„Kann sie mich sehen?" Ben hatte offensichtlich den gleichen Gedanken.

„Eine Art astraler Schein", meinte sie und fuhr sich dann mit der Handfläche über den Arm. „Ich habe eine Gänsehaut." Die hatte sie tatsächlich. Die feinen Härchen standen ihr zu Berge. Anscheinend konnte sie Ben nicht sehen, aber spüren.

„Ähm." Ich wusste nicht, was ich sagen sollte.

„Diese Energie klebt regelrecht an Ihnen." Ashleys blaue Augen waren todernst. „Audrey, werden Sie von einem Geist heimgesucht?"

Ich hustete überrascht. „Was?" Ich räusperte mich und trank einen weiteren Schluck Cola, um Zeit zu gewinnen und meine Gedanken zu sammeln. „Wie kommen Sie denn darauf?"

Ashley lehnte sich in ihrem Stuhl zurück, entspannte die Schultern und lachte. „Entschuldigung! Das muss total verrückt klingen. Es ist nur … Ich kann Auren sehen und dort befindet sich definitiv eine Aura." Sie zeigte direkt auf Ben. „Obwohl da keine sein sollte."

„Uuuund?"

„Und das sagt mir, dass dort ein Geist sitzt." Ihr Lächeln wurde breiter. „Ich glaube, es ist Myra." Dann legte sie den Kopf schief. „Ich frage mich, ob Myra sich an Sie gehängt hat, um Ihnen bei der Aufklärung ihres Mordes zu helfen." Bevor ich mich zu einer Antwort aufraffen konnte, antwortete sie selbst und klatschte vergnügt in die Hände. „Das muss es sein! Wie aufregend."

Ich riskierte einen Blick auf Ben, der Ashley mit

offenem Mund ansah. Als er meinen Blick spürte, wandte er sich schließlich von der hübschen jungen Frau mit den langen blonden Dreadlocks neben mir ab, die offenbar seine Aura sehen konnte, und meinte: „Richtig. Seltsam. Wie auch immer, wie gesagt, schlechte Nachrichten."

Ich bewegte leicht den Kopf, um ihm zu zeigen, dass er fortfahren sollte.

„Myra ist weg."

„Was?", platzte ich heraus, griff dann schnell wieder zu meinem Burger und nahm einen weiteren Bissen, um meinen plötzlichen Ausbruch zu überspielen.

„Jepp. Ich weiß nicht, ob sie herausgefunden hat, wie sie ihren Laden verlassen kann oder ob sie ins Licht gegangen ist oder was auch immer wir tun sollen, wenn wir sterben. Aber sie ist nicht da."

Ashley, die dachte, dass mein plötzliches *Was* an sie gerichtet war, antwortete: „Es tut mir leid, mein Gerede über Geister und Gespenster muss Sie erschreckt haben."

„Sie glauben an Geister?", fragte ich mit vollem Mund.

„Natürlich. Und ich glaube, dass welche Präsenz auch immer gerade bei uns ist, mit Ihnen verbunden ist – Ihre beiden Auren vermischen sich irgendwie in der Mitte." Sie deutete von Ben zu mir, wobei ihr Finger eine kreisende Bewegung zwischen uns machte. „Stellen Sie es sich wie ein riesiges Gummiband vor, das Sie beide verbindet, sich ausdehnt und verzieht, aber niemals reißt."

„Und Sie glauben, diese Präsenz ist Myra?"

„Wer sollte es sonst sein?"

Gerade als ich mir das letzte Stückchen Burger in den Mund schob, spritzte ein großer Klecks Ketchup auf mein T-Shirt. Ganz toll. Der Tag wurde immer besser.

Grummelnd schnappte ich mir eine Serviette und begann zu tupfen, womit ich jedoch nur erreichte, dass der Fleck immer größer wurde. Ich musste meine Mutter unbedingt nach Tipps zur Fleckenentfernung fragen. Noch etwas, das ich mir vornahm und in meinem imaginären Rolodex notierte.

Ich stand auf und warf die Serviette auf meinen Teller. „Danke, dass ich Sie beim Mittagessen stören durfte", meinte ich, zog ein paar Scheine aus meiner Geldbörse und legte sie auf den Tisch. „Das sollte genügen."

Ashley sah zu mir auf, ihr Lächeln war engelsgleich. Sie war wirklich ein nettes Mädchen, ich mochte sie. „Es war schön, mit Ihnen zu reden, Audrey. Kommen Sie bald für eine weitere Massage vorbei."

„Das werde ich. Die letzte hat wirklich Wunder gewirkt."

Als ich zur Tür ging, bellte Ben mir ins Ohr. „Glaubst du, was sie gesagt hat? Die Sache mit dem Gummiband? Dass ich deshalb hier bin, weil ich mit dir verbunden bin? Dass wir miteinander verbunden sind?"

Ich holte mein Telefon heraus und tat so, als ob ich telefonierte. „Ich weiß es nicht", meinte ich seufzend. „Es klingt plausibel, aber ich verstehe immer noch nicht, warum oder wie."

„Wenn das hier vorbei ist, solltest du es ihr sagen. Vielleicht kann sie helfen."

„Helfen?" Ich blieb stolpernd stehen. „Willst du das nicht? Hier sein?" Ich hatte nie in Betracht gezogen, dass Ben nicht als Geist am Rande der Existenz weiterleben wollte. Ich blinzelte und plötzlich dämmerte mir die

Erkenntnis, dass es unbestreitbar egoistisch war, dass ich ihn hierbehalten wollte.

„Was?" Ben sprang vor mir her und schwebte rückwärts, als ich weiterging. „Sei nicht verrückt, Fitz. Ich werde nirgendwo hingehen. Ich bin nicht unzufrieden mit meinem neuen Leben. Es ist einfach nur anders, das ist alles."

„Was meintest du dann mit Hilfe?"

„Nun." Er räusperte sich. „Es wäre toll, wenn ich auch mit anderen Menschen kommunizieren könnte. Versteh mich nicht falsch, du bist super! Aber wenn du beschäftigt bist oder schläfst oder anderweitig unpässlich bist, dann wäre es schön, wenn es noch jemand anderen gäbe."

„Warst du deshalb so begeistert von Myra? Weil sie ein anderer Geist war?"

„Ja. Und ich kann nicht anders, als mir Sorgen um sie zu machen. Ich hing lange in ihrem Laden herum, rief ihren Namen und wartete darauf, dass sie auftauchte, aber sie kam nicht."

Noch nie hatte ich mir so sehr gewünscht, meinen besten Freund zu umarmen.

Anscheinend sah man es mir an, denn er runzelte die Stirn. „Verdammt. Fitz, es tut mir leid, ich wollte dich nicht deprimieren."

„Das hast du nicht."

„Das habe ich. Ich bin ein Idiot."

„Nun ja, das ist eine Tatsache", scherzte ich, um die Stimmung aufzulockern. „Ich frage mich, ob Myra den Laden verlassen und sich an ihren Freund Lee gehängt hat? Wegen der emotionalen Verbundenheit zwischen dir und mir gehe ich davon aus, dass das funktioniert. Myra und Lee müssen also auch eine starke Bindung haben, und als sie den Schock über ihren Tod überwunden hatte, hat es vielleicht Klick gemacht?"

Ben nickte. „Klingt nach einer plausiblen Theorie."

„Eine, die wir später überprüfen werden. Jetzt werde ich bei Jacob Henry vorbeischauen, bevor ich nach Hause fahre."

Ich hatte gerade mein Auto erreicht, als Ben knurrte. „Du hast Besuch."

Ich drehte mich zu ihm um und sah, dass ein Streifenwagen auf der Straße parkte.

Ich schloss die Tür auf, setzte mich hinters Steuer und warf meine Tasche und mein Handy auf den Beifahrersitz, wo Ben sofort auftauchte. Ich gab es auf, ihn dafür zu tadeln, dass er seinen geisterhaften Hintern auf meine Sachen setzte.

„Entspann dich. Das ist reiner Zufall. Das muss nicht Mills' Streifenwagen sein und die Polizisten könnten in einer offiziellen Polizeiangelegenheit hier sein", meinte ich.

Ich glaubte das nicht wirklich, war aber bereit, der Polizei von Firefly Bay einen Vertrauensvorschuss zu geben. Als ich losfuhr und der Streifenwagen mir folgte, wusste ich, dass ich mir etwas vorgemacht hatte. Ich setzte den Blinker und bog in die Kloeden Street ein und fuhr dann rechts in die Pearl Street. Und tatsächlich, der Streifenwagen folgte mir. Ich war eine Straße von Jacobs entfernt, als die roten und blauen Lichter aufleuchteten.

„Das ist doch Mist", schnappte Ben.

„Dem kann ich nur zustimmen", meinte ich und fuhr rechts ran. Und tatsächlich, es war Mills, der an meinem

Fenster klopfte. „Officer Mills. Zweimal an einem Tag." Mein falsches Lächeln wurde heute auf eine harte Probe gestellt.

„Ihr Rücklicht funktioniert nicht", sagte er.

„Was? Nein, das kann nicht sein." Ich öffnete die Tür und eilte zum hinteren Teil meines Wagens. Und tatsächlich, das Glas meines rechten Rücklichts war zerbrochen. Das war nicht der Fall gewesen, bevor ich zum Mittagessen gegangen war, was bedeutete, dass jemand es innerhalb der letzten Stunde zerschlagen hatte. Und ich vermutete, dass dieser Jemand direkt vor mir stand.

„Ganz ruhig, Fitz", warnte Ben mich. „Er will dich provozieren. Er will, dass du ausrastest, dass du sich selbst belastest, dass die Situation eskaliert."

Ben hatte recht. Welches Spiel Mills auch immer spielte, ich war fest entschlossen, nicht mitzuspielen. Was bedeutete, dass ich mein eigenes Spiel spielen musste.

„Nein, verflixt", keuchte ich. „Sieht so aus, als hätten Sie recht." Ich drehte mich zu Mills um und klimperte mit den Wimpern. „Es tut mir so leid. Ich hatte keine Ahnung. Ich werde mich sofort darum kümmern."

Er blinzelte überrascht. „Ich muss Sie verwarnen."

„Natürlich müssen Sie das", meinte ich lächelnd.

„Sehr gut", meinte Ben, der direkt hinter Mills schwebte. „Jetzt ist er aus dem Konzept geraten. Er hat eine heftige Reaktion von dir erwartet. Wahrscheinlich wollte er einen Vorwand haben, um dich zu verhaften oder so. Bleib cool. Nimm einfach das Ticket, wir regeln das."

„Ich bin ja so dankbar, dass Sie mich angehalten und

darauf hingewiesen haben", flötete ich. „Das Firefly Bay Police Department erfüllt seine Bürgerpflicht, darauf kann man stolz sein."

„Herrje." Ben lachte. „Jetzt übertreibst du es aber ein bisschen, Fitz."

Mills räusperte sich und zupfte am Kragen seines Hemdes. „Ja. Nun. Sehen Sie zu, dass es repariert wird."

„Das werde ich. Versprochen." Ich nahm den Strafzettel, setzte mich wieder hinter das Steuer und wartete, bis der Streifenwagen weggefahren war. Als die Rücklichter verschwunden waren, packte ich das Lenkrad mit geballten Fäusten und schrie aus Leibeskräften. „Dieser verdammte Erbsenhirn-Scheißer!"

Ben lachte. „Fühlst du dich jetzt besser?"

„Aber so was von." Ich ließ den Motor an und fuhr mit der Hand beruhigend über das Armaturenbrett. „Meinst du, Mills hat mein Rücklicht kaputt gemacht?"

„Jepp." Ben nickte.

„Aber warum? Abgesehen davon, dass er ein Mistkerl ist."

„Hast du ihn in letzter Zeit verärgert? Bist du ihm irgendwie in die Quere gekommen?"

„Nein! Das ist es ja. Ich gehe ihm so weit wie möglich aus dem Weg, ich habe nichts getan, womit ich das verdient hätte." Ich vergewisserte mich, dass Mills nicht nur um den Block gefahren war und wieder an meiner Stoßstange klebte und überprüfte den Rückspiegel zweimal, bevor ich losfuhr.

„Jacob Henry, Sie sind ein schwer zu findender Mann." Ich lehnte mich mit einem Arm an den Türpfosten und betrachtete den jungen Banker, der trotz seines freien Tages eine sauber gebügelte Hose und ein Polohemd trug, das er in den Hosenbund gesteckt hatte.

Jacob runzelte die Stirn, musterte mich von oben bis unten und schaute dann um mich herum, um zu sehen, ob ich allein war. „Ähm, hallo? Sie waren in der Bank, als wir überfallen wurden, richtig? Ich habe Ihren Namen später im Fernsehen gesehen. Audrey irgendwas oder so?"

Ich richtete mich auf und lächelte. „Audrey Fitzgerald." Ich hielt ihm die Hand hin und wartete, bis er sie schüttelte, dann hielt er die Tür weiter auf und lud mich ein, einzutreten. Der Händedruck sagte viel über einen Menschen aus und Jacob Henrys war wie ein nasser Fisch. Schlaff und irgendwie eklig. Ich wischte meine Handfläche an der Rückseite meiner Jeans ab.

„Was kann ich für Sie tun?", fragte er.

Seine Wohnung war schön, recht groß und sehr ordentlich. Emily Henry hätte es schlimmer treffen können.

„Ich untersuche den Mord an Myra Hansen, der Hellseherin, der Nether & Void gehörte."

Jacob ließ den Kopf fallen und fuhr sich mit der Hand über den Nacken. „Mann, das ist so furchtbar, was mit ihr passiert ist."

Ben kam durch die Wand und stand nun hinter Jacob, die Hände in die Hüften gestemmt, den Kopf hin und her schwenkend, während er die Wohnung untersuchte.

„Nette Wohnung." Er nickte in offensichtlicher Zustimmung. Ich ignorierte ihn.

„Sie waren ein Stammkunde von Myra?", hakte ich nach.

„Ja." Ein Hauch von Farbe wanderte seinen Hals hinauf und in seine Wangen. Jacob drehte sich auf dem Absatz um, ging in Richtung Küche und rief über seine Schulter. „Kaffee?"

„Das wäre großartig. Danke!" Während Jacob in der Küche beschäftigt war, sah ich mich im Wohnzimmer um. Alles in allem war es sehr schön, wenn auch ein wenig langweilig. Zwei passende Bücherregale standen zu beiden Seiten des Großbildfernsehers und ich schlenderte hinüber, um mir die Titel anzusehen. Erst als ich mich umdrehte, fiel mir etwas auf dem Couchtisch ins Auge. „Wow", brummte ich leise vor mich hin. Ich ging in die Hocke und betrachtete die Karten genauer, die wahllos auf der Oberfläche verteilt waren. Tarotkarten. Und ich war mir ziemlich sicher, dass das Motiv auf der Rückseite mit dem auf der Karte übereinstimmte, die ich unter Myras Tisch gefunden hatte.

„Oh."

Ich schaute auf und sah Jacob mit zwei Tassen Kaffee in der Hand hinter dem Sofa stehen, sein Gesicht ein Bild der Schuld.

„Haben Sie sie aus Myras Laden mitgenommen, Jacob?" Ich richtete mich auf.

Die Farbe auf seinen Wangen wurde noch dunkler und er nickte, wobei er mich an einen Welpen erinnerte, der dabei erwischt wurde, wie er an den Hausschuhen seines

Besitzers kaute, dem man aber wegen dieser Augen nicht böse sein konnte.

„Haben Sie sie getötet?"

Er wurde blass. „Was? Nein!" Er eilte um das Sofa herum, um die Kaffeebecher auf den Tisch zu stellen.

Ich wich hastig zurück und brachte einen Sessel zwischen uns. Nur weil er einen Hundeblick hatte, hieß das nicht, dass er kein Mörder war. Ben schwebte in meiner Nähe und beobachtete ihn. Ich warf ihm einen Blick zu. Eine stille Frage. *Hatte ich recht, vorsichtig zu sein?*

„Erinnerst du dich, das Ashley Auren sehen kann?", fragte Ben. Ich nickte leicht und richtete meine Aufmerksamkeit auf Jacob, der auf das Sofa gesunken war und den Kopf in die Hände gestützt hatte. „Nun, ich sehe auch … etwas. Etwas, das an Jacob klebt und stinkt."

„Was?" Ich schenkte Ben meine volle Aufmerksamkeit. „Es stinkt?"

Ben streckte die Hände aus. „Ich weiß nicht, wie ich es sonst beschreiben soll. Als ob etwas Dunkles an ihm kleben würde."

„Kleben? Als ob er in etwas gesessen hätte?"

„Nein." Ben warf die Hände in die Luft. „Ich weiß nicht, es ist wie eine Schokolade mit weichem Kern. Von außen sieht alles ganz normal aus, eine schöne, weiche Schokolade, aber im Inneren weiß man, dass da etwas anderes ist. Aber man weiß nicht, was dieses Etwas ist, bis man hineinbeißt."

„Es sei denn, man liest die Verpackung", warf ich ein.

„Es gibt keine Verpackung."

„Nun, das ist aber ziemlich unhygienisch. Ich würde nicht in eine Schokolade ohne Verpackung beißen."

„Audrey, du verstehst nicht, worum es geht. Auf der Innenseite – von Jacob – befindet sich ein dunkler … Klecks. Er ist nicht groß, er ist nicht riesig, aber er ist da und stinkt."

„So wie wenn man in Hundekacke tritt?", meinte ich. „Diese kleinen braunen Dinger sind zwar klein, aber stinken gewaltig."

Ben grinste. „Ja, okay, so ähnlich wie wenn man in Hundekacke tritt. Und dieser Gestank klebt den ganzen Tag an dir."

„Alles klar." Und dann merkte ich, dass ich mich laut mit Ben unterhielt und Jacob mich mit großen Augen beobachtete, wobei ihm die Haare dort zu Berge standen, wo er eben noch mit den Fingern an den Strähnen gezogen hatte.

„Weißt du", fuhr Ben fort und übersah dabei, dass wir ein Publikum hatten, „jetzt, wo ich darüber nachdenke, hatte Regina Davis ebenfalls ihren eigenen Flecken an sich. Er war nicht so dick und dunkel wie Jacobs, sondern hatte eher eine schimmelige, orange Farbe, die man kaum sehen konnte. Ich habe mir nichts dabei gedacht."

Ich beschloss, dass es am besten war, die Tatsache völlig zu ignorieren, dass ich aus Jacobs Sicht mit der Luft sprach, und fragte: „Warum haben Sie Myras Tarotkarten mitgenommen, Jacob?"

KAPITEL VIERZEHN

„Ich habe sie nicht umgebracht", wiederholte Jacob.

Ich glaubte ihm nicht. Die Art und Weise, wie sich sein Gesicht von rot bis weiß verfärbte, sagte mir, dass irgendetwas mit ihm nicht stimmte. Es könnte Trauer sein, aber hing er wirklich so sehr an der Hellseherin?

Er sprang auf und ich wich automatisch einen Schritt zurück. Er erstarrte. „Entschuldigung. Entschuldigung." Er ließ sich wieder auf das Sofa sinken. „Ich will Ihnen doch nichts tun."

„Ich glaube nicht, dass du dir darum Sorgen machen musst", mischte Ben sich ein und schob sich hinter Jacob. „Weißt du noch, als du Steven Armstrong ausgeschaltet hast? Jacob ist kleiner und leichter als er, du könntest es problemlos mit ihm aufnehmen."

Ich erinnerte mich sehr gut. Steven hatte mir einen Schlag verpasst und ich hatte ihm daraufhin in die Weichteile getreten. Er war wie ein Sack Kartoffeln zu Boden gegangen und hatte wimmernd auf dem Boden gelegen, bis Galloway auftauchte und ihn festnahm. Ben hatte recht. Ich könnte es mit Jacob aufnehmen, wenn es darauf ankäme. Ich umrundete den Sessel und ließ mich in ihn sinken. „Erzählen Sie mir, was passiert ist."

Jacob schüttelte den Kopf, Verzweiflung spiegelte sich in seinen Augen. „Ich bin zu meinem Termin erschienen. Die Tür war unverschlossen, wie immer." Er schniefte und wischte sich die Nase mit dem Handrücken ab. „Ich ging hinein. Das Erste, was ich sah, war die Kerze auf dem Boden. Dann Myra. Sie hing über dem Tisch. Erst als ich näher kam, sah ich das Messer, das aus ihrem Rücken ragte." Er zitterte, schniefte und sah mich mit glasigen, blutunterlaufenen Augen an. Okay, er sah nicht wie ein Mörder aus, aber er konnte ja auch ein außergewöhnlich guter Schauspieler sein. Ich beugte mich vor und schnappte mir einen der Kaffeebecher.

„Da ist kein Zucker drin", warnte Jacob mich.

„Das ist in Ordnung. Ich bin schon süß genug." Ich nahm einen Schluck. Ich hatte schon Schlimmeres getrunken. „Was geschah dann?"

„Ich rief die Polizei. Und dann sah ich die Karten. Sie lagen vor ihr auf dem Tisch verstreut. Sie muss sie gerade gemischt haben, als ..." Er verstummte, griff nach seinem eigenen Kaffee und nahm einen Schluck. „Bevor ich überhaupt wusste, was ich tat, habe ich sie eingesammelt und in meine Tasche gesteckt. Dann kam die Polizei." In Jacobs Stimme lag ein Hauch von Panik.

Endlich verstand ich. Er hatte sich die Karten geschnappt, und dann war die Polizei gekommen, und es war zu spät, seine Meinung zu ändern, zu spät, sie zurückzulegen, denn dann hätte er schuldig wie die Sünde ausgesehen. Also hatte er sie mitgenommen.

„Was ich nicht verstehe, ist, warum. Warum haben Sie die Karten genommen?"

Er schaute zur Decke, bevor er mich mit seinen Hundeaugen ansah. „Damit ich sie selbst benutzen kann. Myra hat mir schon so lange die Karten gelegt, dass ich dachte, ich wüsste ziemlich genau, wie das Ganze funktioniert. Ich dachte – Gott, es klingt schrecklich, wenn ich es laut sage – ich dachte, nun, da sie tot ist, wird sie sie nicht mehr brauchen und ich könnte es einfach … selbst tun."

„Die Karten legen?"

„Ja." Er schniefte und trank einen weiteren Schluck Kaffee.

„Und warum ist das so wichtig? Dass Sie sich täglich die Karten legen lassen?" Ich erinnerte mich an das, was seine Kollegin und Ashley mir darüber erzählt hatten, dass seine Frau ihn verlassen hatte.

Jacob bestätigte es. „Um Emily zurückzuholen. Meine Frau."

„Und wie sollen Ihnen die Karten dabei helfen?" Ich war wirklich neugierig, weil ich den Zusammenhang nicht erkannte.

Jacob öffnete den Mund, um zu antworten, und schloss ihn mit einem Schnalzen.

„Was?", fragte ich und beobachtete, wie er einen verwirrten Gesichtsausdruck bekam. „Was denn?"

„All diese Zeit … Ich dachte … Ich dachte, die Karten würden mir helfen, meine Frau zurückzubekommen und …"

„Ja? Das ist es doch, was Sie wollen, oder?"

„Auf jeden Fall. Emily ist der wichtigste Mensch in meinem Leben. Ich liebe sie so sehr, dass es weh tut. Ich verstehe nicht, warum sie mich plötzlich nicht mehr liebt." Der Hundeblick kehrte zurück. „Aber ich glaube, ich hatte gerade eine Erleuchtung."

„Aha?"

„Dass Myra mir regelmäßig die Karten gelegt hat, hat mir geholfen", erklärte er. „Sie hat mir geholfen. Meinem Selbstwertgefühl. Myra hatte eine Art, mir ein gutes Gefühl zu geben. Sie hat mir viele Fragen über mein Leben gestellt und mir bestätigt, dass ich das Richtige tue, dass ich stark und loyal bin."

„Wollen Sie mir damit sagen, dass es bei den Sitzungen gar nicht um Emily ging? Das es um Sie ging?"

Er nickte, sein Kopf wippte auf und ab wie ein Ruderboot bei hohem Seegang. „Sie hat mich gelehrt, ein besserer Mensch zu werden ..." Er schnippte mit den Fingern. „Das wird mir jetzt klar. Sie hat mich für Emily zu einem besseren Menschen gemacht. Damit Emily zurückkommt." Mit einem Grinsen ließ er sich zurückfallen und wirkte zufrieden.

Jetzt war ich an der Reihe, die Stirn zu runzeln. Ich war mir nicht sicher, ob das überhaupt Myras Absicht gewesen war und ob Jacob das Ganze falsch verstanden hatte.

„Er ist so ein naiver kleiner Welpe, nicht wahr?", sagte Ben und setzte sich auf die Lehne meines Sessels. „Ich würde sagen, unser junger Jacob Henry hier hat eine Art Zwangsstörung. Er ist auf jeden Fall von Emily besessen.

Und wenn ich Emily wäre, fände ich dieses Maß an völliger Hingabe ziemlich schnell erdrückend."

Hervorragendes Argument. Ein weiterer Eintrag in mein mentales Rolodex. Mit Emily Henry sprechen und den wahren Grund herausfinden, warum sie ihren Mann verlassen hat. Ich hatte sie für eine oberflächliche Person gehalten, die sich getrennt hatte, weil Jacob ihren materiellen Ansprüchen nicht genügte. Wegen dieser Wohnung? Sie war ganz nett und ich fände es seltsam, wenn eine Frau ihren Mann wegen einer solchen Wohnung verlassen würde.

Ich nickte in Richtung der Karten. „Die muss ich mitnehmen", erklärte ich Jacob. „Und sie der Polizei übergeben."

„Ja, das habe ich mir schon gedacht." Er stand auf und bewegte sich langsam, um mich nicht zu erschrecken. „Ich hole eine Tüte, um sie einzupacken."

Sobald er außer Hörweite war, flüsterte ich Ben zu: „Dieser Gestank, der an ihm haftet, meinst du, das könnte eine Krankheit sein? Vielleicht hat er eine Art Zwangsneurose, die du sehen kannst."

„Ich würde nicht sagen, dass er eine Zwangsneurose hat, wenn ich mich hier so umschaue. Wenn er eine Zwangsstörung hätte, würden die Karten nicht so durcheinander liegen. Und ich habe mir den Rest seiner Wohnung angesehen. Er ist sicherlich ordentlich, aber ich würde nicht sagen, dass er eine Neurose ist."

„Also ist er nur von Emily besessen? Ich frage mich, ob es dafür einen Namen gibt."

„Psycho würde passen", murmelte Ben. „Ich werde

mich vergewissern, dass er nicht mit einem Messer zurückkommt."

Bis er das gesagt hatte, war es mir gut gegangen. Nun machte ich mir Sorgen, ob Jacob mich getäuscht haben könnte. Ich stand auf und stellte mich wieder hinter den Sessel, während ich auf Jacobs Rückkehr wartete, und sackte erleichtert zusammen, als Ben rief: „Alles gut, er ist unbewaffnet."

Jacob kehrte zurück, und ich sah zu, wie er die Karten einsammelte und in einen Reißverschlussbeutel steckte.

„Wie oft haben Sie Myra aufgesucht?", fragte ich im Plauderton.

„Alle paar Tage", antwortete Jacob, ohne aufzublicken.

Meine Augenbrauen schossen in die Höhe. „Ich dachte, Sie hätten sie täglich aufgesucht."

„Nein. Ich traf sie nur alle paar Tage persönlich, aber zwischendurch hat sie mir über ihre Website die Karten gelegt."

„Sie hat eine Website?" Was für ein Anfängerfehler! Das hätte ich als Erstes tun sollen, als ich den Fall übernommen habe: Myra Hansen recherchieren. Ich würde das ändern, sobald ich zu Hause bin.

„Ja, sie bekommt eine Menge Aufträge über ihr Online-Portal."

Mit einem prall gefüllten mentalen Rolodex bedankte ich mich bei Jacob für seine Zeit und ging, ohne ermordet zu werden. Als ich zu meinem Auto zurückkam, rief ich in der Werkstatt an, damit man mir am nächsten Morgen das Rücklicht reparierte, und fuhr dann nach Hause. Eine Dusche und ein Kleiderwechsel waren längst überfällig. Mir war nicht entgangen, wie Jacob immer wieder den

Ketchup-Fleck auf meiner Bluse beäugt hatte, als würde es ihn reizen, ihn in Fleckenmittel zu ertränken.

———

„Heiliger Bimmbamm", pfiff Ben mir ins Ohr. Wir standen in der offenen Tür meiner Wohnung und betrachteten das Gemetzel darin. Jemand hatte meine Wohnung verwüstet. Und ich meine wirklich verwüstet. Von meinem Standpunkt aus konnte ich sehen, dass jemand das Sofa in Stücke gerissen und die Polsterung im Zimmer verstreut hatte. Es sah aus, als wären alle Schubladen und Schränke in der gesamten Wohnung geöffnet und der Inhalt auf den Boden gekippt worden.

„Nein, warte! Fitz, er ist immer noch da drin!" Bens Warnung kam eine Sekunde zu spät.

Ich war gerade einen Schritt hineingegangen, als eine dunkle Gestalt auf mich zustürmte, mich an die Wand drückte und floh. Ich taumelte rückwärts und blieb mit dem Fuß an der Kante des Türrahmens hängen. Ich konnte meinen Rückwärtsschwung nicht stoppen und schlug mit den Armen um mich, während ich versuchte, das Gleichgewicht wiederzufinden und nicht auf dem Hintern zu landen. Womit ich nicht gerechnet hatte, war, dass ich gegen das Geländer prallen würde, das sich über die gesamte Länge des Flurs nach draußen erstreckte. Ich kippte um und die Welt drehte sich wie verrückt, als ich durch die Luft auf die andere Seite flog.

„Audrey!" Ben wollte mein Handgelenk packen, griff aber durch mich hindurch. Ich hielt mich am zweiten Geländer fest, und mein Körper prallte mit einem Autsch gegen die Wand. Während ich mit einer Hand daran baumelte, sah ich den Eindringling in Richtung Treppe am Ende des Gebäudes stürmen. Großer Mann. Seinem Gang und dem Anflug eines Bierbauchs nach zu urteilen, alles andere als durchtrainiert. Bekleidet mit einer schwarzen Jogginghose und einem schwarzen Kapuzenpulli, der seltsam klobig aussah.

„Schwing den anderen Arm nach oben", befahl Ben, der am Geländer hockte und sich zu mir herüberbeugte. Ich tat es und schaffte es, mich mit beiden Händen festzuhalten. Okay. Ich würde zwar nicht sterben, aber meine Schulter war nicht gerade dankbar für die zusätzlichen Schläge, die sie einstecken musste. Ich schaffte es, ein Bein über die Kante zu heben und mich hochzuziehen. Dann rollte ich auf den Gang, legte mich auf den Rücken und starrte nach oben.

„Bist du okay?", fragte Ben, der an meiner Seite saß und die Hand auf meinen Arm legte.

„Das war unerwartet." Ich grinste, ignorierte die eisige Kälte von Bens Berührung und brauchte den Trost, den sie brachte. Das war zu knapp gewesen, um nicht beunruhigt zu sein. Ich setzte mich auf, rollte mit den Schultern und zuckte bei dem stechenden Schmerz zusammen. „Ich glaube, ich brauche noch eine Ashley-Massage", meinte ich. Die von ihr verwendeten Öle und ihre magische Berührung hatten bei meinen schmerzenden und geprellten Muskeln nach dem Autounfall wahre Wunder bewirkt.

„Ich glaube, du musst die Polizei rufen", meinte Ben. Er stand auf und verschwand im Haus, um den Schaden zu begutachten.

Ich zog mich am Geländer hoch und folgte ihm. Ich entdeckte meine Handtasche direkt in der Tür, wo ich sie fallen gelassen hatte, und suchte darin nach meinem Handy.

„Weißt du", sagte Ben, die Hände in die Hüften gestemmt, in der Mitte des Raumes stehend. „Wer auch immer das war, er war nicht hier, um etwas zu stehlen."

„Wie kommst du denn darauf?" Ich war etwas erstaunt, wie ruhig ich war. Nachdem ich nach Hause gekommen war, hatte ich einen Schläger angetroffen, der erst meine Wohnung zerstört und dann mich versehentlich über das Geländer im ersten Stock meines Wohnhauses geworfen hatte. Ich glaubte nicht, dass es die Absicht des Schlägers gewesen war, mich hinunterzustoßen. Er konnte nicht wissen, dass mein Gleichgewichtssinn etwas zu wünschen übrig ließ – oder dass ich der tollpatschige Typ war, der sogar über Luft stolpern konnte. Ich konnte mich natürlich auch irren, aber ich glaubte nicht, dass derjenige, der meine Wohnung verwüstet hatte, mir etwas antun wollte. Nicht physisch. Warum hätte er sonst einbrechen sollen, als ich nicht zu Hause war? Warum hatte er nicht gewartet, bis ich zurückkam und dann … was? Mir ein Messer in den Rücken gerammt? Ich erschauderte und machte mir selbst Angst.

„Für mich sieht es so aus, als wollte er so ziemlich alles beschädigen oder zerstören. Als wäre er voller Wut. Sogar deine Matratze hat er zerschnitten. Aber dein Fernseher ist noch da, und das ist so ziemlich das Einzige, was es wert ist, gestohlen zu werden."

Ben hatte recht. Mein Hab und Gut war buchstäblich

in Stücke gerissen worden. „Du glaubst doch nicht, dass er nach etwas gesucht hat?"

„Könnte sein. Aber würdest du dir wirklich die Mühe machen, eine Matratze zu zerreißen? Was solltest du denn da drinnen verstecken? Man braucht doch nur nachzusehen, ob es irgendwo eine Nahtstelle gab. Meiner Meinung nach war das reiner Vandalismus."

Mit dem Telefon in der Hand rief ich die Polizei an und meldete den Einbruch. Dann setzte ich mich auf den Küchentisch, Ben an meiner Seite, und wartete auf das Eintreffen der Polizei.

„Du solltest Kade anrufen", meinte Ben.

„Ja." Das sollte ich. Seine Nummer erschien gerade auf dem Bildschirm, als ich draußen Stiefeltritte hörte.

„Polizei! Ist jemand da?"

Ben und ich sahen uns an. Von allen Polizisten musste es ausgerechnet Mills sein. Wieso? War er zufällig in der Gegend? Und das musste die schnellste Reaktionszeit in der Geschichte des FBPD gewesen sein. Er verfolgte mich offensichtlich immer noch. Die große Frage war, warum? Was hatte ich getan, um diesen Rachefeldzug zu verdienen?

„Ja, hier drinnen", rief ich, blieb auf der Arbeitsplatte sitzen und sah wachsam zu, wie Mills in meinem Blickfeld erschien. Seine Hand ruhte auf seiner Waffe, während seine Augen den Raum absuchten.

„Ruf Kade an", drängte Ben und stupste mich in die Rippen. Ich tat es und drückte mit dem Finger auf die Anruftaste.

Mills bemerkte meine Bewegung in dem Moment, als

ich das Telefon ans Ohr hielt. „Legen Sie das Handy weg“, befahl er.

Ich ignorierte ihn. Soweit ich wusste, war es nicht verboten, nach einem Einbruch einen Anruf zu tätigen. Rein technisch gesehen, glaubte ich nicht, dass bei mir eingebrochen worden war, sondern dass es sich lediglich um Vandalismus handelte, aber egal, ich würde anrufen, wen immer ich wollte.

„Hi, Audrey“, antwortete Galloway genau in dem Moment, in dem Mills einen bedrohlichen Schritt in meine Richtung machte. Es hätte mich nicht überrascht, wenn er mir das Telefon aus der Hand gerissen und es unter seinem Stiefel zertreten hätte.

„Detective Galloway“, sagte ich übertrieben laut. Mills erstarrte. *Ja, Kumpel, ich bin nicht die dumme Kuh, für die du mich hältst.*

„Was ist passiert?“ Mein Gott, war er gut. An der Art und Weise, wie ich seinen Namen sagte, wusste er, dass die Dinge alles andere als in Ordnung waren. „Audrey, bist du okay?“

„Mir geht es gut“, versicherte ich ihm. „Aber in meine Wohnung wurde eingebrochen.“

„In deine Wohnung?“ Ich konnte den verwirrten Ton in seiner Stimme hören. „Wohnst du nicht in Bens Haus?“

„Ja, nein.“ Ich wollte ihm schon seit geraumer Zeit sagen, dass ich nicht wirklich bei Ben wohnte, dass ich noch nicht eingezogen war, aber der Zeitpunkt war nie richtig gewesen. Und was spielte es im Großen und Ganzen überhaupt für eine Rolle? „Ich bin noch nicht offiziell umgezogen.“

Es gab eine Pause, während er das verdaute. „Okay. Ich bin gleich da."

„Officer Mills ist bereits hier", meinte ich.

„Halte durch. Ich bin unterwegs. Und versuch, ihm nicht in die Eier zu treten."

„Ich verspreche nichts."

KAPITEL FÜNFZEHN

Galloway traf mit Verstärkung ein. Sergeant Addison Young folgte ihm auf den Fuß. „Heiliger Strohsack, hier hat sich aber jemand ausgetobt", rief sie. Sie ging zu Mills hinüber, der in der Nähe meines Bettes herumstöberte. „Und, etwas gefunden?", fragte sie ihn.

Er versteifte sich, als sie sich ihm näherte, und seine Wangen verfärbten sich rot. „Negativ."

Galloway trat zu mir. „Wie geht es dir?"

Ich versuchte ein beruhigendes Lächeln, war mir aber nicht sicher, ob es mir gelang oder ob ich nur meine Zähne fletschte. „Mir geht es gut."

„Erzähl mir, was passiert ist."

Das tat ich, wobei ich bemerkte, dass Sergeant Young innehielt, um zuzuhören, während Mills fortfuhr, in meinen Sachen herumzuwühlen. Er trug nicht einmal Handschuhe. Idiot.

„Er war in der Wohnung, als du zurückkamst?", fragte Galloway.

„Ja, aber das hatte ich natürlich nicht bemerkt. Die Tür

stand offen und ich ging hinein, als er herausstürzte und mich zur Seite stieß. Er rannte weg, bevor ich ihn aufhalten konnte."

Ben schnaubte, weil ich den Sturz über das Geländer nicht erwähnte.

„Und du bist nicht verletzt?", hakte Galloway nach.

Ich rollte reflexartig meine brennende Schulter und zuckte zusammen, als die Muskeln schmerzhaft protestierten. „Mir geht es gut."

Seine Augen verengten sich bei der Bewegung. „Das tut es nicht. Du hast Schmerzen, bist aber zu stur, um es zuzugeben."

„Richtig. Können wir jetzt bitte weitermachen?", antwortete ich grinsend.

Er seufzte und schüttelte den Kopf. „Was soll ich nur mit dir machen, Fitz?"

„Nun, du könntest mir helfen, ein paar Klamotten zu Ben zu bringen. Ich schätze, ich werde jetzt offiziell dort einziehen."

„Das wurde aber auch Zeit", rief Ben grinsend.

„Klar." Galloway streckte eine Hand aus und ich legte meine hinein, sodass er mir von der Theke herunterhelfen konnte. Ich landete und stolperte gegen ihn. Seine muskulöse Brust stoppte meinen Schwung und sein Griff um meine Hand wurde fester. Ich erlaubte mir den kleinen Luxus, mich drei Sekunden zu lange an ihn zu lehnen, aber es war einfach zu schön, seinen Körper zu spüren.

Er senkte den Kopf, sodass sein Mund neben meinem Ohr war und flüsterte: „Wie lange ist Mills schon hier?"

„Eine Weile", flüsterte ich zurück. „Er traf sehr schnell

ein. Er muss in der Nähe gewesen sein." Ich wich ein wenig zurück, um etwas Platz zwischen uns zu schaffen. „Heute ist etwas passiert, das … Ich werde es dir später erzählen." Mein Blick fiel auf Mills, der uns beobachtete.

Galloway nickte, dann drehte er sich um. „Was wolltest du mitnehmen?"

Ich sah mich in meiner demolierten Wohnung um. Es gab nicht viel, was nicht beschädigt worden war, und da Bens Haus komplett möbliert war, brauchte ich nicht unbedingt mehr als meine persönlichen Sachen mitzunehmen. Doch ich konnte meine Wohnung so nicht zurücklassen, mein Vermieter würde einen Anfall bekommen.

„Ich nehme erst einmal meine Kleidung und Toilettenartikel mit und komme später wieder, um alles auszuräumen." Ich wollte nicht, dass dieses Kapitel meines Lebens so endet. Eine Welle der Nostalgie überschwemmte mich. Ich erinnerte mich daran, wie ich die alte, ramponierte Kommode an einem windigen Sonntagnachmittag auf dem Trödelmarkt gefunden hatte. Ben und ich hatten uns den Truck seines Vaters geliehen, die Kommode auf den Rücksitz gehievt und dann das verdammte Ding nach oben in meine Wohnung geschleppt. Jetzt hingen die Türen herunter und tiefe Furchen klafften in der Holzplatte. Vermutlich könnte ich sie reparieren lassen und neue Türen dafür finden, aber die Wahrheit war, dass ich sie nicht mehr brauchte. Und das machte mich irgendwie traurig.

„Hier gibt es viele Erinnerungen, was?", fragte Galloway.

„Ja." Entschlossen hob ich die Schultern und reckte das

Kinn in die Luft. Ich hatte gewusst, dass dieser Tag kommen würde. Es war sinnlos, Trübsal zu blasen. Außerdem wäre es besser für Thor, wenn ich dauerhaft in Bens Haus wohnen würde. Ich hasste nur, dass es auf so schreckliche Weise dazu gekommen war.

„Darf ich die Sachen anfassen?", fragte ich und suchte mit meinen Augen nach dem einzigen Koffer, den ich besaß. Ich konnte ihn nicht sehen, also hoffte ich, dass er in seinem Versteck unter meinem Bett überlebt hatte.

„Deine Fingerabdrücke sind sowieso überall." Galloway nickte. „Sergeant, lassen Sie alles auf Fingerabdrücke untersuchen. Ich werde Audrey bitten, eine Liste der fehlenden Gegenstände zu erstellen."

„Schon dabei, Detective", antwortete Sergeant Young. Sie war damit beschäftigt, Fotos vom Tatort zu machen, was Mills versäumt hatte. In der Tat schien Mills lediglich meine Sachen zu durchwühlen. Igitt.

„Haben Sie einen Hammer, Audrey?", fragte Sergeant Young.

Ich schnaubte. „Nein." *Können Sie sich das vorstellen? Ich? Mit einem Hammer?* Nein, dafür war Ben da. Wenn ich jemals etwas reparieren musste, war Ben zur Stelle – und er kam immer mit seinem eigenen Werkzeugkasten.

Sergeant Young nahm etwas vom Boden zwischen Finger und Daumen und hielt es in die Höhe. Ein Hammer. Auf diese Weise hatte der Eindringling so viel Schaden angerichtet. Er war mit einem verdammten Hammer auf meine Möbel losgegangen!

„Einpacken", ordnete Galloway an und legte dann eine Hand auf meine Schulter. „Komm, ich bring dich hier weg."

Das musste er mir nicht zweimal sagen, denn als ich den Hammer sah, wurde mir klar, dass derjenige, der das getan hat, *wirklich* wütend auf mich gewesen war. Und er wollte, dass ich das wusste. Nachricht erhalten. Nur ein winziges Detail fehlte: Wer genau war wütend auf mich? Ich hatte keine Ahnung. Es gab da mehrere Kandidaten.

In Anbetracht der geringen Größe meiner Wohnung, des heillosen Durcheinanders und der Tatsache, dass sich dort vier Erwachsene und ein Geist herumtrieben, war es gelinde gesagt sehr eng. Ich schob mich an Mills vorbei, um meinen Koffer hervorzuziehen, ihn auf das Bett zu legen und aufzuklappen. Beim Packen ging es nur darum, einen Armvoll Klamotten zu schnappen und sie in den besagten Koffer zu stopfen.

Ich steckte im Badezimmer gerade meine Toilettenartikel in eine Plastiktüte, als ich hörte, wie Galloway mit Mills schimpfte. Ich ging zur Tür und lauschte schamlos.

„Mills!", bellte Galloway. „Wo sind Ihre Handschuhe? Mann, wie viele Jahre sind Sie schon Polizist?"

„Ich hab keine mehr", grummelte Mills.

„Was? Keine Handschuhe mehr? Warum haben Sie den Bestand in Ihrem Fahrzeug nicht aufgefüllt?"

„Dazu bin ich noch nicht gekommen. Ich mache es, sobald ich wieder auf dem Revier bin."

„Sie machen es jetzt. Sie können gehen. Young übernimmt das, Sie können sich wieder dem Verkehr widmen – nachdem Sie Ihre Vorräte aufgefüllt haben." Ich hörte Mills' Antwort nicht, aber ich spürte das Vibrieren von gestiefelten Füßen, die über den Boden stapften. Ich öffnete die Badezimmertür einen Spalt und spähte hinaus.

Ich konnte sehen, wie Galloway und Young an der Eingangstür standen und die Stelle untersuchten, an der der Eindringling die Tür aufgebrochen hatte. Mills war dagegen nirgends zu sehen.

Mein Telefon klingelte. Ich ließ die Tasche mit den Toilettenartikeln fallen, kramte nach meinem Handy und holte es gerade noch rechtzeitig aus der Tasche, um Moms Namen auf dem Display aufleuchten zu sehen, bevor es wieder dunkel wurde. Ich drückte die Wahlwiederholungstaste.

„Oh, du bist da", antwortete Mom. Dann lachte sie. „Hast du schon wieder das Handy fallen lassen? Ich wollte dir ein paar Minuten Zeit lassen und dich dann noch einmal anrufen."

Ich stimmte in ihr Lachen ein. In meiner Familie war meine Neigung allgemein bekannt, mein Handy fallen zu lassen, wenn es klingelte. Oft. „Ich konnte es nicht aus meiner Gesäßtasche holen", erklärte ich.

„Das ist neu." Mom kicherte.

„Nicht wirklich. Wie auch immer, ich bin froh, dass du anrufst … ich will nicht, dass du dir Sorgen machst, aber …", setzte ich an, nur damit sie mir besorgt ins Wort fiel.

„Was? Was ist passiert? Geht es dir gut?"

„Mom", seufzte ich, „was habe ich gerade gesagt? Mach dir keine Sorgen."

„Ich mache mir immer Sorgen, wenn du so etwas sagst. Also sag es mir einfach."

„In meine Wohnung wurde eingebrochen. Es ist okay, ich war nicht zu Hause, aber hier herrscht ein ziemliches Durcheinander." Eigentlich war die Wohnung das reinste Chaos, aber ich würde es meiner Mutter zuliebe beschönigen. „Also mach ich es. Ich ziehe endlich in Bens Haus um."

Meine Ankündigung wurde mit Schweigen quittiert. Und dann ging es los, tausend Worte pro Minute. „Das ist toll! Also nicht, dass bei dir eingebrochen wurde, nein, das ist überhaupt nicht toll, das ist furchtbar. Aber du weißt, dass dein Vater und ich uns Sorgen machen, dass du dort wohnst. Es ist nicht gerade die beste Gegend." Sie schniefte. „Aber Bens Haus ist wunderschön. Du wirst dort glücklich sein. Brauchst du Hilfe? Dad kann mit dem Truck vorbeikommen. Und Brad und Dustin können auch helfen."

Ich war mir nicht so sicher, ob mein Bruder und mein Schwager es zu schätzen wussten, dass sie mir beim Umzug helfen sollten.

„Wow, immer mit der Ruhe", protestierte ich. „Ich werde keine Möbel mitnehmen. Bens Haus ist komplett ausgestattet. Aber …" Ich kaute auf meiner Lippe. Mütter machten sich immer Sorgen und meine war da nicht anders. „Meine Wohnung wurde wohl verwüstet."

„Wohl?"

„Definitiv. Sie wurde definitiv mutwillig zerstört."

„Von welcher Art von Zerstörung reden wir? Eingeschlagene Wände?"

„Nein." Gott sei Dank. Soweit ich erkennen konnte, gab es keine strukturellen Schäden an der Wohnung selbst. Nur am Inhalt. „Ich bin mir ziemlich sicher, dass jedes Geschirrteil kaputt ist." Ich warf einen Blick in die Küche, wo die Schranktüren offen standen. Scherben von zerbrochenen Tassen, Tellern und Schüsseln lagen auf dem Boden herum. „Jemand hat sich mit einem Hammer an meinen Möbeln zu schaffen gemacht. Er hat das Sofa und meine Matratze zerrissen."

Mom holte entsetzt Luft. „Das ist ja furchtbar!"

„Ja." Ich fuhr mir mit einer Hand über den Nacken. Ich brauchte einen Kaffee. Und in dem Moment fiel mir etwas ein. „Oh mein Gott!", quietschte ich und eilte mit suchendem Blick zur Küchenzeile. Aber da stand sie, in der hintersten Ecke des Tresens, unberührt, unversehrt. Meine Kaffeemaschine.

„Was? Audrey! Was ist denn jetzt schon wieder passiert?" Meine Mutter klang verzweifelt.

„Ist schon gut", beruhigte ich sie. „Meine Kaffeemaschine ist unversehrt."

„Du und diese verdammte Maschine."

„Sie hält mich am Leben. Aber egal, ich dachte, vielleicht könnten noch einmal die fleißigen Bienchen vorbeikommen? Am Wochenende … um hier aufzuräumen. Das meiste ist wohl reif für die Müllkippe. Ich sollte einen Container mieten." Meine Familie hatte mir vor Kurzem geholfen, Bens Haus aufzuräumen, nachdem die Polizei es nach seiner Ermordung in einem absoluten Chaos hinterlassen hatte. Überall war Fingerabdruckstaub gewesen. Ich hoffte, dass es ihnen nichts ausmachen würde, so schnell wieder zum Putzen eingesetzt zu werden.

„Natürlich, mein Schatz. Was immer du brauchst."

„Danke, Mom." Dann fiel mir ein, dass sie es war, die mich angerufen hatte. „Wie läuft es bei euch? Alles in Ordnung?"

„Oh ja, alles gut. Ich wollte dich nur daran erinnern,

dass wir abgemacht haben, heute Abend zu Amandas Yogakurs zu gehen."

Verdammt. Das hatten wir. Und mit *wir* meinte ich meine Mutter, meine Schwester Laura und mich. Amanda, meine Schwägerin, hatte uns allen zu Weihnachten Yogagutscheine geschenkt, die bald ablaufen würden. Als Rechtsanwaltsgehilfin bei Beasley, Tate & Associates führte Amanda über alles Aufzeichnungen und wusste, dass wir die Gutscheine noch nicht eingelöst hatten. Ein ziemlich pointiertes Gespräch beim Familienessen in der letzten Woche hatte uns daran erinnert.

„Ich hab es nicht vergessen", protestierte ich. Ich hatte es. Ich hatte es völlig vergessen.

„Laura hat uns angeboten, uns mitzunehmen. Ich werde ihr sagen, dass sie dich in Bens Haus abholen soll."

„Jepp. Fein. Keine Sorge." Ich beäugte meinen überquellenden Koffer. Hatte ich irgendetwas dabei, das auch nur annähernd für Yoga geeignet war?

„Der Unterricht beginnt um achtzehn Uhr. Wir kommen um Viertel vor vorbei. Sei startklar."

„Das werde ich, keine Sorge. Bis später." Ich beendete das Gespräch und sah Ben an, der mich wieder viel zu verkniffen anstarrte. Das bedeutete normalerweise, dass er versuchte, nicht zu lachen. „Was?", grummelte ich und steckte mein Handy zurück in die Tasche. Das folgende Geräusch hinter mir verriet mir, dass ich sie verfehlt hatte und sie an meinem Bein heruntergerutscht und auf dem Teppich gelandet war.

„Du gehst zum … Yoga?"

„Was?"

„Du? Die unkoordinierteste Person, die ich kenne ... Yoga? Oh Mann, das muss ich sehen!"

Ich beugte mich vor, um mein Telefon aufzuheben. „Du. Bist. Nicht. Eingeladen."

„Ähm, Fitz?" Ben ruckte mit dem Kopf in Richtung Galloway und Young, die mich von der anderen Seite des Raumes aus beobachteten, die Augenbrauen praktisch in den Haaransatz gezogen, während ich mit dünner Luft sprach. Toll.

„Was?", schniefte ich abwehrend. „Ist es ein Verbrechen, wenn ein Mädchen mit sich selbst spricht?"

„Beruhige dich, Fitz." Ben lachte.

Ich warf ihm einen Blick zu, der ihm sagte, dass ich ihn umbringen würde, wenn er jetzt noch leben würde.

„Alles in Ordnung?", fragte Galloway und zog die Augenbrauen zurecht.

„Das war meine Mutter", erklärte ich. „Sie hat mich an die Yogastunde heute Abend erinnert." Nicht, dass ich ihm irgendetwas erklären müsste. Ich war mir lediglich durchaus bewusst, wie verrückt ich wirken musste.

„Yoga?" Die Art und Weise, wie er es sagte, als ob ich verrückt wäre, so etwas auch nur in Erwägung zu ziehen, ließ meine Nackenhaare hochgehen. Warum fanden es die Männer in meinem Leben so komisch, dass ich einen Yogakurs besuchen wollte?

„Nur weil ich ungeschickt und unkoordiniert bin, heißt das nicht, dass ich kein Yoga machen kann", schnaubte ich und verschränkte die Arme.

Galloway schüttelte den Kopf. „Das habe ich nicht gemeint."

„Nein?"

„Nein. Meine Sorge ist, dass du dich gestern Abend mit einem Auto überschlagen hast. Und die Art und Weise, wie du dich jetzt bewegst, sagt mir, dass du Schmerzen hast. Bist du sicher, dass Yoga da eine gute Idee ist?"

„Der Arzt meinte, leichte Übungen seien in Ordnung." Okay, er hatte Yoga nicht ausdrücklich erwähnt, aber so schwer konnte das doch nicht sein, oder?

KAPITEL SECHZEHN

„Okay, meine Damen, jetzt führen wir den Hund aus."

Mit flachen Händen und Füßen auf der Yogamatte und dem Hintern in der Luft schaute ich zu meiner Yogalehrerin auf. Was bedeutete *den Hund ausführen*? Ich hatte gerade erst den nach unten schauenden Hund gemeistert.

„Lauft mit den Füßen zu den Händen und rollt den Körper nach oben auf."

Was? Ich hatte es verpasst, mit dem Hund spazieren zu gehen. Anstatt mich nach oben aufzurollen, schoss ich also in die Höhe und stand stramm, als ich mit Verspätung merkte, dass wir noch nicht fertig waren. Oh nein. Alle anderen standen mit zusammengelegten Händen da, als würden sie beten. Ich folgte ihnen schnell.

Die Lehrerin namens Fliss fuhr fort. „Hebt die Hände und das Gesicht zur Sonne."

Wie bitte? Wir waren drinnen. Hier gab es keine Sonne.

„Und kommt dann ins Brett. Einatmen und ausatmen,

das Herz über den Händen, Chaturanga, einatmen, nach oben schauender Hund, ausatmen, nach unten schauender Hund. Zentriert euch. Sagt euch *Ich bin genug*."

„Ich *habe* genug", brummte ich leise vor mich hin.

Laura, die kopfüber neben mir baumelte, bekam das mit und fing an zu kichern, was mich ebenfalls zum Kichern brachte, und schon bald brachen wir beide in einem Lachanfall auf dem Boden zusammen. Mom war auf die Knie gesunken und sah uns an, ihre Lippen zuckten, dann brach auch sie in schallendes Gelächter aus.

„Das ist okay", meinte Fliss. „Lasst euren Gefühlen freien Lauf." Wenigstens lächelte sie und war nicht verärgert über uns. Im Gegensatz zu Amanda, die sich mit geübter Leichtigkeit von einer Pose zur nächsten bewegte, ganz geschmeidig und durchtrainiert in ihrer modischen Yogahose, das Gesicht eine perfekte Maske der Missbilligung.

„Beim Yoga geht es ums Loslassen", fuhr Fliss fort und wechselte fließend von einer Pose zur nächsten. „Dabei werden Kraft, Flexibilität und Leichtigkeit aufgebaut."

Nachdem Laura, Mom und ich uns wieder unter Kontrolle hatten, versuchten wir, den Unterricht fortzusetzen, doch was dann geschah, haute mich um. Wir waren gerade wieder im herabschauenden Hund, eindeutig Fliss' Lieblingshaltung, als Amanda furzte. Es war kein leises Pupsen. Es war ein lautes Nebelhorn von einem Furz. Ich schaute zu Laura, die vornüber kippte, sich den Bauch hielt und vor lauter Lachen krümmte. Sie drehte das Gesicht zu mir und ich konnte sehen, wie ihr Tränen über das rote Gesicht liefen.

„Wir setzen Emotionen frei“, rang Laura nach Worten, „und Amanda setzt Gas frei.“

Das war's. Ich gab auf und eine Welle des Lachens überrollte mich. Ich konnte mich nicht beherrschen und lachte so sehr, dass ich weinte. Wir drei, einschließlich meiner Mom, waren völlig hysterisch. Ich hörte Fliss vage sagen: „Blähungen beim Yoga sind nicht ungewöhnlich. Man bewegt seinen Körper auf eine Art und Weise, die die Eingeweide anregt, was gut ist.“

Ich versuchte, mich zusammenzureißen, wirklich. Amanda würde bestimmt ziemlich wütend auf uns werden. Doch dann sah ich sie und sie lachte auch, und bald schloss sich ihr die ganze Klasse an.

„Okay, meine Damen, lassen Sie uns das Ganze mit dieser fröhlichen Stimmung abschließen. Namasté.“ Fliss verbeugte sich.

„Namasté“, erwiderten wir krächzend.

Ich richtete mich auf und fuhr mir mit den Fingern über die feuchten Wangen, wobei ich immer noch kicherte. Wir brachten unsere Matten in den Lagerraum zurück, während Amanda die mitgebrachte Matte zusammenrollte und unter den Arm klemmte.

„Dafür, dass es dein erster Versuch war, warst du ziemlich gut“, sagte sie zu mir. „Mit etwas Übung wirst du feststellen, dass Yoga dir bei deiner Ungeschicklichkeit wirklich helfen wird.“

Ich saugte an meinen Lippen und ließ sie mit einem knallenden Geräusch wieder los. Ich war nicht davon überzeugt, dass Yoga etwas für mich war. Ich hatte es nicht als besonders entspannend oder zentrierend empfunden oder was auch immer ich mir davon versprochen hatte. Ich hatte nicht einmal gefurzt. Und dann war da noch Amanda, die versuchte, mich zu einem besseren Menschen zu machen. Wieder einmal.

„Aber etwas ist mir aufgefallen, Audrey." Amanda streckte die Hand aus und zog den Saum meines T-Shirts hoch. „Was ist das?"

„Hey!" Ich versuchte, ihre Hand wegzuschlagen, aber sie blieb standhaft und hob das Hemd hoch genug, um den blauen Fleck auf meiner Hüfte zu zeigen. „Hör auf damit."

Laura und meine Mutter atmeten erschrocken ein. „Audrey, was ist passiert?" Mom berührte besorgt meine Hüfte.

„Schon gut, mir geht's gut, es ist nur ein blauer Fleck." Verärgert riss ich Amanda den Stoff aus den Fingern.

Sie kniff die Augen zusammen. „Korrigiere mich, wenn ich mich irre, aber für mich sieht das wie eine Prellung durch einen Sicherheitsgurt aus", sagte sie.

„Woher willst du das wissen?", fuhr ich sie an. Man konnte sich stets darauf verlassen, dass Amanda einen perfekten Abend ruinierte.

„Weil ich viele Fotos von den Autounfällen gesehen habe, die in meiner Kanzlei bearbeitet wurden."

Oh. Natürlich. Sie hatte wahrscheinlich viele Fotos gesehen, auf denen die Leute ähnliche blaue Flecken hatten wie ich. Verdammt.

„Okay, gut. Ich hatte einen Autounfall. Bist du jetzt zufrieden?"

Sie trat einen Schritt zurück, die Hand vor der Brust, die Augen weit aufgerissen, mit verletztem Gesichtsausdruck. „Audrey! Ich mache mir nur Sorgen, dass du verletzt bist und dass du das Gefühl hattest, es uns nicht sagen zu können."

„Ich wollte es euch nicht sagen, weil ihr sonst einen Riesenwirbel macht. So wie du es jetzt tust." Ich hatte gewusst, dass meine Familie irgendwann herausfinden würde, dass ich Bens Auto zu Schrott gefahren hatte, aber ich hatte gehofft, das Unvermeidliche so lange hinauszuzögern, bis meine blauen Flecken verblasst waren.

„Warst du beim Arzt?", fragte Laura und fuhr mit einer Hand beruhigend über meinen Rücken. Sie wusste, was ich für Amanda empfand. Ich liebte meine Schwägerin, wirklich, aber sie versuchte immer, meine Ungeschicklichkeit *in Ordnung zu bringen*, was dazu führte, dass ich neben ihr immer das Gefühl hatte, ein schlechterer Mensch zu sein, wodurch ich mich oft in die Defensive gedrängt fühlte … so wie heute Abend.

Ich nickte. „Ja, ich bin untersucht worden und mir geht es gut. Das sind nur Quetschungen vom Sicherheitsgurt, genau wie Amanda gesagt hat."

„Was ist passiert?", fragte Mom mit glasigen Augen.

„Oh, Mom." Ich umarmte sie. „Mir geht es gut, ehrlich. Wenn ich wirklich verletzt wäre, würde ich es dir sagen. Aber das bin ich nicht, und du weißt, wie oft ich blaue Flecken habe. Es vergeht kein Tag, an dem ich nicht ein weiteres Exemplar in die Sammlung aufnehme."

Wie zum Beispiel heute, als ich über das Geländer gestürzt und gegen die Wand geknallt war. Beide Knie hatten jetzt frische blaue Flecken. Aber auch das war nichts, was ich meiner Familie mitteilen wollte, vor allem nicht, wenn Amanda dabei war, denn sie würde sich noch mehr anstrengen, um mich zu reparieren. Genau darum ging es in diesem Yogakurs, auch wenn sie ihn als Geschenk für uns alle getarnt hatte.

„Es war mein eigener Fehler. Ich bin mit Bens Nissan gefahren, habe eine Kurve zu schnell genommen und mich überschlagen."

Alle drei Frauen schnappten nach Luft.

„Du hast dich überschlagen?", fragte Laura mit untertassengroßen Augen.

Ich nickte. „Ich bin deswegen am Boden zerstört. Ich habe das Auto geliebt. Aber ich schätze, ich war es nicht gewohnt, es zu fahren, mit dem höheren Schwerpunkt und so." Teils Wahrheit, teils Lüge. Ich hielt es für das Beste, nicht zu erwähnen, dass ich nur deshalb so schnell fuhr, weil ich von bösen Jungs gejagt wurde, die auf mich schossen.

Mom legte einen Arm um meine Schultern und drückte zu. Ich unterdrückte ein Zusammenzucken. Wenn sie die blauen Flecken an meinen Hüften für schlimm hielten, sollten sie mal meine Schulter sehen. Aber deshalb hatte ich zum Yoga ein T-Shirt und kein Tank-Top angezogen. Um die lilafarbenen und schwarzen Flecken auf meiner Haut zu verbergen.

„Du hattest ein paar schreckliche Tage, Liebes", meinte sie seufzend. Wahrere Worte waren noch nie gesprochen worden. Sie wussten nichts von den Schikanen durch Officer Mills und den erfundenen Anschuldigungen. Und ich war mir ziemlich sicher, dass er mein Rücklicht kaputtgemacht hatte, nur damit er mich dafür verwarnen konnte. Ich war auch davon überzeugt, dass er nur deshalb so schnell auf meinen Einbruchsanruf reagiert hatte, weil er mich verfolgte und wahrscheinlich um meinen Block herum patrouillierte, um mich wegen irgendeines anderen erfundenen Vergehens aufzuspüren. Aber all das behielt ich für mich.

„Nicht, dass das hier keinen Spaß machen würde, aber wir sollten gehen. Wir sind die Einzigen, die noch übrig sind“, meinte ich. Der Raum hatte sich geleert, während ich der spanischen Inquisition der Familie Fitzgerald gegenübergestanden hatte.

„Eigentlich fand ich es ziemlich kathartisch.“ Laura hakte sich bei mir unter und wir gingen gemeinsam zur Tür. „Das Lachen, meine ich“, fügte sie hinzu. „Ich habe schon lange nicht mehr so gelacht … Ich fühle mich jetzt viel besser.“

„Geht mir genauso.“ Ich lächelte. Sie hatte recht. Es war kathartisch und so wie Laura fühlte auch ich mich besser als vor der Stunde. Nur lag das daran, dass ich mich in unkontrolliertem Lachen ausgelassen hatte, nicht am Yoga selbst.

„Schön, dass es euch gefallen hat.“ Amanda strahlte und drehte sich zu uns um, um uns ihr perlweißes Gesicht zu zeigen, während sie vorausging. „Heißt das, ihr kommt mit mir in den regulären Unterricht?“

„Das bezweifle ich“, sagte Laura leise und stieß mich in die Rippen.

„Ich werde darüber nachdenken“, sagte ich laut genug, dass Amanda es hören konnte.

Laura drehte den Kopf. „Wirklich?“, flüsterte sie.

Ich schüttelte den Kopf. Auf keinen Fall. Ich war kein großer Fan von Sport in jeglicher Form und der Versuch, dem Kurs heute Abend zu folgen, war anstrengend. Bis ich mich in die richtige Haltung gebracht hatte, war Fliss schon zur nächsten weitergegangen. Ich hatte das Gefühl, dass ich während des gesamten Kurses ständig zwei Posen zu spät dran gewesen war. Von Balance ganz zu schweigen. Und jede Haltung, bei der ich nur auf einem Bein stand, war mein Untergang. Buchstäblich.

Wir gingen auf den Parkplatz und auf Lauras Van zu, als ich aus dem Augenwinkel eine Bewegung wahrnahm. In der hinteren Ecke des Parkplatzes standen ein Mann und eine Frau an einem roten Sportwagen und küssten sich leidenschaftlich. Ich hielt inne. Die Frau kam mir irgendwie bekannt vor.

„Ts", machte Amanda, die neben mir stehen blieb und das Paar beobachtete. „Die beiden treiben es schon wieder."

Ich sah genauer hin. „Ist das …? Ist das Regina Davis?" Ich traute meinen Augen kaum. Regina Davis küsste jemanden nieder, der mit Sicherheit nicht ihr Mann war, so wie ihre Hände seinen Hintern umklammerte und ihn an sich zogen. Dieser Typ küsste nicht wie ein schwuler Mann, der eine Frau küsste. Nicht, dass ich das aus Erfahrung wusste, aber ich nahm an, dass ein schwuler Mann nicht so auf eine Frau abfahren würde, wie dieser Kerl auf Regina abfuhr.

„Du kennst sie?", fragte Amanda und fuhr dann fort, ohne auf eine Antwort zu warten. „Sie hat schon seit einiger Zeit ein Verhältnis mit ihrem Gärtner. Sie sagt ihrem Mann, dass sie zum Yoga kommt, und trifft stattdessen Juan auf dem Parkplatz und fährt mit ihm in seinem Wagen davon. Wahrscheinlich in ein schäbiges Stundenhotel."

„Ist das allgemein bekannt? Wie … ein offenes Geheimnis?" Ich dachte darüber nach, dass alle zu wissen schienen, dass Reginas Ehemann eine Langzeitbeziehung mit seinem Sekretär unterhielt, sodass niemand mit der Wimper zucken würde, wenn Regina selbst ein wenig Spaß hätte.

Amanda zuckte mit den Schultern. „Ich weiß es nicht. Ich habe sie schon ein paar Mal gesehen. Andere Leute haben das vielleicht auch, aber ich habe niemanden über sie tratschen hören, wenn du das meinst."

Laura drückte auf die Hupe ihres Vans. „Kommst du? Oder fährst du bei Amanda mit?"

„Ich komme schon!" Ich stieg hastig hinten ein, quetschte mich zwischen die Kindersitze und dachte die ganze Zeit über Regina Davis und ihre geheime Affäre nach. Das war nicht gerade ein Mordmotiv. Es sei denn, Myra wusste von der Affäre und drohte, es auszuplaudern. Vielleicht hatte sie sie aber auch erpresst. Ich musste unbedingt noch einmal mit Myra sprechen.

Mom und Laura setzten mich zu Hause ab – in meinem neuen Zuhause, das zuvor als Bens Haus bekannt war.

„Amanda hat es gut gemeint", meinte Mom und küsste mich auf die Wange.

„Ich weiß, Mom. Das tut sie immer."

„Ich trommle die Truppe zusammen und wir kümmern uns am Samstag um deine Wohnung."

„Danke Mom. Du bist die Beste."

Laura hupte kurz und fuhr los, während ich die Tür aufschloss und ins Haus ging.

„Das wurde aber auch Zeit!", begrüßte Thor mich. „Ich bin am Verhungern."

Ich hatte inzwischen gelernt, dass er mit seinen Klagen über den drohenden Hungertod in Wirklichkeit seine Erleichterung darüber zum Ausdruck brachte, dass ich überhaupt auftauchte und dass er mich vermisst hatte. Ich zerzauste ihm das Fell auf dem Kopf. „Hey, Kumpel. Hast du mich vermisst?"

Er trabte vor mir her, den Schwanz gerade in die Luft gestreckt, ähnlich wie bei einem Ein-Finger-Gruß. Ich gluckste. Ja, wenn Thor mir den Stinkefinger zeigen könnte, würde das genau so aussehen.

„Wie war es beim Yoga?", fragte Ben. Ich hatte ihm verboten, mitzukommen, und nach langem Hin und Her hatte er schließlich zugestimmt, bei Thor zu bleiben.

„Es war so, wie man es erwarten würde. Laura, Mom und ich mussten furchtbar lachen." Ich grinste bei der Erinnerung daran. „Oh, und Amanda hat gefurzt."

„Amanda?", schnaubte Ben lachend. „Das hat ihr ganz bestimmt nicht gefallen!"

„Eigentlich war sie total entspannt. Aber sie macht ja schon seit Jahren Yoga, also war es wahrscheinlich nicht das erste Mal, dass sie im Unterricht einen fahren ließ." Ich ließ meine Tasche am Ende des Sofas fallen und ging in die offene Küche, um die Kaffeemaschine anzusteuern. Korrektur. Meine Kaffeemaschine, die jetzt neben Bens schickem, kompliziertem Gerät stand.

„Oh, und hör dir das an. Ich habe Regina Davis in einer kompromittierenden Haltung mit ihrem Gärtner gesehen."

„Kompromittierende Haltung? Was, wie im … Yoga?"

„Sei nicht albern. Sie haben sich auf dem Parkplatz geküsst. Amanda meinte, dass sie die beiden schon öfters gesehen hat und dass Regina so tut, als ginge sie zum Yoga, ihr Auto auf dem Parkplatz stehen lässt und dann mit dem Wagen des Gärtners zu irgendeinem Hotel fährt.“

Ben öffnete den Mund, um zu antworten, aber das Klingeln der Tür ließ ihn ihn wieder schließen. Bevor ich auch nur blinzeln konnte, war er schon zur Haustür unterwegs und steckte seinen Kopf hindurch, um zu sehen, wer davor stand.

„Es ist Galloway. Das wird dir gefallen.“ Mit einem breiten Grinsen trat er zurück und ließ mich passieren, ohne mit seiner eisigen Visage in Berührung zu kommen.

„Was meinst du?“, fragte ich, öffnete die Tür und sah Galloway mit einem Pizzakarton in der einen und einem Sixpack Bier in der anderen Hand vor mir stehen.

„Ich bin das Risiko eingegangen, dass du noch nichts gegessen hast“, sagte er zur Begrüßung. Ben hatte recht. Das gefiel mir. Sehr.

„Sie kommen besser rein, Detective.“

KAPITEL SIEBZEHN

*W*issen Sie, was besser ist als Bier und Pizza? Jemanden zu haben, der einem Bier und Pizza serviert.

Galloway winkte mich zum Sofa und bat mich, die Füße hochzulegen, während er das Essen servierte. Ich konnte sehen, wie Ben nervös wurde, weil wir auf dem Sofa und nicht am Esstisch aßen, und ich zwinkerte ihm zu und versprach ihm leise, keine Pizzasoße auf die Kissen zu schmieren.

„Wie war das Yoga?", fragte er, während er einen Bissen Pizza aß.

„Wie erwartet", antwortete ich und nahm einen Schluck Bier. „Ich wackelte herum wie ein neugeborenes Fohlen, das zum ersten Mal auf den Beinen steht."

Galloway grinste. „Und die Schulter?"

„Woher weißt du überhaupt, dass ich Schmerzen in der Schulter habe?" Ich rollte reflexartig die fragliche Schulter und zuckte als Antwort zusammen. Jepp, sie tat immer noch weh.

„Weil du jedes Mal das Gesicht verziehst, wenn du sie bewegst", meinte er ernst. Er stand auf, sammelte unsere schmutzigen Teller ein und räumte sie in den Geschirrspüler. Dann kramte er im Gefrierschrank herum und kam dann mit einer Tüte Tiefkühlerbsen zurück.

„Ähm. Nein, danke."

Er lachte. „Die sind für deine Schulter. Das Nächstbeste nach einem Eisbeutel." Er drückte den Beutel gegen meine Schulter und ich legte automatisch meine Hand auf seine, um sie festzuhalten. Das Kribbeln war wieder da, das immer dann auftrat, wenn meine Haut mit seiner in Berührung kam und ein Funke zündete. Ich war überrascht, dass wir die Erbsen nicht auftauten. Langsam zog er seine Hand unter meiner hervor und setzte sich wieder auf seinen Platz. Ich versuchte, mir meine Enttäuschung nicht anmerken zu lassen.

Ben kicherte und machte hinter Galloway Kussmünder. Ich ignorierte ihn.

„Du meintest, dass heute etwas passiert sei?", sagte Galloway und erinnerte mich daran, was ich ihm in meiner Wohnung zugeflüstert hatte.

„Ja. Es geht um Mills. Ich glaube, er verfolgt mich. Er hat mich heute zweimal angehalten und mir beide Male einen Strafzettel verpasst. Das erste Mal wegen der Benutzung meines Handys beim Fahren. Zu deiner Information: Ich habe nicht telefoniert! Aber es steht tatsächlich sein Wort gegen meines." Ich zuckte mit den Schultern und die Erbsen knirschten in meinem Ohr. „Als ich dann nach dem Mittagessen zu meinem Auto zurückkam, war mein Rücklicht kaputt, und dafür bekam ich ebenfalls einen Strafzettel."

„Glaubst du, er hat es kaputt gemacht?" Galloway schien nicht einmal überrascht zu sein.

Ich nickte. „Es gibt keine anderen Schäden. Wenn mir jemand reingefahren wäre, gäbe es sicher Kratzspuren am Lack oder so. Und dann der Einbruch? Er war wirklich schnell da, als ob er direkt vor der Tür gewartet hätte."

„Ich werde dem nachgehen." Er schaute sich um. „Dieses Haus hat doch eine Alarmanlage, oder?"

„Ja. Warum? Glaubst du, ich bin in Gefahr?", fragte ich schockiert. Mills war ein Mistkerl, klar, aber würde er es so weit treiben?

„Ich will damit sagen, dass du auf dich aufpassen sollst. Gestern hat jemand auf dich geschossen. Heute wurde in deine Wohnung eingebrochen. Und ich würde besser schlafen, wenn ich wüsste, dass du in Sicherheit bist."

Ich stellte mir Galloway schlafend vor und fragte mich, ob er nackt schlief. Und dann stellte ich mir vor, wie er auf dem Bett lag, das Laken verlockend tief über seine Hüften gezogen.

„Ohhh", plärrte Ben, „ist das nicht süß?"

„Glaubst du, das hängt zusammen? Die Schießerei und der Einbruch in meine Wohnung? Und vielleicht auch der Banküberfall?" Ich riss meine Gedanken vom Schlafzimmer los und kehrte zum Thema zurück. Dann erinnerte ich mich an etwas anderes. Ich war bei Jacob zu Besuch gewesen und hatte die Tarotkarten mitgenommen. Ich sprang vom Sofa auf, griff nach meiner Tasche, kramte sie heraus und hielt sie Galloway hin. „Das hätte ich fast vergessen. Nun, ich habe es vergessen, aber egal, jetzt ist es mir wieder eingefallen. Nach dem Mittagessen schaute ich bei Jacob vorbei und dieses Mal war er zu Hause. Diese Karten hier lagen auf seinem Couchtisch."

Galloway nahm den Plastikbeutel entgegen. „Myras Tarotkarten?"

„Jepp. Er hat zugegeben, sie eingesteckt zu haben. Er dachte sich, dass er sich zu Hause selbst die Karten legen könnte. Oh, und noch etwas: Er hat sich nicht jeden Tag mit Myra getroffen. Anscheinend hatte sie eine Art Website, auf der man sich auch online die Karten legen lassen konnte."

„Ja, die Spurensicherung hat heute ihren Laptop geknackt. Wir wissen alles über ihre Internetseite."

„Was habt ihr herausgefunden?" Die Art und Weise, wie er das sagte, als wäre es etwas Unheilvolles, ließ mich erwartungsvoll auf der Kante des Sofas sitzen.

„Es hat sich herausgestellt, dass Myra eine Betrügerin war. Sie hat Briefkastenfirmen in Thailand, der Schweiz und Monaco gegründet und ein kompliziertes Geschäftsgeflecht hinterlassen, das wir immer noch nicht enträtseln können. Sie hat Dossiers über alle ihre Kunden und eine Menge anderer Leute angelegt, von denen wir annehmen, dass sie sie ins Visier nehmen wollte."

Mein Blick schoss zu Ben, der bei Galloways Worten erstarrte. Jetzt musste ich unbedingt mit Myra sprechen und herausfinden, welches Spiel sie da gespielt hatte. Anscheinend hatte Ben dieselbe Idee, denn er begann mit einer Art Zeichensprache, was verrückt war, weil Galloway ihn weder sehen noch hören konnte. Aber ich verstand das Wesentliche. Er würde losziehen, um Myra zu suchen. Zumindest nahm ich an, dass all das Fingerdrehen und Zeigen und das Gehen mit zwei Fingern genau darauf hinauslief.

„Das heißt, wenn einer ihrer Kunden das herausgefunden hat, könnte er ihr Mörder sein", meinte ich.

„Deshalb wurde ich auf das Revier zurückgerufen. Der Chief will diesen Fall so schnell wie möglich abschließen. Myra hat im ganzen Land eine Reihe von betrogenen Kunden hinterlassen. Aber sie hat ihre Spuren sehr gut verwischt." Er verstummte und beobachtete mich.

„Was?" Ich zuckte zusammen und fühlte mich unwohl bei seinem intensiven Blick.

„Du bist dran. Ich habe dir alles gesagt, was ich weiß, jetzt bist du dran. Denn ich weiß, dass du heute etwas herausgefunden hast. Du bist so aufgeregt wie ein Eichhörnchen auf Crack."

Oh mein Gott, er benutzte sogar meine eigenen Sprüche. Dieser Typ war in meinem Kopf und ich wusste nicht, ob mir das missfiel. Oder ob ich es liebte.

Ich räusperte mich. Er hatte nicht ganz unrecht, schließlich war er mein Betreuer, bis ich meine Lizenz erhalten hatte. „Zwei Sachen." Ich erzählte ihm, wie Regina auf dem Parkplatz des Yogastudios mit ihrem Gärtner geknutscht hatte. Und dann berichtete ich von meinem Mittagessen mit Ashley und der Tatsache, dass Lee, Myras Freund, unerwartet gegangen war, kaum dass ich mich zu ihnen gesetzt hatte.

„Regina hat ein Alibi", meinte Galloway. „Sie hatte am frühen Morgen eine Trainingsstunde, was von ihrem Trainer Jayden Ellis bestätigt wurde, genau wie sie es uns gesagt hatte. Anschließend traf sie sich mit einer Freundin, Klara Hill, zum Frühstück im Seaview Café. Die Aufnahmen der Verkehrsüberwachung belegen, dass sie von halb neun bis kurz nach zehn im Café war."

„Okay." Ich kaute nachdenklich auf der Unterlippe. „Du weißt, dass wir Ashley Baker nicht ausschließen können. Nur weil sie mich beauftragt hat, Myras Mörder zu finden, heißt das nicht, dass sie nicht selbst die Mörderin sein könnte. Ihre Schwester sitzt wegen Drogenschmuggel im Gefängnis."

„Wirklich? Wie heißt ihre Schwester. Ich werde dem nachgehen."

„Skye. Aber sie behauptet, dass sie von ihrem Freund Rhys Parker reingelegt wurde. Das war damals in Portland. Nein, Skye sitzt im Gefängnis in Nassau. Oh, und noch was!" Ich schnippte mit den Fingern und erinnerte mich an das, was Ashley mir gesagt hatte. „Dieser Rhys hat früher mit Lee gearbeitet, Myras Freund!"

Galloway lehnte sich nach vorne, stützte die Ellbogen auf die Knie und sah mich aufmerksam an. „Ich will nicht, dass du Lee Noble befragst."

„Was? Warum nicht?" Er stand als Nächster auf meiner Liste. Wenn meine Wohnung heute nicht verwüstet worden wäre, hätte ich ihn bereits heute Nachmittag aufgesucht.

„Er ist vorbestraft."

Meine Augen wurden kugelrund. „Was hat er getan?", fragte ich überrascht.

Galloway zählte an seinen Fingern ab: „Besitz von Betäubungsmitteln.   Besitz   von   Diebesgut.

Hausfriedensbruch." Er hielt einen Moment inne und rieb sich das Kinn. „Ich habe eine Idee. Kann ich deinen Computer benutzen?"

Überrascht nickte ich. „Ja, klar." Mein Laptop steckte immer noch zwischen den Kleidern in meinem Koffer, der wiederum noch im Gästezimmer darauf wartete, ausgepackt zu werden. Ich konnte mich nicht dazu durchringen, das Hauptschlafzimmer zu benutzen. Das war Bens Zimmer, und obwohl ich endlich in sein Haus gezogen war, war ich noch nicht bereit, sein Schlafzimmer zu übernehmen. Ich hatte noch nicht einmal seine Sachen zusammengepackt, obwohl Mom mir schon ein Dutzend Mal angeboten hatte, mir dabei zu helfen. „Wir müssen den im Büro benutzen, meiner ist noch im Koffer."

Galloway folgte mir ins Büro und sah zu, wie ich Bens Computer hochfuhr. Ich wusste, dass ich aufhören musste, alles in Bezug auf Ben zu sehen. Bens Haus. Bens Computer. Bens Sofa. Das alles gehörte jetzt mir, aber daran musste ich mich erst noch gewöhnen. Kleine Schritte, sagte ich mir, kleine Schritte.

Galloway nahm den Stuhl, und ich schaute ihm über die Schulter, während er den Internet-Browser aufrief und sich im FBPD-Server einloggte.

„Ich wusste nicht, dass du das kannst", meinte ich.

„Das kann man auch nicht. Normalerweise zumindest. Aber ich wusste, dass Bens Computer einen Token hat, der den Fernzugriff ermöglicht. Ich hatte so eine Ahnung, dass die IT-Leute der FBPD nie dazu gekommen sind, ihn zu widerrufen." Er begann zu tippen, die Finger flogen über die Tastatur. Ich war beeindruckt, dass er richtig tippen konnte und nicht nur mit dem Finger über den Tasten kreiste. Dann tauchte ein Foto von Lee Noble auf dem Bildschirm auf. Ein Fahndungsfoto. Er sah böse aus, seine Augen blickten finster in die Kamera.

„Wonach suchst du?"

„Nach bekannten Partnern."

„Warum?"

„Du hast es selbst gesagt. Ashley Baker hat dich vielleicht engagiert, um keinen Verdacht zu erregen. Ihre Schwester sitzt im Gefängnis. Du hast sie beim Mittagessen mit Lee gestört, der ging, als du kamst. Und es war Ashley, die dir erzählt hat, dass der Freund ihrer Schwester früher mit Lee zusammengearbeitet hat."

„Du denkst, sie lenkt von sich ab und gibt uns bewusst falsche Hinweise?"

„Vielleicht. Vielleicht auch nicht." Er blätterte gerade durch Lees Vorstrafenregister, als er innehielt. „Sieh mal einer an. Rhys Parker."

„Angeblich hat Rhys Skye erzählt, sie hätten bei diesem Radiowettbewerb einen Urlaub auf den Bahamas gewonnen. Skye wurde verhaftet, als die Zollbeamten im Futter ihres Koffers Drogen fanden. Ashley glaubt, dass Rhys sie reingelegt und als Drogenkurier benutzt hat. Als Rhys nach dem Verhör entlassen wurde und nach Hause zurückflog, wurde er von Lee am Flughafen abgeholt. Laut Ashley behauptet Lee allerdings, er habe das nur als Gefallen für einen Kollegen getan", erzählte ich ihm.

„Nun, hier steht etwas anderes. Rhys Parker und Lee Noble wurden beide wegen Besitz von Betäubungsmitteln verhaftet. Kokain. Beide saßen vor acht Jahren ein Jahr lang im Gefängnis."

„Sie kannten sich also. Und sie waren mehr als Arbeitskollegen.“

„Genau.“

„Glaubst du, Lee könnte Myra getötet haben? Ich verstehe nicht, was er für ein Motiv haben sollte. Laut Ashley wollte er ihr einen Heiratsantrag machen.“

„Vielleicht hat er das getan und sie hat Nein gesagt?“

„Sie hätte nicht Nein gesagt. Ashley sagte, dass Myra ihr ganz aufgeregt erzählt habe, dass große Veränderungen bevorstehen und dass sie nur darauf warte, dass Lee sie fragte.“

Galloway schwieg einen Moment lang und trommelte mit den Fingern auf dem Schreibtisch. „Was, wenn die großen Veränderungen kein Heiratsantrag waren? Wir wissen, dass Myra eine Betrügerin war, eine Gaunerin. Und Lee ist vorbestraft.“

Ich hielt mir eine Hand vor den Mund und zog die Finger langsam weg, als mir die Erkenntnis dämmerte. „Der Banküberfall! Was, wenn sie hinter dem Banküberfall stecken?“

Galloway nickte. „Das ist eine Möglichkeit. Lee arbeitet bei den Docks. Der Lieferwagen verschwand an den Docks. Und auf dich wurde an den Docks geschossen. Und heute schnüffelst du herum und dann wird deine Wohnung verwüstet.“

„Glaubst du, es war Lee?“ Aber ich runzelte die Stirn, als ich mich an den Eindringling erinnerte, der mich aus dem Weg gestoßen hatte. Lee hatte nach Zigarettenrauch gestunken, der Eindringling nicht. Lee war ziemlich groß, der Eindringling eher klein. Ich erzählte Galloway von meinen Beobachtungen.

„Er hätte auch jemand anderen schicken können. An dem Raubüberfall waren zwei weitere Männer beteiligt. Und dann gibt es noch den Fahrer des Fluchtwagens", erinnerte er mich.

In meinem Kopf leuchtete eine Glühbirne auf und ich schnippte mit den Fingern. „Was, wenn Myra den Fluchtwagen gefahren hat? Und, und", fuhr ich aufgeregt fort, „Jacob war der Insider. Sie mussten einen Insider gehabt haben, denn wie hätten sie sonst von der großen Geldlieferung gewusst, die anstand."

„Wir müssen tatsächlich unbedingt mit Jacob Henry sprechen", sagte Galloway, schob den Stuhl zurück und stand auf.

„Jetzt?" Ich war überrascht, es war schon nach neunzehn Uhr. Musste er nicht irgendwann einmal Feierabend machen oder so?

„Was du heute kannst besorgen, das verschiebe nicht auf morgen." Er war schon halb aus der Tür, als er plötzlich stehen blieb und sich zu mir umdrehte. Damit hatte ich nicht gerechnet, also stieß ich mit ihm zusammen und prallte gegen seine Brust. Er fing mich auf, bevor ich mit dem Hintern auf dem Boden landete. „Sorry", sagte er und vergewisserte sich, dass ich sicher auf meinen Füßen stand, bevor er mich losließ. „Ich hätte das überprüfen sollen."

„Was?"

„Ob du der Sache gewachsen bist. Oder ob du nicht zu müde bist."

Seine Rücksichtnahme überraschte mich. Heute war ein langer Tag gewesen und ich war völlig erschöpft. „Mir geht es gut", log ich mit einem strahlenden Lächeln.

Er nickte, drehte sich auf dem Absatz um und murmelte leise: „Als ob du mir sagen würdest, wenn es anders wäre."

Ich hätte fast gelacht. So langsam kannte Galloway mich ein bisschen zu gut.

KAPITEL ACHTZEHN

Als Jacob die Tür öffnete und mich mit Galloway dort stehen sah, dachte ich, er würde in Ohnmacht fallen. Alle Farbe wich aus seinem Gesicht und er klammerte sich an den Türrahmen, um sich aufrecht zu halten.

„Dürfen wir reinkommen?", fragte Galloway und zeigte seinen Ausweis.

„Natürlich", krächzte Jacob, ließ den Türrahmen los und taumelte zum Sofa, wo er sich fallen ließ, als würden seine Beine keine Sekunde länger durchhalten.

„Sind Sie hier, um mich zu verhaften?", fragte er mit hängendem Kopf. Er klang besiegt.

„Muss ich das?", fragte Galloway und nickte mir zu, dass ich mich setzen sollte. Vorsichtig bewegte ich mich hinter das Sofa und setzte mich auf denselben Sessel, auf dem ich früher am Tag gesessen hatte. Jacob hatte etwas an sich, das mir Unbehagen bereitete.

„Ich habe die Tarotkarten genommen. Aus dem

Nether & Void." Er wandte seinen Blick zu mir. „Sie haben es ihm gesagt, richtig?"

„Ja, das habe ich", bestätigte ich nickend.

„Darüber müssen wir reden, ja", meinte Galloway. „Aber zuerst möchte ich etwas über Ihre Beziehung zu Myra Hansen erfahren."

„Beziehung?" Er zuckte vor Überraschung zusammen. „Ich habe keine *Beziehung* mit ihr. Sie ist meine Hellseherin."

„Ich meinte keine romantische Liaison", klärte Galloway ihn auf. „Ich möchte wissen, worüber Sie beide gesprochen haben."

Röte überzog Jacobs Wangen. „Das habe ich ihr schon gesagt." Er nickte in meine Richtung. „Myra hat mir geholfen, meine Frau zurückzubekommen."

„Abgesehen vom Kartenlegen", widersprach Galloway. „Sie wissen schon, allgemeines Geplauder. Wenn man hereinkommt, sich hinsetzt und sie fragt, wie es einem geht. So etwas in der Art. Worüber haben Sie gesprochen?"

Jacob sah erst verwirrt aus, dann besorgt. Er machte das Gesicht, das Ben oft machte – dieses Gesicht, das aussah, als hätte er Verstopfung und müsste sich wirklich dringend erleichtern.

„Oh mein Gott", flüsterte er und vergrub sein Gesicht in seinen Händen.

Jetzt war es an mir, Galloway verwirrt anzusehen.

„Jacob? Haben Sie Myra Informationen über die Bank gegeben?"

Die Sekunden verstrichen. Das einzige Geräusch war Jacobs schweres Atmen, dann hob er den Kopf von seinen

Händen, seine Augen waren glasig von unvergossenen Tränen. „Ich glaube, das habe ich vielleicht", flüsterte er.

„Erzählen Sie", befahl Galloway.

„Das war keine Absicht", beeilte Jacob sich, uns zu versichern. „Sie hatte eine Art, einen dazu zu bringen, sich zu öffnen, ihr Dinge zu erzählen, die man normalerweise nicht erzählen würde. Und sie fragte mich, wie es bei der Arbeit läuft, was meine Karriereziele sind und so weiter."

Galloway und ich sahen uns kurz an. Er hatte mir gesagt, dass sie gut war, was hiermit bestätigt wurde. Ich konnte mir gut vorstellen, wie sie ihre Kunden mit der Zeit dazu brachte, alle ihre Geheimnisse zu verraten.

„Nach dem Überfall hat die Polizei alle befragt und wollte von uns – den Mitarbeitern – wissen, ob wir jemandem von der geplanten Lieferung erzählt hätten. Ich sagte nein, weil ich nicht glaubte, dass ich es getan hatte, aber als ich später darüber nachdachte, wurde mir klar, dass ich es Myra gegenüber vielleicht erwähnt hatte. Aber es war nur eine beiläufige Bemerkung über einen anstrengenden Arbeitstag, weil die Lieferung bevorstand. Ich wollte Myra bei unserer nächsten Sitzung danach fragen, weil ich mir nicht hundertprozentig sicher war, ob ich das erwähnt hatte." Er streckte Galloway beide Handgelenke entgegen. „Na los. Nehmen Sie mich fest. Das ist alles meine Schuld."

„Ich werde Sie nicht festnehmen", meinte Galloway. „Aber Sie müssen zu einer offiziellen Befragung aufs Revier kommen. Und wir müssen uns noch darüber unterhalten, dass Sie Beweise von einem Tatort gestohlen haben."

Jacob ließ die Arme fallen. „Richtig. Ja. Okay." Dann

schaute er auf seine Kleidung hinunter, die tadellos gebügelt war. „Kann ich mich zuerst umziehen?"

„Na los."

Als er den Raum verlassen hatte, beugte ich mich zu Galloway und fragte: „Wirst du ihm sagen, dass sie eine Betrügerin war? Dass alles, was sie ihm erzählt hat, ein Haufen Blödsinn war?"

Er legte den Kopf schief. „Ja. Ich werde ihn auf dem Revier informieren. Mein Bauchgefühl sagt mir, dass er nicht direkt involviert ist. Myra hat ihn benutzt. Sie könnte ihn absichtlich als Informationsquelle für die Bank ins Visier genommen haben, oder es könnte Zufall sein, aber als sie von seiner Verbindung zur Bank erfuhr, würde ich sagen, sie hat schnell einen Plan ausgeheckt, um diese Verbindung zu nutzen."

„Das werden wir wohl nie erfahren", meinte ich seufzend.

„Oh, wir werden es herausfinden. Da wir jetzt wissen, wonach wir suchen, werde ich Collier oder Walsh, wer auch immer heute Abend Dienst hat, bitten, in ihren Unterlagen nach Jacobs Akte zu suchen. Sie wird eine für ihn angelegt und darin alles schwarz auf weiß festgehalten haben. Zu unserem Glück führte Myra detaillierte Aufzeichnungen über ihre Opfer, einschließlich ihrer Absichten und Pläne, wie sie sie entweder erpressen oder dazu bringen würde, ihr Geld für vermeintliche Investitionen zu geben. Sie wird einen Plan für Jacob gehabt haben."

„Aber sie hat eindeutig nicht allein gearbeitet. Denn die Männer, die die Bank überfallen haben, waren, nun ja, sie waren Männer. Keiner von ihnen war eine Frau. Womit wir wieder bei dem Fluchtwagenfahrer wären. Glaubst du, es war Myra?"

„Eine Sache bei Raubüberfällen ist, dass, je mehr Leute beteiligt sind, desto kleiner ist der Anteil an der Beute."

„Wenn Myra also die Drahtzieherin war – und davon gehen wir aus –, würde die Beute zwischen ihr, den drei Männern, die die Bank überfallen haben, und dem Fahrer aufgeteilt. Aber wenn sie die Fahrerin war, dann mussten sie nur durch vier statt durch fünf teilen."

„Genau."

„Das würde bedeuten ..." Ich kaute auf meiner Lippe, während ich das Szenario des Banküberfalls in meinem Kopf durchspielte. „Wer weiß, ob nicht einer der Räuber Myra wegen ihres Anteils getötet hat? Vielleicht waren sie sauer, dass sie den versprochenen großen Jackpot nicht bekommen hatten? Anstatt die Beute unter vier Personen aufzuteilen, schalteten sie einen aus, damit sie nur noch unter drei Personen teilen mussten."

„Wäre nicht das erste Mal, dass so etwas passiert."

„Ich bin fertig", unterbrach Jacob uns, der nun statt seiner tadellosen Freizeitkleidung einen Anzug trug. Seine frühere Blässe war verschwunden und er hielt sich für selbstbewusst und nicht mehr für den schüchternen, ängstlichen jungen Mann, der er noch vor wenigen Minuten gewesen war. Galloways Bauchgefühl mochte ihm sagen, dass Jacob unschuldig war, aber mein Bauchgefühl war nicht so sehr davon überzeugt.

„Wow. Ein Anzug." Galloway musterte ihn von oben bis unten. „Gut, gehen wir."

Galloway hatte mich im Beobachtungsraum platziert, wo ich das Gespräch mit Jacob auf einem Monitor verfolgen konnte. Bislang hatten wir nichts Neues erfahren, sondern nur die Bestätigung dessen, was Jacob uns bereits gesagt hatte. Ich war auf der Suche nach einem Kaffee und hatte den Automaten auf dem Gang im Visier, als ein Tumult am Empfangstresen meine Aufmerksamkeit erregte. Als ich den Kopf um die Ecke steckte, sah ich eine junge blonde Frau am Schalter, die ihren Mann sprechen wollte.

„Emily?", vermutete ich und ging auf sie zu.

Sie fuhr herum. „Ja? Haben Sie Jacob? Dieser Trottel will mich nicht zu ihm lassen. Ich verlange, ihn zu sehen. Jetzt." Sie stampfte mit dem Fuß auf, um ihre Aussage zu unterstreichen. Als ob das funktionieren würde.

„Hi, Emily, ich bin Audrey, kommen Sie und setzen Sie sich." Ich legte ihr eine Hand auf den Rücken und führte sie zu den Stühlen an der einen Wand. Ich warf dem Beamten hinter dem Schalter einen Blick zu und hoffte, dass er ihn richtig verstand. Er nickte, was hoffentlich bedeutete, dass er Galloway die Nachricht übermitteln würde, dass Jacobs' Noch-Ehefrau aufgetaucht war.

„Wo ist er?", wollte sie wissen. Ihre Erregung war offensichtlich. Ich legte ihr, wie ich hoffte, eine beruhigende Hand auf den Arm. „Er beantwortet gerade ein paar Fragen."

„Worüber? Über diese dumme Hellseherin, die er getroffen hat? Das ist alles ihre Schuld." Sie schniefte.

„Moment mal. Hat er sich schon mit Myra getroffen, bevor Sie sich getrennt haben?"

Sie nickte. „Er fing an, sich mit ihr zu treffen, als ich nicht sofort schwanger wurde."

Ich blinzelte überrascht. „Okay, Emily, erzählen Sie mir alles. Von Anfang an."

Sie sackte zurück auf den harten Plastikstuhl. „Sehen Sie, Jacob kann ein ziemlich schwieriger Mensch sein. Das wusste ich von Anfang an. Er ist unglaublich besitzergreifend und möchte, dass alles nach Plan läuft. Wenn die Dinge aus dem Ruder laufen, ist er …" Sie hielt inne und schaute zur Decke hinauf. „Das ist wie bei jemandem mit einer Zwangsstörung, der dreimal überprüfen muss, ob die Tür verschlossen ist."

„Leidet er an einer Zwangsstörung?" Ich erinnerte mich, dass Ben sagte, er glaube nicht, dass dies der Fall sei. Emily schüttelte den Kopf. „Nein. Aber wir hatten einen Termin, um jemanden wegen seiner geistigen Gesundheit aufzusuchen. Und dann kam Myra ins Spiel."

Sie drehte den Kopf und sah mich an. „Ich liebe meinen Mann. Das tue ich wirklich. Trotz all der Gerüchte und Klatschgeschichten, dass ich ihn nur geheiratet habe, weil ich eine große, schicke Hochzeit wollte."

„Warum haben Sie ihn dann verlassen?"

„Wegen Myra. Sie hat Jacob zu irgendetwas angestiftet. Sie hat ihn dazu gebracht, Dinge zu tun, die er ohne ihre Vorschläge sicher nicht getan hätte."

„Welche zum Beispiel?"

„Wir hatten einen Plan, mit dem ich absolut einverstanden war. Wir waren auf dem besten Weg, uns eine eigene Wohnung zu kaufen, hatten eine schöne Anzahlung angespart und waren uns einig, dass wir bald unser erstes Baby bekommen wollten und daher genug Platz in der Wohnung sein musste. Bevor wir unser zweites Kind bekämen, wollten wir aber in einem Haus leben. Wir wussten beide, dass man nicht unbedingt beim ersten Versuch schwanger wird, aber als ich meine Periode bekam, brauchte Jacob … Antworten. Ich weigerte mich jedoch, zum Arzt zu gehen und unnötige Fruchtbarkeitstests durchführen zu lassen, weil wir erst seit Kurzem versuchten, ein Kind zu bekommen. Aber er konnte das nicht auf sich beruhen lassen. Dann hat er sie gefunden. Eine verdammte Hellseherin! Und ehe wir uns versahen, brauchte er unser ganzes Hausgeld auf, um sie zu bezahlen! Und sie verriet ihm sämtliche Empfängnisgeheimnisse. Völliger Blödsinn, und es überraschte mich, dass so ein intelligenter Mann wie er sie nicht durchschaute. Ich musste zum Beispiel auf der linken Seite des Bettes schlafen. Die Farbe Lila tragen. Das Glas beim Trinken in der linken Hand halten. Dann wurde alles noch viel schlimmer. Er plante meine Mahlzeiten, überwachte was ich aß, wo ich hinging, wen ich traf. Er rief mich ständig an oder schickte mir Nachrichten. Ich musste mein Telefon während der Arbeit ausschalten, weil ich ständig unterbrochen wurde. Er drang in jeden wachen Moment meines Lebens ein. Also habe ich ihn verlassen. Ich kehrte für eine Weile zu meinen Eltern zurück, damit er wieder zu sich kam."

„Wann war das? Wie lange hat er sich mit ihr getroffen, bevor Sie ihn verlassen haben?"

„Etwa einen Monat."

Ich dachte darüber nach, was sie mir gesagt hatte. Jacob hatte sich schon mit Myra getroffen, bevor seine Frau ihn verlassen hatte. Hatte sie damals gewusst, dass sie ihn benutzen konnte? Dass er für sie von Nutzen sein könnte?

„Haben Sie die Hellseherin jemals mit ihm zusammen aufgesucht? Zu einer Art Paarsitzung?"

„Pah. Nein. Bei unserem letzten Streit, bevor ich ging, verlangte ich, dass er sich nicht mehr mit ihr traf, dass es entweder sie oder mich gab. Und er sagte, er würde sich nicht entscheiden, Myra gebe ihm Orientierung und einen Weg. Einen Plan. Und seine Persönlichkeit verlangt, dass er immer einen Plan hat. Er braucht Struktur. Deshalb wollte ich, dass er einen Psychiater aufsucht. Denn ich weiß, dass sein Gehirn anders funktioniert als das der meisten Menschen, und wir mussten etwas tun, damit es für uns beide funktioniert. Myra überzeugte ihn jedoch davon, dass er diesen Termin nicht brauchte."

„Ist er gewalttätig? Hat er Ihnen jemals wehgetan?"

Emilys Augen weiteten sich. „Niemals! Jacob könnte keiner Fliege etwas zuleide tun. Im Ernst. Er fängt sie und lässt sie vor der Tür wieder frei. Jacob wird nicht wütend, er wird … heftig. Deshalb erinnert mich sein Verhalten in gewisser Weise an eine Zwangsstörung. Anstatt wütend zu werden, fängt er an, wie besessen zu putzen oder die Speisekammer oder den Schrank umzuräumen."

„Emily?" Jacob und Galloway erschienen. Emily sprang auf und stürzte in die Arme ihres Mannes. „Baby! Bist du okay?"

Er schlang die Arme um sie und vergrub sein Gesicht in ihrem Haar. „Ich habe dich so vermisst", flüsterte er.

Ich ging zu Galloway. „Ähm. Woher wusste sie, dass er hier ist?"

„Ich habe ihn einen Anruf machen lassen. Er war überzeugt, dass man ihn verhaftet hatte."

„Aber das ist er nicht, oder?"

Galloway schüttelte den Kopf. „Jacob ist ein weiteres Opfer von Myra. Während ich ihn befragte, ging Walsh die Daten durch, die die Kriminaltechnik zuvor ausgegraben hatte, und fand die Datei über Jacob. Natürlich unter einem Decknamen. Aber sie hatte ihn schon beim ersten Besuch durchschaut und ihr Plan war ziemlich böse. Sie trieb einen Keil zwischen Jacob und seine Frau, weil sie wusste, dass Jacob keinen Grund mehr haben würde, sie aufzusuchen, sobald Emily schwanger war. Sie musste ihm aber einen Grund geben. Also sorgte sie dafür, dass die Ehefrau verschwand. Dann würde Jacobs obsessive Natur ihn dazu bringen, dass er sie aufsuchte, damit sie ihm half, seine Frau zurückzubekommen, denn es gab eine Sache an ihm, von der sie wusste, mit der sie ihn in ihrem Bann halten konnte. Seine Liebe zu seiner Frau."

„Das war so berechnend. Und gemein." Ich erschauderte. Dann kam mir ein Gedanke in den Sinn. „Du glaubst doch nicht, dass Emily ..." Ich brach ab.

„Ich könnte es ihr zwar nicht verdenken, wenn sie Myra getötet hätte, aber es war nicht Emily. Sie hat ein Alibi. Sie hatte ein Vorstellungsgespräch in der Stadt."

„Will sie umziehen?" Ich drehte mich um und sah das junge Paar an, das sich gerade in den Armen lag.

„Vielleicht war es zu schmerzhaft für sie, zu bleiben?", schlug Galloway vor.

„Vielleicht." Doch als ich mir die beiden so ansah, konnte ich mir ein Lächeln nicht verkneifen. Nach all den rührenden und albernen Ausdrücken zu urteilen, versöhnten Emily und Jacob sich gerade. Wenigstens war etwas Gutes aus dieser ganzen traurigen Situation entstanden.

KAPITEL NEUNZEHN

Officer Walsh hielt Galloway kurz auf, bevor wir endlich gehen konnten. Ich wartete gefühlte hundert Stunden auf dem harten Plastikstuhl im Foyer und die erbärmliche Ausrede, die sie als Kaffee im Automaten bezeichneten, trug nicht dazu bei, mich wach zu halten. Ich war wohl kurz eingenickt, das Kinn auf die Brust gestützt, während sich auf meinem T-Shirt langsam eine kleine Sabberlache bildete, als zwei warme Hände auf meinen Knien landeten. Ich schreckte auf und stieß mit dem Kopf gegen Galloways, der vor mir hockte.

„Aua." Ich rieb mir die Stirn und blinzelte ihn an.

„Das weckt Erinnerungen." Auch auf seiner Stirn prangte ein roter Fleck. „Einfach nicht bewegen, okay? Als wir das letzte Mal so aneinandergeraten sind, hast du mich fast komplett ausgeknockt."

„Von wegen." Doch es stimmte. Ich erinnerte mich an unsere erste Begegnung, wie er mich gerettet hatte, als ich über den Bordstein gestolpert und vor einen entgegenkommenden Bus gestürzt war. Er hatte mich aus der Gefahrenzone gezogen, aber ich hatte mich umgedreht und wir waren nicht mit den Köpfen zusammengestoßen, sondern ich hatte ihm versehentlich zwischen die Beine getreten.

Ich gähnte. „Wie spät ist es?"

„Erst kurz nach zehn Uhr. Tut mir leid, dass du warten musstest."

„Schon okay." Ich gähnte erneut. Mein Gott, war ich müde. „Bist du denn jetzt fertig?" Wir waren mit Galloways Auto gekommen, weshalb ich auf dem Revier festsaß, bis er abfahrbereit war. Was hoffentlich jetzt war. Doch dann sah ich seinen reumütigen Gesichtsausdruck und mir wurde schwer ums Herz.

„Ich werde Officer Walsh bitten, dich nach Hause zu bringen", bot er an.

„Sag nicht, es ist etwas dazwischen gekommen."

Er ließ die Schultern hängen. „Es tut mir leid."

„Das muss es nicht." Ich tätschelte sein Knie. „Das Verbrechen schläft nie, richtig?" Das hatte Ben auch immer gesagt und ich nahm an, dass es so ein typischer Polizistenspruch sei. Außerdem stimmte er. Ich warf einen Blick über Galloways Schulter auf Officer Noah Walsh, der sich näherte. „Können wir, Audrey?", fragte er.

Ich tröstete mich mit der Tatsache, dass Officer Walsh ein netter Kerl war, was Galloway vermutlich genauso sah, sonst hätte er nicht dafür gesorgt, dass er mich fuhr.

„Jepp." Ich versuchte, ein weiteres Gähnen zu unterdrücken, und meine Augen tränten aus Protest.

Galloway stand auf, reichte mir die Hand und half mir auf die Beine. Ich konnte praktisch hören, wie meine Knochen knackten und knarrten und sich gegen jede

Bewegung wehrten. Dann fiel mir etwas Wichtiges wieder ein. Ich war nun offiziell in Bens Haus eingezogen. Und das Hauptbadezimmer hatte eine Badewanne! Mit wachsender Begeisterung stellte ich mir ein heißes, dampfendes Bad in meiner unmittelbaren Zukunft vor.

Galloway beugte sich vor und drückte mir einen Kuss auf die Wange, was mich sehr überraschte. Seine Lippen brannten eine heiße Spur von meiner Wange zum Ohr, in das er flüsterte: „Vergiss nicht, die Alarmanlage einzustellen."

Das waren nicht die erotischsten Worte, die mir je ins Ohr geflüstert wurden, aber sein heißer Atem, der über meine Haut tanzte, ließ mich von Kopf bis Fuß kribbeln, und mein zuvor träger Körper war plötzlich völlig wach und aufmerksam.

„Okay", krächzte ich, dann räusperte ich mich. „Die Alarmanlage einstellen."

Ich folgte Officer Walsh durch die Tür zu seinem Streifenwagen und warf einen kurzen Blick über die Schulter zurück. Galloway stand dort, wo ich ihn zurückgelassen hatte, sah mir nach und hob die Hand zum Gruß. Ich lächelte, bevor Officer Walsh meine Aufmerksamkeit auf sich zog, indem er stehen blieb und ich direkt in ihn hineinlief.

„Autsch. Sorry." Ich taumelte zurück und konnte mich gerade noch auf den Beinen halten.

„Alles in Ordnung?", fragte er und hielt die Beifahrertür auf.

Mein Gott, ich war so abgelenkt gewesen, Galloway zu begaffen, dass ich gar nicht bemerkt hatte, dass wir den Streifenwagen erreicht hatten.

„Ja, tut mir leid. Das ist bei mir ein Berufsrisiko, fürchte ich." Ich schlüpfte hinein und schnallte mich an.

„Ich habe gehört, dass Sie in Ihrer Wohnung ein paar Probleme hatten", meinte Walsh, als er den Motor anließ und vom Parkplatz fuhr.

„Das kann man wohl sagen." Es war mir gelungen, die ganze traurige Angelegenheit zu verdrängen, aber nun kam mir alles wieder in den Sinn und ein Schauer lief mir über den Rücken. Wenigstens wäre ich in Bens Haus sicher, und ich hätte ihn und Thor, die auf mich aufpassten, ganz zu schweigen von der Alarmanlage.

„Detective Galloway hat mich gebeten, mich umzuschauen, wenn ich Sie abgesetzt habe, um sicherzustellen, dass alles in Ordnung ist."

„Oh. Okay. Danke."

„Das gehört zum Service."

Den Rest der Fahrt verbrachten wir schweigend, was für mich in Ordnung war. Als wir in der Einfahrt hielten, stellte Walsh den Motor ab und ging zur Haustür voraus, wobei er mir mit seiner Taschenlampe leuchtete, während ich den Schlüssel herausholte. Ich stieß die Tür auf, während Walsh mir im Nacken saß, und betätigte den Lichtschalter.

„Oh mein Gott!" Thor kam auf mich zu und schlängelte sich um meine Knöchel. „Wo bist du gewesen? Weißt du, wie spät es ist? Weißt du das? Hm?"

Walsh lachte. „Das freut sich aber jemand, Sie zu sehen."

Da ich Gefahr lief, über die gesprächige Katze zu stolpern, beugte ich mich hinunter und nahm Thor auf den Arm. „Er glaubt immer, er würde verhungern", antwortete ich. „Was natürlich nicht der Fall ist. Aber er lässt mich gern wissen, wenn der Stand in seinem Futternapf gefährlich gesunken ist."

„Du magst dich über mich lustig machen", säuselte Thor, während er mit dem Kopf an mein Kinn stieß, „aber es ist wahr."

„Nur weil du den Boden deiner Schüssel sehen kannst, heißt das noch nicht, dass du verhungerst."

„Da bin ich anderer Meinung."

Da ich wusste, dass eine Diskussion sinnlos war, und Officer Walsh bereits über unser Gespräch kicherte, gab ich auf und kratzte Thor hinter den Ohren, was zu einem lauteren Schnurren führte, begleitet von einer distinguierten Bewegung seiner Pfoten.

„Das gefällt ihm", kommentierte Walsh und streckte eine Hand aus, um über Thors Rücken zu streichen.

„Mögen Sie Katzen?", fragte ich und wies ihm den Weg in den Wohn- und Küchenbereich.

„Natürlich. Ich mag die meisten Tiere." Er ging zur Schiebetür, die zur Terrasse führte, und prüfte, ob sie verschlossen war. „Ich werde mich nur kurz umsehen und dann verschwinde ich wieder."

„Danke. Für das Taxi und … na ja … für alles."

„Das gehört zum Service", wiederholte er mit einem Kopfwackeln, während er den Flur zurückging, Türen öffnete und den Kopf hineinsteckte. Seufzend ließ ich Thor auf den Boden sinken und ordnete das Futter in seinem Napf zu einem kleinen Haufen. Er schob meine Hand zur Seite, schnurrte und aß zwei große Stücke, bevor er sich zurücklehnte und sich die Lippen leckte.

„Echt jetzt? Das war's? Du warst angeblich am

Verhungern und jetzt reichen zwei Stückchen Trockenfutter aus, um dich auf den Beinen zu halten?" Statt einer Antwort stolzierte er mit senkrecht aufgerichtetem Schwanz fort, sprang auf das Sofa und drehte sich dreimal im Kreis, bevor er sich für ein Nickerchen niederließ.

Ich hörte, wie Walsh durch das Obergeschoss ging, bevor seine Schritte auf der Treppe zu hören waren. Ich erwartete ihn am unteren Ende.

„Alles ist in Ordnung. Ich schau mich noch kurz draußen um und dann bin ich weg. Schließen Sie hinter mir ab, okay?"

„Wird gemacht." Ich stand in der offenen Tür und sah zu, wie er mit seiner Taschenlampe im Vorgarten zwischen Büschen und Sträuchern herumleuchtete, bevor er an der Hausseite entlangging. Er war gründlich, das musste ich ihm lassen, und ich hatte ihn heute Abend viel lieber hier als Mills. Mills hätte sicherlich weder das Haus noch den Garten überprüft, sondern hätte den Motor laufen lassen und wäre weggefahren, bevor ich die Haustür erreicht hatte.

Ich schloss die Tür, drehte den Schlüssel im Schloss um und lehnte die Stirn gegen das schwere Holz, wobei ich tief einatmete. Dann fiel es mir wieder ein. Das Bad! Voller Vorfreude eilte ich die Treppe hinauf, stürmte durch Bens Zimmer, wobei ich die Badezimmertür im Auge behielt und mich weigerte, zuzugeben, dass ich Bens persönlichen Bereich betrat. Ich versuchte, seinen Geruch nicht einzuatmen, während ich an seinem Bett regelrecht vorbei sprintete.

Auf der Schwelle hielt ich inne. Ich war noch nie in

Bens Badezimmer gewesen, hatte auch nie das Bedürfnis dazu verspürt. Nun musste ich zugeben, dass es sehr schön war. Männlich, aber nicht übermäßig maskulin. Eine Wand war mit dunkelgrauen Kacheln in einem dezenten Sechseckmuster gefliest, die übrigen drei Wände zierten dieselben Kacheln in Weiß. Es gab einen doppelten Waschtisch mit zwei großen runden Spiegeln über jedem Becken. Die Badewanne stand direkt gegenüber. Die Toilette war zwischen Wand und Waschtisch versteckt und am anderen Ende befand sich eine große Dusche. Ich meine, dieses Ding war riesig. Darin fanden bestimmt sechs Leute Platz. Der Duschkopf war so groß wie ein Frisbee und ich war hin- und hergerissen. Baden oder Duschen? Denn die Dusche sah unglaublich einladend aus.

Am Ende entschied ich mich für die Badewanne. Ich drehte den Wasserhahn auf, zog mich aus, warf Yogahose und T-Shirt in die Ecke und suchte im Waschtisch nach Badeprodukten. Ich konnte mein Glück kaum fassen, als ich eine kaum benutzte Flasche *Kai Bathing Bubbles* herauszog. Ich spritzte eine großzügige Portion in die Badewanne und sah zu, wie das Seifenblasen-Nirwana entstand.

Dampf kräuselte sich in der Luft und es duftete nach Gardenien. Ich beäugte die Flasche, bevor ich sie wieder in den Waschtischschrank stellte – sie musste einer von Bens Ex-Freundinnen gehören, denn ich konnte mir nicht vorstellen, dass er in einem nach Gardenien duftenden Schaumbad gebadet hätte. Aber er war nicht da, um ihn zu fragen. Er war auf der Suche nach dem entlaufenen Geist von Myra Hansen, was bedeutete, dass ich etwas – dringend benötigte – Zeit für mich allein hatte.

Ich betrachtete mich kritisch in einem der runden Spiegel und starrte auf meine geprellte Schulter und das, was ich von meinen Hüften sehen konnte. Ich war angeschlagen, aber ich stand noch. Das war sozusagen mein Motto. Wovon ich nicht beeindruckt war, waren die dunklen Schatten unter meinen Augen. Ich fuhr mit der Hand über den Spiegel, um den Dampf wegzuwischen, und schaute genauer hin. *Jepp, du siehst richtig mies aus, Fitz.*

„Ich muss mir unbedingt einen Abdeckstift kaufen", erklärte ich meinem Spiegelbild, das zustimmend nickte. Als ich mich wieder der Badewanne zuwandte, war ich überrascht, dass sie bereits halb voll war, wobei der riesige Wasserfallauslauf wahrscheinlich etwas mit der schnellen Füllung zu tun hatte. Ich ärgerte mich darüber, dass ich die ganze Zeit, in der Ben in diesem Haus gelebt hatte, nicht gewusst hatte, dass er im Obergeschoss ein so luxuriöses Badezimmer hatte. Ich hob ein Bein über den Rand und ließ mich vorsichtig hineinfallen. Ich seufzte selig, als das warme Wasser mich umspülte, während ich meinen Hintern in das sprudelnde Vergnügen senkte.

Ich lehnte mich zurück und ließ den Wasserhahn laufen, während ich an die Decke starrte. *Nicht einschlafen, nicht einschlafen,* sang ich in Gedanken. Vor allem nicht, solange der Wasserhahn lief. Das Letzte, was ich brauchte, war ein überflutetes Badezimmer. Während sich die Wanne um mich herum weiter füllte, dachte ich über Myras Fall nach. Ich war überzeugt, dass ihre Ermordung mit dem Banküberfall zusammenhing. Und ich war überzeugt, dass ihr Freund Lee in den Raub verwickelt war. Aber ich hatte keine Beweise, nur mein Bauchgefühl, und trotz der Fähigkeit, mit Geistern zu sprechen, hatte Myra nichts Brauchbares ausgespuckt und war jetzt verschwunden.

Meine Gedanken schweiften zum Einbruch zurück. War es Lee oder einer seiner Männer gewesen? Eine Erinnerung blitzte vor meinen Augen auf: die ganz in Schwarz gekleidete Gestalt, die davon eilte, während ich am Geländer baumelte. Sie war nicht übermäßig groß gewesen. Und hatte einen Bauch gehabt. Sie hatte nicht die große, schlanke Statur einer der am Banküberfall beteiligten Männer besessen. Ich runzelte die Stirn und drückte die Nasenspitze zwischen Daumen und Zeigefinger zusammen. Die Kleidung des Eindringlings sah seltsam sperrig aus, als hätte er sie über seine Alltagskleidung angezogen.

Ich schoss in der Badewanne hoch, das Wasser schwappte über. „Mills!" Ich drehte den Wasserhahn zu und schlug mir die Hände an die Wangen. Was, wenn der Eindringling Officer Mills gewesen war? Oh mein Gott, nun ergab alles Sinn. Er hatte offensichtlich etwas gegen mich und war mir den ganzen Tag gefolgt, wobei ich nicht wusste, was ich getan hatte, um diese Aufmerksamkeit zu rechtfertigen. Aber der Eindringling war ähnlich groß und gebaut gewesen, bis hin zum Bauch, der über seinem Gürtel hing. Und als ich den Einbruch gemeldet hatte, war er ziemlich schnell zur Stelle gewesen, was wiederum Sinn ergab, wenn er der Schuldige war. Er musste nur zu seinem Auto zurückkehren, die schwarze Jogginghose und den

Kapuzenpulli ausziehen und dann so tun, als wäre er gerade erst eingetroffen. Er hatte meine Sachen absichtlich ohne Handschuhe angefasst, damit er eine vernünftige Erklärung parat hätte, falls seine Fingerabdrücke oder DNA auftauchen sollten.

„Was für ein Stinktier." Widerwillig verließ ich mein Bad, wickelte mich in den Bademantel, der an der Rückseite der Tür hing, und ging nach unten zu meinem Telefon. Ich musste Galloway anrufen und ihm von meinem Verdacht gegen Mills erzählen. Ich stand gerade am Fuß der Treppe, als jemand an der Haustür rüttelte. Officer Walsh überprüfte scheinbar, ob ich tatsächlich hinter ihm abgesperrt hatte. Ich ging zur Tür und öffnete sie. „Oh gut, ich bin froh, dass Sie noch hier sind. Mir ist gerade etwas eingefallen …"

Ich brach entsetzt ab, als ich sah, wer vor meiner Tür stand.

KAPITEL ZWANZIG

Ich umklammerte die Aufschläge des Bademantels und musterte Lee Noble von oben bis unten. Gekleidet in dunkle Jeans und dieselbe schwarze Lederjacke, in der ich ihn zuvor gesehen hatte, fügte er sich perfekt in die Nacht ein.

„Oh, Entschuldigung. Ich dachte, Sie wären jemand anderes." Ich trat ein wenig zurück, um die Tür zwischen uns zu bringen.

„Ja? Wer denn? Dieser Polizist? Der ist schon lange weg." Lee stieß die Tür mit aller Kraft auf und ich taumelte zurück, als er sich den Weg ins Haus bahnte. Ich schloss die Augen zu einem Gebet. Galloway würde ziemlich wütend auf mich werden. Ich hatte nicht nur die Alarmanlage nicht eingeschaltet – zu meiner Verteidigung möchte ich sagen, dass ich darauf warten musste, dass Ben zurückkam, um mir zu zeigen, wie man das machte –, sondern hatte gerade die Haustür geöffnet, ohne zu wissen, wer auf der anderen Seite stand. Ich würde deswegen einige Privatdetektiv-Punkte verlieren, das wusste ich einfach.

„Oh, kommen Sie ruhig rein", fauchte ich, schlug die Tür zu und folgte ihm. „Was kann ich für Sie tun, Lee?"

„Geben Sie den Fall ab." Er stand neben dem Esstisch, die Hände in die Hüften gestemmt, und sah sich um. „Nettes Häuschen", fügte er hinzu.

„Den Fall abgeben?", wiederholte ich. „Sie wollen nicht, dass ich herausfinde, wer Myra getötet hat? Ihre Freundin."

„Sie stecken Ihre Nase in Angelegenheiten, die Sie nichts angehen. Und Sie wissen doch, was mit kleinen Mädchen passiert, die ihre Nasen überall hineinstecken, oder?" Er knackte mit den Fingerknöcheln und machte einen bedrohlichen Schritt auf mich zu. Sein Einschüchterungsversuch war ziemlich beeindruckend und ich war versucht, einen Schritt zurückzugehen, aber dann hätte ich sein Spiel mitgespielt, mich auf seine Taktik eingelassen, und das war einfach nicht meine Art.

„Ja, sie lösen den Fall!", antwortete ich grinsend.

Er hielt verblüfft inne, dann verfinsterte sich sein Gesicht. Thor, der bis jetzt auf dem Sofa geschlafen hatte, hob den Kopf. „Mein Gott, da hat wohl jemand zu viele Gangsterfilme gesehen." Er streckte sich und setzte sich schließlich.   „Sind   wir   möglicherweise   in Schwierigkeiten?"

Ich drehte den Kopf ein wenig und nickte Thor unmerklich zu. Ich erschlaffte fast vor Erleichterung, als sich die Nackenhaare auf seinem Rücken aufstellten. „Sehr wohl." Sein britischer Akzent wurde offensichtlich unter Stress stärker. „Möchtest du, dass ich jemanden anrufe? Wie beim letzten Mal?"

„Gute Idee", murmelte ich mit unbeweglichem Mund.

„Was?" Lee legte eine Hand um sein Ohr. „Haben Sie etwas gesagt? Ich frag ja nur, kleine Lady, weil die Worte, die gerade aus Ihrem Mund kommen, alles andere als Musik in meinen Ohren sind."

Als ob mich das interessieren würde. Sexistisches Schwein. Seine dämlichen *kleines Mädchen* und *kleine Lady*-Kommentare gingen mir auf die Nerven, ganz zu schweigen davon, dass er die schiere Körpergröße eines Mannes im Vergleich zu einer Frau als Einschüchterung nutzte. Das alte „Tu, was ich dir sage, oder ich werde dir wehtun." Ich fragte mich, ob Myra ein Opfer häuslicher Gewalt gewesen war. Ich hatte allerdings nicht lange Zeit, darüber nachzudenken, denn Lee war es wohl leid, dass ich sein Spielchen nicht mitspielen wollte. Er stürmte auf mich zu, und ich wusste, dass er davon ausging, dass ich mich entweder duckte oder davonlief. Stattdessen blieb ich genau dort, wo ich war.

Hatte ich Angst vor ihm? Natürlich, ich war ja nicht blöd. Aber ich wusste auch, wie ich mich verteidigen musste, und das letzte Mal, als ein Mann seine Faust gegen mich erhoben hatte, hatte er anschließend zusammengerollt auf dem Boden gelegen und seine Kronjuwelen bemitleidet. Grob, aber effektiv. Thor sprang vom Sofa auf und verschwand.

„Schlaue Katze", spottete Lee. „Wenigstens einer von euch hat ein bisschen Grips im Kopf." Dann stürzte er sich auf mich. Ich tauchte nach unten und wich der Faust aus, die auf mein Gesicht zielte, hakte einen Fuß hinter seinem Knöchel ein, verlagerte mein Gewicht und schwang herum, wobei ich mit dem anderen Fuß weit ausholte, als ich mich hinter ihn drehte.

„Was zum …?" Er wirbelte herum und suchte nach mir, nur das ich bereits auf ihn wartete, um ihm direkt die Faust ins Gesicht, oder noch wichtiger, ihm das Knie in sein bestes Stück zu rammen. Das knirschende Geräusch überraschte uns beide. Ich erstarrte, das Knie in seiner Leiste, den Blick auf sein Gesicht geheftet, während seine Augen sich weiteten, bevor er sie verdrehte. Er gab ein seltsames Geräusch von sich, rührte sich aber ansonsten nicht. Ich war mir nicht einmal sicher, ob er atmete.

Ich konnte Thor im Hintergrund reden hören, er miaute Gott weiß wen an, aber seit er den Trick mit dem Telefon gelernt hatte, rief er wahllos Leute an. In der Regel gelang es ihm, meinen letzten Anruf aufzurufen und mit der Pfote die Wahlwiederholungstaste zu drücken. Aber der Trick, den Ben ihm beigebracht hatte, hatte mir das Leben gerettet, sodass ich mich nicht darüber beschweren konnte, dass mein Kater mein Datenvolumen bis zum Äußersten in Anspruch nahm.

Auf einem Bein zu stehen, war keine Fähigkeit, die ich für längere Zeit aufrechterhalten konnte, also zog ich das Knie aus Lees Unterleib und trat gerade so weit zurück, dass ich nicht mehr in Schlagdistanz war, aber immer noch nahe genug, um ihm mit einem Satz eine weitere Kostprobe der Fitzgerald-Medizin zu geben, falls er irgendwelche plötzlichen Bewegungen machte.

Er tat es nicht. Er kippte einfach nur um, was nichts Anmutiges an sich hatte. Er fiel zur Seite und schlug krachend auf dem Boden auf, wobei sein Schädel so hart aufprallte, dass ich zusammenzuckte. Thor plauderte immer noch und ich warf ihm einen kurzen Blick zu. Er hatte mein Telefon aus meiner Tasche gezogen, die ich auf die Kommode im Flur geworfen hatte, und saß nun daneben, um demjenigen, der am anderen Ende war, genau zu berichten, was gerade passierte. Zumindest dachte ich das, doch als ich um Lee herumging und näher kam, hörte ich, was Thor tatsächlich sagte.

„Ich meine", er schnippte mit dem Schwanz, „ich glaube nicht, dass es zu viel verlangt ist, dass mein Napf immer voll ist, oder? Aber du hast recht, jetzt, wo sie endlich eingezogen ist, wird das wahrscheinlich kein Problem mehr sein. In Teilzeit hier zu leben funktionierte für mich einfach nicht mehr. Ich brauche eine Rund-um-die-Uhr-Betreuung."

„Thor!"

Er sprang überrascht auf, hüpfte in die Luft und landete anmutig auf dem Boden. „Alles erledigt?", fragte er und drehte den Kopf, um einen Blick auf Lee zu werfen, der sich noch immer nicht bewegte und auch keinen Laut von sich gab. Ich begann, mir Sorgen zu machen.

„Ich dachte, du rufst Hilfe." Ich nahm das Handy und hielt es an mein Ohr. „Hallo?"

„So sehr ich die Gespräche mit deinem Kater auch genieße", flötete Galloway mir ins Ohr, „du solltest deinen Bildschirm sperren, damit er dein Telefon nicht benutzen kann."

Ja, aber dann könnte er nicht um Hilfe rufen, wenn ich sie brauchte. Nicht, dass er dieses Mal eine so große Hilfe gewesen wäre, aber immerhin.

„Ja, klar." Ich ging mit dem Telefon am Ohr zurück ins

Wohnzimmer, um Lee im Auge zu behalten. „Erinnerst du dich, wie einmal ein Typ zu mir nach Hause kam und versuchte, mich zu schlagen, und ich ihm in die Eier trat?"

„Ja-a. Warum?"

„Das passiert scheinbar gerade wieder. Also, nicht scheinbar. Es ist schon wieder passiert."

Ganze drei Sekunden lang herrscht Stille. „Was soll ich nur mit dir machen?" Er seufzte.

„Nun, mich nicht zu verhaften, wäre ganz nett. Aber wenn du Lee Noble verhaften könntest, wäre das großartig."

„Es ist Noble? Das hättest du mir als Erstes sagen sollen!" Im Hintergrund setzte reges Treiben ein, als Galloway einige Befehle bellte. „Wir haben gerade einen Haftbefehl gegen ihn erlassen."

„Für den Mord an Myra?"

„Für den Banküberfall. Wir haben den Van gefunden."

„Wo?"

„In der Garage von Eli Duffy", antwortete Galloway. „Eli ist offensichtlich nicht der Hellste. Noble hatte ihm gesagt, er solle den Wagen verstecken. Das hat er getan. In seiner eigenen Garage. Oder besser gesagt, in der Garage seiner Mutter. Er wohnt noch zu Hause. Als sie ihn bat, den Sperrmüll zur Mülldeponie zu bringen, benutzte er den Lieferwagen. Eine Streife erkannte ihn und hielt ihn an, weil er keine Nummernschilder hatte."

„Wie schön", antwortete ich grinsend.

„Es wird noch besser."

„Ach ja?"

„Eli hat seinen Anteil an der Beute im Wagen

versteckt. Es war nicht viel – das wussten wir schon –, also hatte er es im Handschuhfach verstaut."

Ich schnaubte. „Clever."

„Ja, nicht? Jedenfalls ist er jung und dumm und hatte große Angst, als wir ihn verhafteten. Er hat sofort ausgepackt und alles auf Noble geschoben. Er meinte, dass das alles seine Idee war und er das Ganze arrangiert hat."

„Nun, er ist hier. Du musst ihn nur noch abholen", meinte ich.

In dem Moment begann Lee, sich zu rühren, und rollte sich zu einem Ball zusammen. Ich legte den Kopf schief und sah zu, wie er lang und laut stöhnte, bevor er sich auf Hände und Knie schob. „Ich glaube, er erholt sich langsam", sagte ich zu Galloway. „Je eher du also kommst, desto besser."

„Zwei Streifenwagen sind bereits unterwegs. Geh und schließ dich im Badezimmer ein."

Ich hielt das Telefon vom Ohr weg und sah es schockiert an. *Mich im Badezimmer einschließen? War er verrückt? Kannte er mich doch nicht so gut?*

„Pah." Ich legte auf, rief meine Diktiergerät-App auf und drückte auf die Aufnahmetaste.

„Hilfe ist unterwegs", sagte ich zu Lee. Er hob den Kopf, um mich wütend anzusehen, und kroch los, hielt dann aber mit einem schmerzhaften Zischen inne. Ich ging um ihn herum in die Küche, öffnete den Gefrierschrank und nahm die Tüte mit den gefrorenen Erbsen heraus, die ich für meine Schulter verwendet hatte. Ich warf sie ihm zu und er zuckte zusammen, als sie ihn an der Seite des Kopfes trafen. Ich hätte nicht besser zielen können, selbst wenn ich es versucht hätte.

„Probieren Sie die", meinte ich. „Könnte helfen."

„Schlampe." Er schnappte sich die Erbsen und schob sie sich in den Schritt. Wie ekelhaft. Die Erbsen würden später in den Müll fliegen.

„Sie waren es doch, der unten am Hafen auf mich geschossen hat, oder?"

„Schade, dass wir dich verfehlt haben", keifte er. „Das hätte uns den ganzen Ärger hier erspart."

„Oh, mir tut das überhaupt nicht leid." Ich grinste, ließ mich auf einen der Barhocker an der Kücheninsel plumpsen und legte mein Handy auf die Sitzbank. „Dieser Anblick", ich wedelte mit der Hand in seine Richtung, „ist unbezahlbar." Dann wurde ich ernst. „Aber wegen Ihnen habe ich das Auto meines besten Freundes zu Schrott gefahren. Das war nicht cool."

„Ich habe schon gehört, dass du einen *Unfall* hattest." Er grinste.

„Von wegen Unfall. Sie haben mich verfolgt. Haben auf mich geschossen. Sie haben versucht, mich zu töten." Es war ernüchternd, dies laut auszusprechen. Ich wünschte, Ben wäre hier, denn trotz all meines Mutes gegenüber Galloway war die Vorstellung, dass Lee Noble in mein Haus eingedrungen war und mich bedroht hatte, schlicht und ergreifend schrecklich.

„War Myra dabei?"

„Nicht bei den Docks."

„Aber vorher. Sie hat Ihren Fluchtwagen gefahren, nicht wahr?"

Lee sah mich schweigend an.

„Oh, keine Angst, Sie können es mir ruhig sagen. Die Polizei wollte Sie ohnehin verhaften. Ein Typ namens Eli hat ihnen alles erzählt." Ich konnte die Freude in meiner Stimme nicht zurückhalten.

„Dieser Verräter", knurrte Lee. „Das wird er büßen."

„Ich bin mir sicher, er hat den Cops schon gesagt, wer zu Ihrer kleinen Gang gehört. Sehen Sie es ein, Lee. Sie sind erledigt. Aber sagen Sie mir eines … Ashley Baker. Ist sie auch in diese Sache verwickelt? Schließlich haben Sie und Ihr Kumpel Rhys ihrer Schwester diesen Drogenschmuggel angehängt."

Lee schnaubte, dann umklammerte er mit einer Hand die Erbsen in seiner Hose und kam humpelnd auf die Beine, wobei er das Sofa als Hebel benutzte. Ich beobachtete ihn aufmerksam. Sollte er sich auf mich stürzen wollen, wäre ich darauf vorbereitet.

„Das war eine ziemliche Überraschung, Ash hier wiederzusehen", sagte Lee schließlich und atmete tief durch. Ich konnte sehen, wie ihm der Schweiß über die Stirn rann. Gut. Die Schmerzen waren immer noch sehr stark, was bedeutete, dass er sich nur langsam bewegen konnte. Ich war in Sicherheit … bis er eine Pistole aus dem Hosenbund zog und sie auf mich richtete.

KAPITEL EINUNDZWANZIG

„Verdammt", flüsterte ich. Mit einer Waffe hatte ich nicht gerechnet. Ich hatte auch nicht daran gedacht, bei ihm nach einer zu suchen. Ich würde noch mehr Privatdetektiv-Punkte verlieren. Langsam hob ich beide Hände.

„Wollen Sie mich jetzt erschießen, Lee?", fragte ich.

„Du hast es erfasst", stimmte er mir zu.

„Noch eine Sache, bevor Sie das tun."

„Was?"

„Myra. Ich kann nicht ins Grab gehen, ohne zu wissen …"

Er studierte mich, die Waffe auf mein Herz gerichtet, und überdachte offensichtlich seine Möglichkeiten. Er könnte abdrücken und meine Neugierde unbefriedigt lassen. Aber andererseits könnte er sich hämisch freuen und stolz auf den Mord sein, mit dem er davongekommen war. Denn ich war mir sicher, dass er sie getötet hatte, ich verstand nur nicht, warum. Und ich hatte keine Beweise. Ich hatte die ganze Zeit gedacht, dass es Jacob gewesen war, dass seine schrullige, obsessive Art der Auslöser für den Mord an Myra gewesen war.

„Okay, warum nicht?"

Ich blinzelte. Er war darauf hereingefallen. Auf meinen Trick, Zeit zu gewinnen. Hatte er mir nicht geglaubt, als ich sagte, die Polizei sei auf dem Weg? Vielleicht dachte er, er hätte genug Zeit, um sich hämisch zu freuen, mich zu töten und dann zu verschwinden? Aber von mir aus … ich würde sein Ego dem Tod vorziehen.

„Nur um das klarzustellen: Sie geben also zu, dass Sie Myra getötet haben?" Bitte noch einmal für die Aufnahme, Lee.

Die Hand, die die Waffe hielt, fuchtelte in der Luft herum, während er sprach, und ich konnte nur versuchen, mich nicht zu ducken. „Ja, das habe ich. Die dumme Kuh hat es nicht einmal kommen sehen."

„Nein, davon bin ich ausgegangen. Schließlich haben Sie sie hinterrücks ermordet."

Er kicherte. Er kicherte tatsächlich. „Der war gut."

Ich runzelte die Stirn. „Was?"

„Ich sagte, sie hat es nicht kommen sehen. Weil sie Hellseherin war." Oh, er lachte über seinen eigenen Witz! Was für eine erbärmliche Kreatur.

„Was ich nicht verstehe ist, warum? Waren Sie nicht ineinander verliebt und wollten heiraten?"

„Das gefällt dir, was? Das war ein kleiner Samen, den ich bei der jungen Ash gepflanzt habe. Trotz dessen, was mit ihrer Schwester passiert ist, ist sie so naiv."

„Ich kann Ihnen nicht wirklich folgen."

„Dann will ich es dir kurz erklären." Lee seufzte und

rückte die gefrorenen Erbsen zurecht. Ich weigerte mich, meinen Blick auf seinen Schritt zu senken, und hielt ihn auf sein Gesicht geheftet. „Myra und ich sind vom gleichen Schlag.“

„Diebe? Betrüger?“

Lee zuckte mit den Schultern: „Es ist völlig egal, welches Etikett du uns verpasst. Wir waren gleich, sie und ich. Immer am Nachdenken, immer am Intrigieren. Nur dass ich ihr einen Schritt voraus war.“

„Inwiefern?“

„Sie dachte, wir würden zusammenarbeiten.“ Er zuckte mit den Schultern.

Endlich fiel der Groschen. „Ohhhh. Sie wollten Sie abzocken? Wollten ihren Anteil an der Beute an sich reißen? Oder sie austricksen, damit sie Ihnen das Geld freiwillig gab. War das schon immer Ihr Plan gewesen? Sie zu töten?“

„Ich wusste, dass sie ein rachsüchtiges Miststück sein konnte, ich wollte kein Risiko mit ihr eingehen. Wir würden den Job erledigen, das Geld bekommen und die Stadt verlassen.“

„Die Stadt verlassen?“

Er schaute sich um, als ob er sich vergewissern wollte, dass wir nicht belauscht wurden. „Der Plan war, die Bank auszurauben, allen zu erzählen, dass ich einen neuen Job in La Tireno habe und dass Myra mit mir umziehen würde. Nur dass sie es nicht bis dorthin schaffen würde. Niemand würde sie vermissen. Jeder in Firefly Bay würde annehmen, dass sie bei mir wäre. Und in La Tireno hätte niemand mit ihr gerechnet. Sie wäre einfach verschwunden.“

„Aber ihr Geschäft? Ihre Kunden?"

„Ich kenne alle ihre Logins und habe jemanden, der sich um ihre Website kümmern wird. Ein netter kleiner Nebenverdienst."

„Und sie hat nichts davon gewusst? Dass Sie sie loswerden wollten?"

„Wie sollte sie? Sie war keine Hellseherin! Sie war einfach verdammt gut darin, die Körpersprache der Leute zu lesen. Und klug. Aber nicht klug genug für mich."

Oh, welch Ironie. Myra Hansen hatte ihre Kunden getäuscht und betrogen, um dann selbst von der Person, die ihr am Nächsten stand, betrogen zu werden. Ich fragte mich, ob sie es gewusst hatte, als sie tot aufgewacht war. Hatte sie herausgefunden, dass Lee sie getötet hatte? Und war sie deshalb so aufgebracht gewesen? Weil sie völlig ahnungslos gewesen war?

„Warum haben Sie Ihre Pläne geändert? Warum haben Sie sie im Nether & Void getötet? Ein Messer im Rücken kann man wohl kaum als Unfalltod darstellen. Sie hatten keine Chance, dass es unbemerkt bleiben würde."

„Ja." Er grinste verlegen. „Da ist wohl mein Temperament mit mir durchgegangen."

„Wegen des Geldes?"

„Wir sollten mehrere Hunderttausende bekommen. Was wir bekamen, war ein Almosen. Und dann haben wir es vermasselt. Wir konnten die Bank auf keinen Fall noch einmal überfallen. Aber Myra war absolut davon überzeugt, dass sie den Bankangestellten stärker in die Mangel nehmen könnte. Sie wollte einen Trojaner in seinen Laptop einschleusen, musste sich aber erst Zugang dazu verschaffen." Er schnaubte. „Ich habe ihr gesagt, dass der Typ nicht dumm ist und dass er eins und eins zusammenzählen würde, wenn die Polizei ihm Fragen stellte." Lee Noble hatte recht. Jacob hatte herausgefunden, dass er versehentlich geheime Informationen an Myra weitergegeben hatte.

„Also wurden Sie wütend … und haben sie getötet?"

„Wir haben uns gestritten. In ihrem Laden. Sie sagte, sie würde die Karten fragen, was sie tun sollte. Sie setzte sich an ihren Tisch und mischte die blöden Dinger, als könnte sie das wirklich!" Seine Stimme wurde lauter. „Und dann lag da dieses Messer, mit dem sie immer das Obst zerschnitt. Ich nahm es und stach auf sie ein." Dann richtete er seinen Blick auf mich, zusammen mit der Waffe. „Und jetzt bist du dran."

Ich hielt die Hände hoch. „Warten Sie!"

„Worauf denn noch?", seufzte er. „Ich muss hier wirklich raus und du hältst mich nur auf."

„Hierauf!" Thor krabbelte an Lees Rücken hinauf und krallte alle vier Pfoten in seinen kahlen Kopf.

„Aua!" Lee versuchte, Thor mit einer Hand loszuwerden, taumelte und stürzte herum, die Hand mit der Waffe fuchtelte wild. Ich stürzte mich auf die Pistole und betete im Stillen, dass sie nicht losgehen und mich versehentlich erschießen würde. Denn das wäre echt blöd.

„Halt dich fest, Thor", rief ich, griff mit beiden Händen nach Lees Handgelenk und versuchte, ihm die Waffe zu entreißen.

„Oh, keine Angst. Pass mal auf!" Thor klang, als hätte er mächtigen Spaß. Während wir zu dritt durch das Wohnzimmer taumelten, kratzte Thor Lee immer wieder und drehte sich dabei so, dass sein Hintern in Lees Gesicht hing.

„Wie stilvoll", schnaufte ich und bekam endlich die Waffe zu fassen.

„Polizei! Stehenbleiben!"

Ich sprang nach hinten, aus Lees Reichweite, und hob die Hände, die Waffe in der linken Hand. Officer Walsh zielte mit gezogener Waffe auf Lee, der immer noch versuchte, Thor zu verjagen. Der Polizist sah mich an. „Sind Sie okay?"

„Ja." Ich nickte. „Ich lege die hier einfach hin, okay?" Ich nickte in Richtung Waffe. Das Ding in meiner Hand machte mich nervös. Was, wenn ich aus Versehen jemanden erschoss, mich eingeschlossen?

Officer Walsh ging um Lee herum, ohne ihn aus den Augen zu lassen. „Ich übernehme das." Als er mir die Waffe aus der Hand nahm, heulte Thor plötzlich vor Schmerz auf.

„Tun Sie meiner Katze nichts!", schrie ich und stürzte mich auf Lee, der Thor einen Schlag in die Seite versetzt hatte. Oh, mein armes Kätzchen. Ich wollte gerade mein Knie heben, um ihm einen weiteren Schlag in seine Kronjuwelen zu verpassen, als Galloways Schrei uns alle aufschreckte.

„Verdammt noch mal, stehenbleiben!"

Wir taten es. Sogar Thor. Ganz langsam senkte ich mein Bein, bevor ich umkippte. „Kann ich meine Katze holen?", flüsterte ich.

„Kann sie bitte ihre Katze holen!", echote Lee.

„Genehmigt", sagte Galloway, als er mit gezogener Waffe in meinem Blickfeld erschien.

„Thor? Guter Junge, aber du kannst jetzt runterkommen. Komm her", überredete ich ihn.

„Bist du sicher? Denn ich bleibe gern hier und kratze noch ein bisschen an ihm herum. Es gibt da noch einige Stellen, die nicht bluten."

„Ein nettes Angebot, aber nein, wir sind fertig. Komm her, ich fang dich auf."

Thor zog seine Krallen ein und sprang in meine wartenden Arme. Ich kuschelte mich an ihn und strich mit einer Hand über sein Fell. „Geht es dir gut? Bist du verletzt?"

Thor kuschelte sich unter mein Kinn. „Er hat mich überrascht, das ist alles. Wer schlägt schon eine Katze? Mistkerl."

Lee stand da, beide Hände in der Luft, eine Packung Tiefkühlerbsen im Hosenbund und einer Glatze, die völlig zerkratzt war und stark blutete, und starrte uns völlig entgeistert an. „Reden sie … miteinander?"

Officer Walsh zückte seine Handschellen und fesselte Lees Hände auf dem Rücken. „Lee Noble, Sie sind verhaftet wegen bewaffnetem Raubüberfall."

„Und wegen Mord", warf ich ein. Ich nahm mein Handy von der Theke und stoppte die Aufnahme. „Hier ist alles drauf. Er hat zugegeben, Myra getötet zu haben."

„Du hast das aufgenommen? Du Schlampe!" Lee drehte und wendete sich im Griff von Officer Walsh und versuchte, sich auf mich zu stürzen.

Galloway steckte seine Waffe in den Halfter. „Schaffen Sie ihn hier raus."

„Ja, Sir!" Officer Walsh gab Lee einen Stoß und schob ihn in Richtung Eingangstür.

„Immer mit der Ruhe, Mann", stöhnte Lee. „Sie hat mir die Eier aufgerissen. Ich kann kaum stehen, geschweige denn laufen."

„Oh ja, er braucht vielleicht medizinische Hilfe", rief ich ihnen nach.

Galloway drehte sich zu mir um. Sein Mund stand offen, als wollte er etwas sagen, dann schloss er ihn langsam und sah mich nur an.

„Was?" Ach du meine Güte, hatte ich etwa Pizzasoße auf meiner Bluse? Ich meine, es würde mich nicht überraschen, aber ich war heute Abend beim Pizzaessen besonders wachsam gewesen. Ich sah nach. Nein, kein Soßenfleck. Weil ich keine Bluse anhatte. Ich hatte völlig vergessen, dass ich nur einen Bademantel trug. Galloways Augen verfinsterten sich zu einem stürmischen Grau, als er mich von oben bis unten musterte, bevor er mich wieder ansah. Die Hitze in ihnen war unübersehbar.

Ein antwortender Funke durchzog mich, erhitzte mich von oben bis unten und kroch in meinen Unterleib. Ich spürte die Röte in meinen Wangen. Galloway fühlte es auch, denn er hob eine Hand und ließ seine Handfläche über meine Wange gleiten, um mein Gesicht zu umschließen. Instinktiv schmiegte ich mich weiter an seine Berührung. Dieser Funke verwandelte sich bald in eine Flamme, und ich war mir ziemlich sicher, dass ich schmelzen würde, denn meine Beine waren nicht mehr in der Lage, mein Gewicht zu halten.

Als er sah, dass ich schwankte, schob Galloway die Hände unter meine Arme, hob mich auf die Kücheninsel und zog mich an sich. Meine Beine schlossen sich von selbst um die Rückseite seiner Oberschenkel. *Ich schwöre, sie haben einen eigenen Willen!*

Unsere Gesichter waren nur Zentimeter voneinander entfernt, sein Atem war heiß auf meinen Lippen, und er sah mir tief in die Augen. So tief, dass ich einer Ohnmacht nahe war. Und ich bin nicht der Typ, der schnell in Ohnmacht fiel, aber Captain Cowboy Hot Pants hatte wirklich eine verführerische Ausstrahlung.

„Als ich dich das erste Mal geküsst habe, bist du irgendwie ausgeflippt. Als ich dich das zweite Mal geküsst habe, wurden wir unterbrochen", sagte er mit einer Stimme, bei der mir die Knie weich wurden.

„Beim dritten Mal haben wir Glück", antwortete ich mit einer rauchigen und für meine Ohren ungewohnten Stimme.

„Und ich habe dir versprochen, dass ich warten kann."

Ich nickte. „Das hast du." Ich erinnerte mich an seine Worte nach unserem ersten Kuss.

„Und dass der nächste Schritt an dir liegt. Bis du bereit dazu bist."

„Richtig", murmelte ich. Warum redete er überhaupt? Warum küsste er mich nicht? Wir hatten meinen Ausraster hinter uns gelassen, nicht wahr?

„Du musst dir sicher sein, Audrey. Zu hundert Prozent. Denn dieses Mal wird es kein Zurück mehr geben", raunte er.

Ich war mehr als bereit. Viel mehr. Ich war so weit, dass ich ihm am liebsten die Kleider vom Leib reißen und mich mit ihm hier auf dem Tresen vergnügen wollte. Und dann fiel in meinem von Leidenschaft geprägten Kopf der Groschen. Er wartete darauf, dass ich den ersten Schritt machte, dass ich ihn küsste. *Kein Problem, Captain Cowboy Hot Pants, halt dich fest, ich komme.*

Ich schlang die Arme um seinen Hals, presste meine Lippen auf seine, fuhr mit meiner Zunge über seine Unterlippe und küsste ihn, als hinge mein Leben davon ab. Ich verschmolz regelrecht mit ihm und alles südlich meines Bauchnabels krampfte sich erwartungsvoll zusammen. Ich schnurrte förmlich, als seine Zunge auf meine traf und seine Hände gekonnt meinen Körper erkundeten. Ich stöhnte leise, als seine Hand durch den Bademantel hindurch meine Brust umfasste und sein Mund über meine Wange zu meinem Ohr wanderte, wo er mit seinen Zähnen hineinbiss.

Ich erwiderte den Gefallen und versuchte, mir jeden Muskel, jede harte Erhebung einzuprägen, aber seine Kleidung war im Weg. *Zu viele Kleider!* Ich ließ die Hände über seine Schultern gleiten, packte sein sexy Holzfällerhemd und schob es von seinen Schultern und über seine Arme. Er löste die Hände lange genug von meinem Körper, um sich aus dem Hemd zu befreien, während ich mich an das darunter liegende T-Shirt machte und den Saum in Richtung seines Kopfes hochzog, sodass die steinharten Bauchmuskeln zum Vorschein kamen, auf die ich schon so lange gewartet hatte. Ich konnte nicht anders, ich musste ihn einfach küssen. Er stöhnte. Ich schmolz dahin.

KAPITEL ZWEIUNDZWANZIG

„Was machst du da? Das kannst du mir nicht antun!", kreischte eine Frauenstimme. Ich zuckte zusammen und erstarrte, während mein Gehirn zu begreifen versuchte, was ich da hörte. War eine Frau hier? Hatte Galloway eine Freundin? War sie ihm hierher gefolgt? Wie war sie ins Haus gekommen? Die Polizei war gegangen und hatte die Tür hinter sich geschlossen. Ich erinnerte mich, dass ich das Klicken gehört hatte.

„Ich kann es und ich werde es tun", rief Ben und ich sackte vor Erleichterung fast zusammen. Es war nur Ben. Dann erstarrte ich wieder. Wer war die Frau? Hatte er Myra gefunden? War sie jetzt bei ihm?

„Hört mal gut zu, ihr zwei Möchtegern-Privatdetektive wollt doch …"

„Möchtegern?", fiel Ben ihr ins Wort. „Lady, und ich verwende diesen Begriff ganz unverbindlich, ich war Detective beim Firefly Bay Police Department, bevor ich Privatdetektiv wurde. Von wegen *Möchtegern*."

„Ach wirklich? Dann sieh dich doch mal an, du

Teufelskerl. Mausetot bist du." Obwohl ich sie nicht sehen konnte, konnte ich mir ihren spöttischen Gesichtsausdruck vorstellen.

„Gleichfalls", schoss Ben zurück. „Wer zweimal auf den gleichen Trick hereinfällt, ist selber schuld. Oh nein, ich habe dich durchschaut, Myra Hansen. Falls das überhaupt dein richtiger Name ist."

Sie schniefte und antwortete nicht. Das war für mich das Stichwort, um herauszufinden, was zum Teufel hier los war. *Warum war Myra in meinem Haus?* Ich schob Galloways Brust zurück, sprang von der Arbeitsplatte herunter und schnürte meinen Bademantel zu, während ich den Flur hinunter zum Vordereingang ging, wo sich zwei wütende Geister gegenseitig anstarrten.

„Was ist hier los?", fragte ich Ben. Myra drehte sich um und musterte mich von oben bis unten mit einem abschätzigen Gesichtsausdruck. „Oh, da ist sie ja, dein Schoßhündchen von Detektivin."

„Hey, ich bin kein Schoßhündchen!", protestierte ich. Junge, Junge, sie hatte ihre Haltung ziemlich geändert, seitdem wir sie heulend in ihrem Laden gefunden hatten. Ich kniff die Augen zusammen und studierte die geisterhafte Gestalt vor mir. Im Gegensatz zu Ben, der eine verwaschene Version seines menschlichen Ichs war, hatte Myra einen orangefarbenen Farbton angenommen. Ich legte den Kopf schief und fragte mich, ob es ihre Aura war, die durchdrehte. *Hatten Geister überhaupt eine Aura?*

„Myra ist eine Betrügerin!" Ben richtete einen anklagenden Finger auf Myra. Sie wollte ihn wegschlagen, doch da sie sich nicht berühren konnten, zersplitterten die Stellen, an denen ihre Gliedmaßen aneinanderstießen, zu einer Art seltsam geisterhaftem Schneesturm. Ich schüttelte den Kopf und konzentrierte mich auf das, was Ben gesagt hatte. „Ja, ich weiß. Ich war hier, als Galloway es uns sagte. Aber eine kurze Frage", ich stemmte die Hände in die Hüften und warf Myra einen Blick zu. „Was macht sie hier? Wie hast du sie hierher gebracht? Und warum?"

„Das sind drei Fragen." Ben hielt drei Finger hoch, was wohl als unhöfliche Geste gemeint war.

„Wie auch immer. Spuck es aus."

„Sie hat mich vorhin ausgetrickst, als ich sie in ihrem Laden besucht habe. Also als ich dorthin zurückkehrte. Also davor. Sie hat mich angelogen, als sie sagte, sie könne ihren Laden nicht verlassen."

„Warum sollte sie das tun?", fragte ich.

„Weil sie nicht wollte, dass ich sie auf Schritt und Tritt verfolge."

Myra schnaubte. „Da hast du völlig recht. Ich gebe mich nicht mit Polizisten ab."

„Darauf wette ich", murmelte ich leise vor mich hin, dann sah ich Ben an, um ihm zu signalisieren, dass er fortfahren sollte.

„Als ich sie wieder besuchte, war ich zugegebenermaßen überrascht, dass sie nicht da war. Ich dachte, sie wäre vielleicht übergetreten. Was genau das war, was sie mich glauben machen wollte."

Ich warf einen Blick auf Myra, die mit den Schultern zuckte. Sie schwebte einige Zentimeter über dem Boden, als hätte sie noch nicht ganz herausgefunden, wie sie ihren geisterhaften Körper kontrollieren sollte.

Ich lenkte meine Aufmerksamkeit wieder auf Ben.

„Tatsächlich ist hier heute Abend etwas passiert, das sehr viel Licht auf das wirft, was mit Myra passiert ist. Eine Menge Licht. Ein regelrechtes Scheinwerferlicht", begann ich und dann passierte es. Diese furchtbare, wirklich *furchtbare* Erkenntnis dessen, was ich gerade getan hatte. „Oh, verdammt", flüsterte ich und schlug mir eine Hand vor den Mund.

„Was?", fragte Ben, der wahrscheinlich dachte, ich hätte einen entscheidenden Hinweis entdeckt. Ich schaute über meine Schulter … und tatsächlich, da stand Galloway im Flur. Er sah mich an. Er hatte sein T-Shirt angezogen, was eine Schande war, aber noch schlimmer war, dass ich ihn gerade mitten im Fummeln verlassen hatte und nun ein Gespräch mit zwei Geistern führte, die er nicht sehen konnte.

Ben folgte meinem Blick. „Oh, ähm."

„Genau." Es war sinnlos, so zu tun, als wäre nichts. Galloway war Zeuge der gesamten Auseinandersetzung geworden. Also drehte ich mich stattdessen um und lächelte. „Kaffee?", fragte ich.

„Redest du mit mir?", wollte Galloway wissen.

„Ja." Ich nickte und eilte an ihm vorbei. In der Küche schnappte ich mir ein Kaffeepad. Es gab nicht genug Koffein auf der Welt, um mit zwei kämpfenden Geistern fertig zu werden und meinem Freund, der kein Geist war, zu erklären, dass ich mit Geistern sprechen konnte. *Moment. Ich nannte Galloway meinen Freund?* Ich war mir nicht sicher, was ich davon halten sollte, aber im Moment war das das Geringste meiner Probleme.

Ich schnappte mir zwei Tassen aus dem Hängeschrank und stellte eine davon so hin, dass sie das flüssige

Nirwana auffing, das bald auf mich zukommen würde. Ich hörte seine Schritte, als er sich näherte, und sah ihn aus dem Augenwinkel, wie er auf einen Hocker rutschte. „Du denkst wahrscheinlich, ich sei verrückt", seufzte ich.

„Nein."

Ich starrte ihn überrascht an. Er sah nicht wütend aus, was mehr als verständlich gewesen wäre, denn aus seiner Sicht hatte ich unsere Knutscherei plötzlich verlassen und angefangen, mit dem Nichts zu reden. Er sah … verdammt, er sah aus wie Captain Cowboy Hot Pants. Sein Haar war ganz zerzaust, weil ich mit den Fingern hindurchgefahren war, sein T-Shirt war zerknittert, weil er es in der Eile wieder angezogen hatte. Aber sein Gesicht … Sein Gesicht, sagte alles. Neugierde.

„Sag es ihm einfach, Fitz", meinte Ben. „Du hast eh keine Chance, aus dieser Nummer wieder rauszukommen."

„Ich weiß, okay?", keifte ich. Ich war am Ende.

„Er wird die Psychiatrie anrufen und dich einweisen lassen." Myra sprach meine schlimmsten Befürchtungen aus.

„Halt die Klappe, okay?" Ich zeigte mit dem Finger auf sie. „Ruhe auf den billigen Plätzen."

Thor suchte sich genau diesen Moment aus, um durch die Katzentür zu stürmen und mit einer toten Maus im Maul zu mir zu trotten.

„Ich habe dir ein Einweihungsgeschenk mitgebracht", meinte er und ließ die Maus zu meinen Füßen fallen.

Mit einem Kreischen sprang ich zurück. „Mein Gott, Thor!"

„Was?" Er setzte sich und hob sein hinteres Bein an,

um seinen Oberschenkel zu lecken. „Das ist ein Geschenk.“

„Ich brauche kein Geschenk. Vor allem kein Geschenk in Form eines toten Tieres“, protestierte ich und versuchte, nicht auf den kleinen Kadaver auf dem Küchenboden zu schauen.

Thor hielt mit dem Lecken inne und verengte seine großen orangefarbenen Augen. „Was ist bloß los mit euch Menschen, dass ihr meine Geschenke nicht zu schätzen wisst?“

„Könntest du es einfach wieder nach draußen bringen? Bitte?“, flehte ich.

Thor begann, seine Geschlechtsteile zu lecken. „Ich bin beschäftigt. Mach du das.“

„Kannst du nicht mal für zwei Sekunden aufhören, deine Kugeln zu lecken?“

Er machte nicht einmal eine kurze Pause, sondern … leckte einfach weiter.

„Fitz?“, meinte Ben. „Du solltest dich um Kade kümmern.“

„Verdammt.“ Ich hatte es schon wieder getan. Hatte ihn vergessen. Während ich mit Geistern sprach. Und mit einem Kater. Ich fuhr mit meinen feuchten Handflächen über meine Oberschenkel und wandte mich an Galloway.

„Ich kann Geister sehen“, platzte ich heraus.

Seine Lippen zuckten. „Mmmhmmm.“

„Und mit ihnen reden“, fügte ich hinzu.

„Ja, klar.“

„Und sie reden mit mir. Und Thor hier?“ Ich zeigte auf den großen grauen Kater zu meinen Füßen, der immer noch seine Eier leckte. „Ihn kann ihn auch verstehen.“

„Hey", sagte Galloway, „das habe ich verstanden."

„Das hast du?"

„Jepp."

„Und du … flippst nicht aus?"

Er grinste. Ein aufrichtiges Grinsen. Es war so sexy, wie ein Grinsen nur sein konnte. „Ich gebe zu, dass ich eine Weile verwirrt war. Und wahrscheinlich liegt es daran, dass ich viel zu viel Zeit damit verbringe, an dich zu denken, aber ich dachte mir schon, dass es so etwas ist. Ich nehme an, du sprichst mit Ben?"

Ich runzelte die Stirn. „Du glaubst mir? Du glaubst nicht, dass ich mir das nur einbilde?"

„Ich glaube dir." Drei einfache Worte. Drei einfache Worte, die mich zum Handeln brachten. Ich rutschte um die Inselbank herum und in seine Arme und drückte ihm einen harten Kuss auf die Lippen.

Er erwiderte den Kuss und hielt mich dann, sehr zu meinem Leidwesen, auf Armeslänge. „Ich kümmere mich kurz um die Maus, während du deine *Freunde* auf den neuesten Stand bringst, okay?"

Vielleicht sollte ich diesen Kerl heiraten. Ich meine, wer sonst würde mich nicht für völlig verrückt halten, weil ich mit Geistern sprach, und wer würde sich freiwillig um die kleinen Viecher kümmern, die meine sprechende Katze ins Haus brachte? Ich ignorierte den kalten Schweiß, der mir bei dem bloßen Gedanken an eine Heirat ausbrach. Auch wenn meine Eierstöcke vor Freude über zukünftige kleine Galloways praktisch summten, war ich noch lange nicht bereit für eine solche Verpflichtung. Dann musste ich lachen. *Du bist ein wenig vorschnell, Fitz.*

„Den solltest du dir warmhalten", stichelte Ben und sah zu, wie Galloway die Maus aufhob und zur Schiebetür auf der Terrasse ging. „Na los. Bring uns auf den neuesten Stand. Was ist heute Abend passiert?"

Ich richtete meine Aufmerksamkeit auf Myra. „Wer, *denkst du,* hat dich getötet?", fragte ich sie.

„Ich muss deine Fragen nicht beantworten." Sie streckte die Nase in die Luft und verschränkte die Arme vor der Brust. „Und es gibt nichts, was du tun kannst, um mich zu zwingen."

„Worauf willst du hinaus?", fragte Ben verwirrt.

„Ich habe das Gefühl, dass Myra weiß, dass Lee sie getötet hat. Deshalb warst du so verzweifelt, stimmt's? Weil du immer noch begreifen musstest, dass der Mann, den du geliebt hast – und dem du vertraut hast – dir ein Messer ins Herz gestoßen hat."

Ihre Reaktion war nicht das, was ich erwartet hatte. Sie flog so schnell durch den Raum, dass ich vor Überraschung von der Lehne des Hockers rutschte und mit einem dumpfen Aufprall auf dem Boden landete. *Autsch.*

„Das ist eine Lüge!", zischte sie, ihr Gesicht war so nah an meinem, dass ich eine Gänsehaut bekam.

„Geh weg von ihr!", schrie Ben, packte Myra am Handgelenk und versuchte, sie von mir wegzuziehen. Natürlich funktionierte das nicht, und ihre geisterhaften Partikel explodierten erneut um mich herum. Ich kam wieder auf die Beine und rieb mir den brennenden Hintern. Ich musste Myra davon überzeugen, hinüberzugehen. Ich ahnte, dass sie, sobald sie die Wahrheit akzeptiert hatte, die Welt der Sterblichen verlassen würde. Zumindest hoffte ich das, denn ein Geist war mehr als genug, vielen Dank.

„Ich kann es beweisen", meinte ich. Myra riss ihren Arm aus Bens Griff und starrte mich an. „Wie?"

Ich hielt mein Handy hoch. Ich hatte die Aufnahme zwar schon an Galloway weitergeleitet, aber ich besaß immer noch das Original. Ich drückte auf die Wiedergabetaste und sah zu, wie Ben und Myra sich dem Telefon näherten und über ihm schwebten, während sie die Ereignisse des Abends verfolgten.

„Wow." Ben sah von mir zu Myra und wieder zurück. „Dann war es also wirklich Lee."

Myra schwieg, die Augen auf das Telefon gerichtet, aber ich glaubte, eine silberne Träne über ihre Wange laufen und im Äther verschwinden zu sehen.

„Du wusstest es", sagte ich. Sie nickte, dann hob sie den Kopf und hatte Tränen in den Augen. „Ich wollte es einfach nicht glauben. Ich wusste, dass er wütend war, weil wir bei dem Banküberfall nicht so viel Geld erbeutet hatten, wie wir gehofft hatten. Aber wütend genug, um mich zu töten? Es war nicht meine Schuld, dass die Lieferung im Stau feststeckte." Ihr Kinn wackelte, und trotz allem hatte ich Mitleid mit ihr. Ein bisschen.

„Warum hast du uns das nicht gesagt? Als wir dich im Laden gefunden haben?", fragte Ben und legte eine Hand auf ihre Schulter.

„Weil ich es selbst nicht verstanden habe. Ich habe nicht verstanden, warum er das getan hat. Ich brauchte nur etwas Zeit."

„Zeit wofür?"

„Um ihm zu folgen. Um zu sehen, was er tat. Ich

wusste, dass er den Mund halten würde, sobald die Polizei auftauchte, aber wenn ich ihn beschatten könnte, würde ich die Wahrheit schon herausfinden."

„Ich nehme an, dass du das nie getan hast? Dass das, was du auf der Aufnahme gehört hast, neu für dich war?"

Sie schniefte und straffte die Schultern. „Dass er die ganze Zeit vorhatte, mich zu ermorden? Das war definitiv eine unwillkommene Überraschung. Der Rest stimmt. Wir hatten ein neues Leben in La Tireno geplant." Sie schnaubte. „Was für ein Witz. Ich hatte ihm jede einzelne seiner Lügen abgekauft. Wir wollten ein altes Hotel in La Tireno kaufen, renovieren und wiedereröffnen. La Tireno ist eine wunderschöne Insel." Sie seufzte wehmütig. „Glaubst du, dass es in La Tireno wirklich ein Hotel gibt?", fragte sie mich.

Ich zuckte mit den Schultern. „Keine Ahnung."

Ihr Lächeln war schwach. „Das ist jetzt sowieso egal. Lee droht eine lebenslange Haftstrafe. Erst der Raubüberfall und jetzt der Mord. Und ich? Was passiert mit mir?"

„Gute Frage." Noch während ich das sagte, bemerkte ich eine Veränderung an ihr. Der orangefarbene Schimmer, der sie umgab, verblasste und ein helles Licht erschien, so hell, dass ich den Arm hob, um die Augen zu schützen.

„Was ist los?", fragte Ben.

„Siehst du das Licht nicht?" Ich wies auf die riesige Kugel aus weißem Licht, die in meinem Wohnzimmer schwebte.

„Licht? Ich kann nichts sehen", sagte er.

„Du kannst es sehen?" Myra ließ ihren Blick von der Kugel zu mir und wieder zurück schweifen.

„Ja. Ich glaube, sie ist für dich."

„Was soll ich tun?"

„Hm. Ich bin mir nicht sicher. Ich schätze, hineinlaufen?" Ich hatte keinerlei Erfahrung mit weißen Lichtern und Übergängen, aber ich hätte einen Freudensprung machen können, weil Myras Geist nun weiterzog und mich nicht für den Rest meiner Tage heimsuchen würde. Ich warf einen Blick auf Ben, der Myra mit einem verwunderten Gesichtsausdruck beobachtete. Wir hatten nicht wirklich darüber geredet, aber in diesem Moment fragte ich mich, ob er auch hinübergehen wollte. *Und wenn ja, was hielt ihn zurück?*

Dann trat Myra ins Licht. Es blitzte noch heller auf, blendete mich, dann war es weg. Ich blinzelte und versuchte, die Flecken zu verjagen, die vor meinen Augen tanzten.

„Sie ist hinübergegangen", meinte Ben.

„Sieht so aus." Ich stand da und sah ihn fragend an. „Willst du das auch? Hinübergehen?"

„Was?" Er lachte. „Nein! Auf keinen Fall. Ich bin hier sehr glücklich. Ich will nirgendwo hingehen."

Ich wäre vor Erleichterung fast zusammengesackt.

Die Schiebetür öffnete sich und Galloway kam wieder herein. „Gute Nachrichten", meinte er. „Die Maus hat sich nur tot gestellt. Ich habe sie im Wald freigelassen."

„Ende gut, alles gut", meinte Ben lachend.

„Wie wahr." Ich ging zu Galloway hinüber, schlang die Arme um seine Taille und drückte ihn fest an mich und lächelte zufrieden, als er meine Umarmung erwiderte. „Myra ist hinübergegangen", erzählte ich ihm.

„Und Ben?" Galloway suchte den Raum ab, konnte aber natürlich Ben nicht sehen, der ihm zuwinkte.

„Er ist noch hier."

„Hey, Ben", sagte Galloway und ich lächelte. Wie süß.

„Grüß ihn von mir", antwortete Ben.

„Ben grüßt zurück", wiederholte ich.

„Und jetzt?", fragte Galloway.

„Jetzt sagen wir Ben, dass er verschwinden soll, während wir uns um ein paar unerledigte Dinge kümmern." Ich griff nach oben, schlang meine Arme um seinen Hals und zog seinen Kopf zu mir herunter.

Ben gab ein würgendes Geräusch von sich. „Ich geh ja schon, ich geh ja schon! Phil in Nummer sechsundzwanzig ist eine Nachteule. Ich wette, er sieht sich gerade einen Rambo-Film oder so etwas an. Ich werde ihn mal besuchen."

„Ist er weg?", flüsterte Galloway gegen meine Lippen.

Ich drehte den Kopf, um nachzusehen. „Jepp. Wir haben das Haus für uns."

„Gut", raunte er und seine Bartstoppel kratzten an meiner Haut, als er den Kopf senkte und meinen Hals berührte. Ich schnurrte vor Vergnügen und drückte seinen Hintern. „Ich nehme nicht an, dass du deine Handschellen mitgebracht hast?", fragte ich.

Er erstarrte und hob den Kopf. „Wozu, Audrey Fitzgerald? Du steckst voller Überraschungen." Er griff in seine Gesäßtasche, zog ein Paar Handschellen heraus und lächelte. Juchhe, ich spielte für mein Leben gern Cops und Cowboys!

WAS KOMMT ALS NÄCHSTES?

Amateurdetektivin, Privatdetektivin in Ausbildung, Geisterflüstererin.

Das bin ich. Audrey Fitzgerald, Geisterdetektivin. Ich habe mich endlich mit der Tatsache abgefunden, dass ich nicht nur mit Geistern, sondern auch mit Tieren kommunizieren kann. Nun, vor allem mit einem Tier, mit meinem großen grauen Teddybär von Kater, Thor. Was ich noch nicht herausgefunden habe, ist, wie ich meine neu entdeckten Fähigkeiten vor den Einwohnern von Firefly Bay geheim halten kann.

Als mich die Präsidentin des örtlichen Geschichtsvereins engagiert, damit ich eine verschwundene Halskette wiederfand, dachte ich, ich hätte endlich einen Fall, der keine geisterhafte Einmischung erforderte. Wie schwer konnte es schon sein, ein fehlendes Schmuckstück zu finden? Doch die Dinge wurden sehr schnell kompliziert, als die Halskette an einem unerwarteten Ort auftauchte und meine Klientin plötzlich tot war.

Jetzt stecke ich bis zum Hals in Geistergeschwätz, ich muss einen Mord aufklären, meine Prüfungen zur Privatdetektivin stehen bevor, ich mache mir Sorgen, dass ich Thor auf Diät setzen muss, und ich glaube, ich habe mich versehentlich in Captain Cowboy Hot Pants – alias Detective Kade Galloway – verliebt. Aber das Schlimmste von allem? Was schreibe ich auf meine Visitenkarte, ohne die Leute in der Stadt zu verschrecken? Amateurdetektivin, Privatdetektivin in Ausbildung, Geisterflüstererin oder Geisterdetektivin?

Begleiten Sie Audrey Fitzgerald in der Geisterdetektivserie, einem paranormalen Cosy Mystery Crime mit einer sprechenden Katze, einem Geist und einem Mordfall, der gelöst werden will.

<hr>

Bald erscheint EIN KLARER GEIST!

Klicken Sie https://janehinchey.com/deutsch, um Ihr Exemplar zu erhalten, damit Sie diese Serie noch heute lesen können!

EINE VORSCHAU AUF EIN KLARER GEIST

Sexy. Originell. Raffiniert. Drei Worte, die ich normalerweise nicht mit mir in Verbindung brachte, aber heute hatte ich es geschafft. Ich war die perfekte Verkörperung von Jane Bond. Ich strich mit den Händen über die Kurven meines schwarzen, taillierten Kleides und bewunderte mein Spiegelbild im Ganzkörperspiegel in der Damentoilette des Firefly Bay Museums, wobei ich mich hin und her drehte, um alle Blickwinkel zu prüfen. Das Kleid war ein Klassiker. Knielang, schlichter Ausschnitt, ärmellos.

Mein blondes Haar war zu einem französischen Zopf hochgesteckt, nur war er nicht lang genug, sodass es über hundert Haarklammern gebraucht hatte, um ihn zu fixieren. Meine Kopfhaut protestierte schon jetzt, aber ich ignorierte das Unbehagen. Jane Bond würde sich nicht über ein paar Haarnadeln beschweren.

An meinen Füßen glänzten schwarze Lackstilettos, meine Beine wurden von einer Zwanzig-Den-Strumpfhose umhüllt. Eine mutige Geste meinerseits, denn Strumpfhosen und ich passten nicht gut zusammen. Aber ich arbeitete gerade an einem Fall und verzweifelte Zeiten erforderten verzweifelte Maßnahmen.

Ich öffnete die Abendtasche, die an meinem Unterarm baumelte, zog meinen Chanel-Lippenstift heraus und trug erneut die Farbe 99 – Piratenrot – auf die Lippen auf, die ich mit einem knallenden Geräusch zusammenpresste, bevor ich den Stift wieder in meine Handtasche schob. Ich schlug die Handflächen zusammen und streckte die Zeigefinger aus, richtete meine Pistolenattrappe auf mein Spiegelbild, gab zwei Schüsse ab und blies den Rauch mit einem perfekten Schmollmund von den Fingerspitzen.

„Jane Bond, nehme ich an?", fragte Ben, der plötzlich hinter mir auftauchte.

„Oh Mann!" Ich ließ meine falsche Waffe fallen und spürte, wie ich rot wurde. Nicht, dass ich irgendetwas hätte, wofür ich mich schämen müsste. Ben war ein Geist, und ich war die Einzige, die ihn sehen oder hören konnte. Wem sollte er also erzählen, dass ich auf der Toilette herumgealbert hatte?

Ich besah mich noch einmal im Spiegel und bewunderte ein letztes Mal den schwarzen, geschwungenen Eyeliner, bevor ich mich zur Tür wandte. „Hast du unsere Klientin gefunden?", fragte ich.

„Ähm. Audrey?"

Ich blieb stehen und schaute an die Decke. Ich kannte diesen Ton. Der Ton, der mich warnte, dass mir nicht gefallen würde, was er als Nächstes zu sagen hatte.

„Was?"

„Du hast eine Laufmasche in deiner Strumpfhose."

„Natürlich habe ich das." Ich seufzte. Ich wusste, dass

ich die Götter herausforderte, indem ich eine durchsichtige Strumpfhose anzog, aber ich hatte mich entschlossen, alles zu riskieren. „Wo?"

„Hinteres linkes Bein, knapp über dem Knöchel."

„Fällt es wirklich auf?" Ich überlegte kurz, ob ich sie ignorieren und so tun könnte, als würde sie nicht existieren, aber Ben machte alle Hoffnungen zunichte.

„Oh ja. Was hast du gemacht, deinen Daumen durchgesteckt? Sie reicht bis unter den Rock."

„Das ist ein Kleid, kein Rock", brummte ich, während ich meine Handtasche auf die Waschtischplatte warf und den Saum meines Kleides hochzog. Dann hielt ich inne und warf einen Blick auf meinen besten Freund. „Dreh dich um."

Er lachte und tat wie ihm geheißen. „Du bist eine absolute Katastrophe, Audrey Fitzgerald."

Ich schlüpfte aus der Strumpfhose, wickelte sie zu einem Knäuel und warf sie in den Müll. Die Sache war, dass Ben recht hatte. Ich war der ungeschickteste Mensch, den ich kannte, und heute Abend wusste ich, welches Risiko ich eingegangen war, nicht nur mit der Strumpfhose, sondern auch mit den Stilettos. Aber ich arbeitete an einem Fall. Das Risiko war es mehr als wert.

„Und?", forderte ich Ben auf, während ich meine Handtasche aufhob. „Hast du unsere Klientin gefunden?"

„Ja, habe ich." Ben warf einen Blick über seine Schulter, und als er sah, dass alles an der richtigen Stelle saß, drehte er sich um. „Anita Finley ist hier."

„Gut." Ich nickte. „Dann lass uns loslegen und die fehlende Diamantenkette finden."

Ben schnaubte. „Das sind wohl kaum die Kronjuwelen,

Fitz. Du tust so, als sei es eine unbezahlbare, mit Diamanten besetzte Halskette. Es ist ein einzelner Anhänger, der eher einen emotionalen als einen materiellen Wert hat."

„An einer Goldkette. Also ist es eine Diamantkette."

„Ich glaube, du machst mehr daraus, als es ist. Sie sagte selbst, dass der Verschluss defekt sei. Wahrscheinlich hat er sich gelöst und die Kette ist heruntergefallen, ohne dass sie es bemerkt hat. Sie könnte überall sein."

„Mrs Finley glaubt, dass sie gestohlen wurde und hat Delaney Investigations beauftragt, sie zu finden." Ich schob mich an ihm vorbei und ignorierte den eisigen Schauer, der an der Stelle über meinen Arm tanzte, an der wir uns berührten. „Und ich werde sie finden." Ich verdrängte die nagende Sorge, dass dieser ganze Fall sehr an die sprichwörtliche Nadel im Heuhaufen erinnerte.

Ich trat aus der Toilette und ging durch die Glastüren in das Museum. Es war an das 1870 errichtete Steinhaus angebaut worden, das ursprünglich als Feuerwache gedient hatte und heute die Historische Gesellschaft von Firefly beherbergte, deren Präsidentin meine Mandantin Anita Finley war. Das Museum selbst war ein moderner Flügel, ganz aus Glas und Chrom. Und heute Abend fand das jährliche Dinner des Museums statt.

Ben, der mit leisen Schritten neben mir herging, lächelte. Ich mochte es nicht, wenn Ben grinste. Das bedeutete in der Regel, dass etwas im Busch war. Etwas, das mir nicht gefallen würde.

„Was?"

„Warst du schon einmal in so einem Laden, Fitz?", fragte er und legte den Kopf schief.

Ich zuckte mit den Schultern. „Nein. Warum?"

„Oh, nichts, nichts. Bitte." Er trat zur Seite und winkte mit einem Arm. „Geh ruhig rein."

Kopfschüttelnd bahnte ich mir meinen Weg durch das Foyer des Museums zur Hauptveranstaltung. Ich hatte Kellner mit Tabletts mit Häppchen, Frauen in Abendkleidern und Männer in Anzügen erwartet. Was ich vorfand, war ein hölzerner Tisch, beladen mit Spaghetti, Sandwiches, Papptellern und Pappbechern, und etwa zwanzig Leute, die sich mit einem Haufen Teller herumtrieben. Ihre Kleidung bestand zumeist aus T-Shirts und Baumwollblusen, gelegentlich aus Tweed und reichlich Jeansstoff.

„Nun, die sind ja alle schick." Ich biss die Zähne zusammen, setzte ein Lächeln auf und ging auf Anita Finley zu, die sich gerade mit Keagan Dunn unterhielt. Keagan war der Inhaber der Artistic Affair Gallery nebenan und Vizepräsident der Historischen Gesellschaft. Trotzdem war er sehr angenehm anzuschauen. Ich schätzte ihn auf Ende dreißig, Anfang vierzig. Er hatte dickes, braunes Haar, das in mehrere Richtungen abstand und einen neuen Schnitt vertragen könnte, war glatt rasiert und seine Brille mit dunklem Gestell verlieh ihm einen kauzigen Touch.

„Aber, Audrey." Anita sah mich von oben bis unten an. „Sie sehen ja einfach reizend aus."

Ich lächelte schwach und fuhr mir mit der Hand über den Bauch. „Overdressed trifft es wohl eher."

Keagan musterte mich von oben bis unten sehr gründlich, bevor er seinen Blick hob und mir in die Augen sah. Der Glanz der Wertschätzung in ihnen entging mir nicht. „Wenn nur mehr Frauen auf ihr Aussehen stolz wären. Sie sehen wunderschön aus." Bevor ich ihn aufhalten konnte, hatte er meine Hand genommen und ihr einen Kuss auf den Rücken gehaucht. Ich blinzelte überrascht.

„Ähm. Danke." Ich löste meine Hand aus seinem Griff und widerstand dem Drang, sie an meinem Kleid abzuwischen. Jane Bond würde das nicht tun, und da ich mich bereits darauf festgelegt hatte, den 007-Spion zu verkörpern – also die weibliche Version, die ich mir in meinem Kopf vorstellte – musste ich meiner Rolle treu bleiben. So gut ich konnte, und natürlich ohne die am Oberschenkel befestigte Pistole, denn das wäre einfach zu gefährlich gewesen. Außerdem hatte ich weder einen Waffenschein noch eine Erlaubnis zum verdeckten Tragen einer Waffe. Noch nicht. Aber das sollte sich bald ändern. Morgen würde mich Captain Cowboy Hotpants – alias Detective Kade Galloway – alias mein Freund – zu meiner allerersten Unterrichtsstunde auf den Schießstand mitnehmen. Gott, *steh uns bei.*

„Das ist also das alljährliche Dinner des Museums, ja? Ist es immer so voll?", scherzte ich.

Anita strahlte. Sie war das, was ich als eine freundliche Frau bezeichnen würde. Ende fünfzig, silbernes Haar, mollige Figur und besessen von der Historischen Gesellschaft. Als sie mich gestern angerufen hatte, um meine Dienste in Anspruch zu nehmen, hatte sie eine ganze Weile über ihre Arbeit als Präsidentin der Gesellschaft geredet. Soweit ich das beurteilen konnte, ging es dabei hauptsächlich um Veranstaltungsmanagement. Allein im nächsten Monat hatten sie einen Kuchenverkauf, einen Filmabend, einen Tag der offenen Tür und eine gemeinsame Veranstaltung mit dem Museum geplant – „Einhundert Jahre Modegeschichte". Ganz zu schweigen von der kleinen Soiree heute Abend.

„Die Beteiligung ist hervorragend", stimmte Anita mir zu. „Fast das gesamte Komitee der Historischen Gesellschaft und das Museumskomitee sind hier."

„Richtig, richtig." Ich nickte. „Wie viele Personen gehören dem Komitee der Historischen Gesellschaft an?"

„Acht."

„Und dem Museumskomitee?"

„Sieben."

Ben schnaubte. „Sie haben also … fünf legitime Gäste und der Rest sind allesamt Ausschussmitglieder. Kein Wunder, dass sie sich nicht herausgeputzt haben." Er richtete seine Aufmerksamkeit auf die Biertische. „Mann, ich wünschte, ich könnte etwas essen."

„Oh, da ist Lacey!" Anita entdeckte jemanden auf der anderen Seite des Raumes und hob die Hand, um zu winken. „Bitte entschuldigen Sie mich einen Moment, Audrey. Mischen Sie sich unter die Leute und holen Sie sich etwas zu essen."

Während ich Ben am Buffet traf, fragte ich mich wie so oft, was ich am meisten vermissen würde, wenn ich tot wäre? Kaffee! Die Antwort lautete ganz klar: Kaffee. Dicht gefolgt vom Essen. Als ich den Geist vor mir beobachtete, wie er versuchte, ein Sandwich aufzuheben, unterdrückte ich ein Lachen und folgte ihm, belud meinen Teller mit Leckereien und suchte mir eine Stelle an der Wand, von der aus ich die Teilnehmer des heutigen Treffens beobachten konnte.

Ich steckte mir einen Hauch von Schinken, Käse und Spinat in den Mund, und meine Augen rollten praktisch in den Hinterkopf, als die Aromen auf meiner Zunge explodierten. „Oh mein Gott. Die sind der Hammer“, sagte ich zu niemandem und nahm schon den nächsten Bissen, bevor ich den ersten hinuntergeschluckt hatte. Teigkrümel flatterten auf mein Dekolleté und die blassgoldenen Krümel hoben sich deutlich von meinem schwarzen Kleid ab. Ich wackelte mit den Schultern, um sie zu lösen, aber sie hingen fest.

„Musst du wirklich so aussehen, als ob du einen Orgasmus hättest, während du das isst?“, brummte Ben und schwebte zu mir herüber. Ich hob eine Schulter, denn wir befanden uns in einem Raum voller Menschen und nur ich konnte ihn sehen. Er deutete auf meine Brust und bewegte seinen Finger kreisförmig hin und her. „Du hast da etwas …“

„Ich weiß, ich weiß.“ Nachdem ich das Gebäck aufgegessen hatte, pustete ich mir die restlichen Krümel von den Fingern und staubte meinen Busen ab. Das war ein Grund, warum ich Schwarz trug. Das verdeckte die Flecken. Denn ich schüttete immer irgendetwas auf mich. Aber man konnte sich absolut drauf verlassen, dass ich auch Krümel fallen ließ, die sich deutlich von Schwarz abhoben.

„Siehst du etwas Verdächtiges?“, fragte ich leise und ließ den Blick durch den Raum gleiten. Menschen standen in kleinen Gruppen zusammen, umklammerten ihre Pappteller und tratschten wie verrückt. Keiner von ihnen sah wie ein typischer Schmuckdieb aus.

Bei einer so geringen Anzahl von Menschen in einem so großen Raum hallten die Stimmen wider. Jemand ließ eine Servierzange auf den Boden fallen, und das Geräusch hallte schrill durch den Raum. Die Köpfe drehten sich, der Schuldige errötete und flüsterte eine Entschuldigung, hob eilig die Zange auf und legte sie zurück auf den Tisch.

„Also bitte, Vernon, leg sie nicht wieder auf den Tisch." Ich erkannte Mary Wilson, die Sekretärin der Historischen Gesellschaft, die gerade nach vorne stürmte und dabei mit ihrem runden Körper von einer Seite zur anderen wankte, während sie sich an den Tisch drängte und nach der Servierzange griff. „Sie hat auf dem Boden gelegen. Ich werde sauberes Besteck aus der Küche holen." Und schon watschelte sie von dannen, wobei sich ihre arthritischen Knie weigerten, sich zu beugen. Die Gespräche wurden fortgesetzt.

„Warum sind wir nochmal hier?", fragte Ben, der neben mir schwebte, die Arme vor der Brust verschränkt und die Leute vor uns mit einem verärgerten Blick bedachte.

„Ich habe es dir doch gesagt. Anita wollte, dass ich komme. Sie ist überzeugt, dass ein Mitglied des Ausschusses ihre Halskette gestohlen hat. Und das hier ist die beste Möglichkeit, sie kennenzulernen."

„Und warum denkt sie das?"

„Weil sie beim letzten Treffen erwähnt hat, dass sie die Halskette heute Abend tragen würde. Sie holt sie nur zu besonderen Anlässen heraus und der heutige Abend ist für

Anita eine große Sache." Ich griff nach einem Sandwich auf meinem Teller, das mit etwas belegt war, das wie Hühnchen, Mais und etwas Rotem, möglicherweise Tomaten, aussah, und schob es mir in den Mund. Die Explosion der Aromen auf meiner Zunge war nicht das, was ich erwartet hatte. Erstens: *kein* Huhn. Möglicherweise Krabben? Jedenfalls irgendetwas aus dem Meer. Aber der Clou war, dass etwa drei Sekunden später mein Mund in Flammen stand.

Ich verzog das Gesicht, um das Inferno in meinem Mund zu verbergen, eilte zum Tisch, schnappte mir eine Handvoll Servietten, drehte mich um und spuckte das teilweise zerkaute Sandwich hinein. Eine verzweifelte Suche nach einem Mülleimer blieb erfolglos, also stopfte ich das Ganze in meine Handtasche.

„Alles in Ordnung?" Anita Finley tauchte mit einer attraktiven Rothaarigen im Schlepptau wieder auf.

Ich blinzelte mit tränenden Augen, öffnete den Mund, um etwas zu sagen, brachte aber nur ein Krächzen heraus. Oh mein Gott, ich hatte mir möglicherweise die Stimmbänder verbrannt. Und dabei hatte ich noch nicht einmal etwas von diesem Höllensandwich hinuntergeschluckt.

„Ah." Die Rothaarige nickte wissend. „Sie haben eines von Eleanors Sandwiches gegessen, was?"

„Mftsh?" Ich berührte zaghaft meine Lippen, um mich zu vergewissern, dass sie noch an meinem Gesicht hingen.

„Anita, bring unserem Gast etwas Milch, ja?", bat die Rothaarige. Anita beeilte sich, zu gehorchen. Die Rothaarige stand vor mir und versperrte mir die Sicht auf den Rest des Raumes. „Entspannen Sie sich einfach. Und atmen Sie. Die meisten von uns wissen, dass sie um Eleanors Sandwiches einen großen Bogen machen sollten. Sie scheint das Konzept eines Hauchs von Chili einfach nicht zu begreifen. Ich weiß nicht genau, wie viel sie in ihre Mischung packt, aber es reicht, um einem den Zahnschmelz von den Zähnen zu entfernen."

Anita kam mit einem Becher Milch zurück, den sie mir in die Hand drückte. Ich trank ihn in einem Zug leer und das Feuer ließ etwas nach. „Was ist noch in diesen Dingern?", fragte ich keuchend. „Ich dachte, es wäre Hühnchen."

„Das ist ihre Meeresfrüchte-Überraschung", antwortete die Rothaarige. „Eine Mischung aus Krabben, Shrimps, Tomaten und Käse."

„Und Chili", fügte Anita fast als Entschuldigung hinzu. „Oh, mein Gott!", rief sie plötzlich. „Sie sind doch nicht etwa allergisch, oder? Ich habe einen Epinephrinstift, falls Sie ihn brauchen. Ich weiß nicht, wie oft ich Eleanor schon gebeten habe, keine Gerichte mit Meeresfrüchten mitzubringen – ich bin selbst allergisch –, aber sie ignoriert mich nach wie vor. Wir erkennen sie mittlerweile schon von Weitem und machen einfach einen großen Bogen um ihre Speisen und dabei ist mir völlig entfallen, Sie zu warnen. Es tut mir so leid."

„Ist schon gut. Mir geht es gut", sagte ich, da mein Mund inzwischen zum Glück taub war.

„Das würde nicht passieren, wenn wir das Budget für ein Catering hätten", murrte Anita. „Aber die Bücher sehen dieses Jahr nicht so gut aus. Wir mussten selbst für das Essen sorgen. Ansonsten würde ich Lacey bitten, sich um das Essen für alle unsere Veranstaltungen zu kümmern. Ach, wie unhöflich. Audrey, das ist meine beste Freundin, Lacey Stevens. Lacey, das ist Audrey Fitzgerald. Lacey ist Köchin!"

„Stimmt das?" Sie hatten eine Köchin im Ausschuss und ließen so etwas wie Eleanors Meeresfrüchte-Überraschung durchgehen? Aber vermutlich musste man dankbar sein, dass überhaupt jemand etwas zum Abendessen mitbrachte, wenn man nicht über das nötige Budget verfügte.

„Freut mich, Sie kennenzulernen, Audrey." Lacey Stevens lächelte, ihre kastanienbraunen Locken fielen ihr um die Schultern. Ich beäugte sie kritisch. Anitas beste Freundin, aha? Sie sah jünger aus als Anita, vielleicht Ende vierzig, war makellos geschminkt, trug einen knallroten Lippenstift und einen Eyeliner, der meinem nicht unähnlich war, und einen schicken gelben Hosenanzug. Ihre Schuhe steckten in High Heels.

„Hier, probieren Sie das mal." Lacey ging mit anmutigen Schritten zum Buffet und kehrte mit einer Nudeltasse auf einer Serviette zurück. „Eine meiner Spezialitäten und etwas, von dem ich weiß, dass Anita es essen kann." Sie lächelte ihre Freundin herzlich an. „Die sind mit Hühnchen, und die einzigen Gewürze sind Ingwer, Knoblauch und Sojasauce. Oh, und Erdnussöl. Sie reagieren doch nicht etwa auf Erdnüsse allergisch, oder?"

„Nein, zum Glück habe ich keinerlei Allergien." Vorsichtig probierte ich einen kleinen Bissen und meine Augen weiteten sich. Es war köstlich. Sogar meine gebratenen Geschmacksknospen waren dieser Meinung.

„Nicht wahr?", meinte Anita grinsend. „Das ist der Hammer."

„Okay", sagte ich und nahm noch einen Bissen. „Ich glaube, das ist gerade mein Lieblingsgericht geworden."

Lacey lachte. „Das sagen alle. Und woher kennen Sie beide sich?"

Anitas Gesicht wurde knallrot und Panik machte sich in ihren Zügen breit. Oh Mann, ich hatte das ungute Gefühl, dass sie mich auffliegen lassen wollte. Der Grundgedanke des heutigen Abends war, dass ich die Komitteemitglieder beider Gesellschaften treffen und befragen konnte, ohne dass diese etwas davon mitbekamen. Und auf keinen Fall sollten sie erfahren, dass Anitas Diamantenkette gestohlen worden war. Aber all das hatte Anita in diesem Moment vergessen und ich wusste, dass sie gleich alles ausplaudern würde.

ÜBER JANE

Alle Romane von Jane finden Sie https://janehinchey.com/deutsch!

Jane Hinchey ist eine australische Autorin, die es liebt, Cozy Mystery Crimes zu schreiben, in denen es viel zu lachen gibt – wer sagt denn, dass ein Mord keinen Spaß machen kann? Ihre Bestseller-Reihe ‚Die Geisterdetektivin' vereint all dies in einem faszinierenden Schmelztiegel aus paranormaler Gefahr, rasanter (aber nicht zu gefährlicher) Action und viel augenzwinkerndem, bissigem Humor.

Jane lebt in der Welt der Sterblichen mit ihrem nicht-paranormalen Mann, zwei Katzen, deren paranormaler Status noch nicht geklärt ist (sie hat sie einmal dabei erwischt, wie sie versucht haben, ein Portal in der Küche zu öffnen), und einer Schildkröte namens Squirt (die riesig ist!).

Manchmal, wenn das übernatürliche Chaos nach einer anderen Art von Geschichte verlangt, schreibt sie unter dem Namen Zahra Stone, wo die Figuren, die einem begegnen, ebenso sexy wie tödlich sind.

Kontaktieren Sie Jane über ihre Website und abonnieren Sie ihren Newsletter – https://www.janehinchey.com/deutsch
VIP-Lesergruppe - https://janehinchey.com/littledevils
Facebook – facebook.com/janehincheyauthor

Die Geisterdetektiv-Serie

Begleiten Sie die angehende Privatdetektivin Audrey Fitzgerald, einen sprechenden Kater und ihren geisterhaften besten Freund bei der Lösung der rätselhaften Ereignisse, die sich in Firefly Bay zutragen. Beginnen Sie mit Buch 1, Ghost Mortem.

Die ‚Witch Way‘-Serie

Begleiten Sie die lustigen Abenteuer der unerschrockenen Hexe Harper Jones und ihres Katers Archie, während sie die Morde und Geheimnisse in Whitefall Cove untersuchen. Beginnen Sie mit Buch 1, Witch Way to Murder & Mayhem.

Die Midnight Chronicles

Treffen Sie Midnight, die Hexe in den Wechseljahren, die zur magischen Kopfgeldjägerin wird! Beginnen Sie mit Buch 1, One Minute to Midnight.

Kommen Sie Mit Jane In Kontakt

Melden Sie sich für meinen Newsletter an und erhalten Sie eine besondere, exklusive Geschichte, *Cupcakes & Curses* und jede Menge Katzenbilder! Janehinchey.com/subscribe

Oder vielleicht möchten Sie sich mit anderen Krimi-Liebhabern austauschen und von neuen Büchern und Verlosungen erfahren, sobald sie erscheinen! Dann treten Sie Janes VIP-Lesergruppe bei: https://janehinchey.com/littledevils